Schneekluth
Münchner Edition

Münchner Edition
Herausgegeben von Heinz Piontek

Über die Autorin

Sulamith Sparre, geboren 1959 in Kassel, studiert seit 1980 Germanistik, Philosophie und Kunstgeschichte an der Universität Würzburg. 1981 wurde sie zum Lyrik-Wettbewerb ›Literarischer März‹ in Darmstadt eingeladen. Im selben Jahr erschien ihr erstes Buch, gesammelte Aphorismen mit dem Titel ›Die Sterblichkeit der Worte‹; 1983 ihre erste Prosaarbeit, die Erzählung ›Die Weigerung‹.

Sulamith Sparre

Kind dieser Welt

Roman · Schneekluth

CIP-Kurztitelaufnahme der Deutschen Bibliothek

Sparre, Sulamith
Kind dieser Welt: Roman/ Sulamith Sparre
München: Münchner Edition · Schneekluth, 1984
ISBN 3-7951-0917-5

ISBN 3-7951-0917-5

Satz: SatzStudio Pfeifer, Germering
Druck und Bindung: Hieronymus Mühlberger, Augsburg
Printed in Germany 1984

Für Lisette

Ich stehe vor der sterbenden Frau, ihr Gesicht kommt mir bekannt vor, aber ich verleugne es. Ihr Haar ist dünn, wie meins, aber kraus. Sie hat sich heimlich eine Dauerwelle gemacht. Im Waschbecken ihr schwarzes, später graues Haar. Ihre Augen sind meine. Sie ist alt, ich bin vierundzwanzig Jahre alt, also vielleicht jung. Verwundet liege ich im Bett und denke an meinen Tod. Wer hat die Jahre des Sterbens gezählt? Ich versuche aus der Asche meiner Haut zu steigen. Wie der Phönix wolltest du sterben. Feuer ... Feu ... brennen. Der Gang des Meeres und der Sonne kamen in deiner Brust zum Stillstand ... der fliegende Pfeil ruht ... du machtest die Bewegung des Feuers, Feu ... die Hände fuchteln, ich nehme Platz vor dir, ich sehe dich nicht, irgendwo verliert ein Baum Laub, oder war es Sommer gewesen?, ich lege mich ins Bett zurück und verbrenne mich. Worte steigen als Rauch. Ich denke an die Toten, die ich zurücklassen werde. Mein Schnabel reißt die blutigen Federn meiner Brust aus mir. Mit Blut nähre ich Worte. Feuer steigt, brennt, stockt, bildet Rauch, glüht, sinkt. Auf deiner Stirn stehen Tropfen der Anstrengung, deutlich zu werden

Die Steine
die ihr gegen mich warft
wurden zu Mauern
meines Hauses
Anise Koltz

»... ins Leben Verstoßene«.
Paul Arthur Loos

Der Krieg der Geschlechter wird in der Zeugung und Geburt des Kindes vollzogen. Eine junge Braut zieht den Weg der Buchstaben ins Dunkel hinauf, dort habe ich sie aus den Augen verloren. Es hätte meine Mutter sein können. Ich weiß nicht, wie sie als Braut aussah. Ich schreibe, um sie zu sehen. Aber ich schreibe keine Annäherung. Die toten Bilder besagen mir nichts. In jedem Wort ist sie eine andere. Tote sind für mich Worte. Sie sind ein wachsender Widerstand. Die Worte sind mit der Wirklichkeit unvereinbar. Ich rette mich in das, was mich zerstört.
Worte sind für mich Tote. Als Kind war ich von Dingen umgeben. *Du nahmst Dein Gegenüber nicht als Person wahr, sondern Du interessiertest Dich für die Knöpfe an seiner Jacke.*

Du sprachst wenig. Kann man das Leben eines Toten der Sprachlosigkeit entreißen?
Der Versuch, dich zum Sprechen zu bringen, ist zugleich ein Versuch, meine Kindheit zum Schweigen zu bringen.
Dein Schweigen schreit meine Sprachlosigkeit hinaus. Warst du schon verstummt, bevor ich in deinen Worten starb? Der Bogen Papier droht dich aus den Augen zu verlieren, *sinnlos wie ein gemaltes Schiff / Auf nur gemalter See*, bevor ich dich niedergeschrieben habe. Niederschreiben. Dann gehörst du mir, wie du mir als Lebende nicht gehört hast. Als Lebender hat mir keiner gehört. Die Toten werde ich nicht ruhen lassen. Dein jetziges Schweigen ist Summe deiner früheren Schweigen. Noch ist nicht aller Schweigen Ende. Reden ist Leben. Du sein Wort. Schweigen ist Tod. Das Kind rief dich bei einem Namen, der du nicht bist. Mein Schreiben schreit meine Sprachlosigkeit hinaus.

Worte sind nicht das Brot, das den Hunger stillt. *Du magst die Welt mit Deiner Phantasie überwunden haben, aber die Welt, die äußere, blieb dennoch. Die seltsame Verdinglichung Deines Interesses hatte fast etwas Zwanghaftes, auch die Puppen waren nicht ›personal‹, sondern Ding-Glieder. Du bautest aus Teilen, Steinen, Muscheln, willkürlich entfremdeten Gegenständen eine labyrinthische Burg, lauter Mauern um einen Innenraum, wie man sie etwa auf Bildern von Hundertwasser kennt.*

Gefangen. Gefangen im Bild. Der in den Grabstein gemeißelte Vogel, einen Phönix darstellend, aber eher einem Reiher ähnelnd, kann sich von seinem Grabstein nicht befreien, versucht aufzufliegen, seine Flügel umgreifen den Stein, der Vogel hat den Kopf zu einem nicht vorhandenen, aber denkbaren Himmel erhoben; jeder Fluchtversuch wird mißglücken. Es ist der Grabstein über der Urne meiner Mutter.

Ich schreibe von der Heimkehr der Mutter, die sich in der Fremde ihres Totseins verlor, weil ich sie zurücknehme in den Geisterraum meiner Prosa. Ich schmecke sie, weil ich die Speise schmeckte, die sie mir gab. Sie wird nahe. Sie ist eine Fiktion. Manchmal wäre ich lieber tot, damit meine Mutter lebt. Aber nicht alles, was ich sage, ist wahr. Ich habe meine Mutter erfunden; so könnte sie gewesen sein. Ich habe auch mich erfunden, um ich sein zu können. Ich habe meine Mutter erfunden, damit es sie gibt. Mutter, du hast mit Reichtum gegeizt, wie andere nicht einmal mit ihrer Armut geizen würden. Mein Vater hätte sein Geschlecht beweinen sollen. Statt zu morden und seinen Zorn in den Tod zu ejakulieren, zeugte er mich, um sich zu beleben. Asche-

ner Phönix. Er sah ein Kind, um an seinen eigenen Tod zu denken. Ich bin seine Schuld und löse sie lebend ein. Verhilft mein Leben ihm zu seinem Tod? Dein Versagen, das ich bin, punktiert meinen Herzschlag.
Ich bin stumm. Als Kind verweigerte ich mich der Sprache. Ich wollte nicht sprechen lernen. Dann redete ich ganze Sätze, Hepfele Mami Letzi ab, nicht Ja, nicht Nein, Worte, mit denen man zum Mitmenschen gezähmt wird; Sätze, pulsierende Schrecksekunden in meinem Blut.
Mein Vater machte mich, meine Mutter krebste mich aus ihrem Schoß zur Wiederbelebung des Todes. Ihr Entsetzen kreißt in meinem Schlaf. Im Schlaf falle ich in den Schoß meiner Kindheit, in noch frühere Zeiten zurück. Ich werde leicht. Meine Worte sind Schmetterlinge. Eine Geisterstimme ist es, die meine Prosa erhellt. Ich sehe die Mutter, wie sie sich dem Fotografen stellt, müde freundlich, ihre Schulter berührt meine Schulter, wir sind uns einig im Widerwillen gegen den Fotografen, der aber nicht sichtbar ist, denn der Vater ist der Fotograf.
Ich schreibe, um die Mutter und den Vater meiner Kindheit zu töten, um meine Kindheit zu töten, um Vater und Mutter in den Worten wiederzuerschaffen, sie mit der Druckerschwärze, der Tinte, den Anschlägen meiner Schreibmaschinentypen, dem gewölbten Leib des Papiers zu zeugen, bis sie mir gehören. Die Erstlinge meiner Kindheit nähre ich mit meinem Atem. Selber ein Neugeborenes, verweigerte ich den Ärzten meinen Herzschlag, wollte ich ins Dunkel des Nichtseins zurück. Es war die erste Weigerung. Man trieb sie mir aus. Der Arzt fürchtete Komplikationen. Sie bilden mein Leben. Erst mit dem Tod hören sie auf, zeigen sie mich, wie ich bin.

Später weitere Komplikationen. Die Schwierigkeit, am Leben zu sein, ist zugleich die Schwierigkeit, sich gegen jene zu wehren, die einen am Sterben als Leben hindern. Die Angst türmte sich vor mir auf. *Darum blieb es all die neun Monate hindurch ein zweifelhafter Ausgang. Als Du geboren wurdest, ist der Klinikbetrieb wohl an Dir vorbeigelaufen, ohne Dich wahrzunehmen. Du warst Dir selbst überlassen. Ich denke so: Schreien ohne Echo, allein im weißen Geviert dieser kahlen Welt. So blieben Deine Eltern irgendwie immer in Schuld Dir gegenüber.*

Ich schwitze. Hand balsamiert Hand. Meine Hand hält die Hand der Mutter. Es ist die Angst, die mich vor meiner feuchten Hand ekeln läßt. *Du wurdest ja immer zur Angst geboren.* Die Kindheit steigt mir aus dem Blut und kreist in der Topographie der Schule. Es ist ein kahler Hof, grau, asphaltiert. Kinder sind nicht zu sehen. Wahrscheinlich werden sie gerade unterrichtet, verlagerte sich ihr angelernter oder ererbter und verfeinerter Sadismus auf gehorsames Antworten, wenn sie der Lehrer fragte. Im Hof ein Ahorn und ein karg blühender Schmetterlingsflieder. Ich setzte mir eine Nase vom Ahorn auf, war für Sekunden wieder ein Fremder, entzog mich beharrlich. *Die Zeit der Niederkunft näherte sich. Schon kamen die Weiber, um dem Kind die Nabelschnur abzuschneiden. Doch das Kind im Mutterleib sprach: »Schickt die Frauen hinaus. Ich werde schon selber gut auf die Welt kommen. Ich bedarf keiner Weiber. Ruft meinen Vater.«*
Man rief den Vater, und er kam.
»Vater, soll ich jetzt zur Welt kommen?«
»Komm zur Welt, meines Herzens Leuchte!«
»Gut, ich werde zur Welt kommen, wenn ich dann sel-

ber über mich verfügen kann. Sonst komme ich nicht zur Welt.«
Da sprach der Vater: »Verfüge über dich selbst.«
Also kam das Kind zur Welt, und es war eine Tochter.
Auf all deine Fragen, Mutter, habe ich dir nicht antworten können, weil ich wußte, daß wir in verschiedenen Zeitaltern und Sprachen redeten, verschiedene Sprachen auch noch der Angst, des Irrsinns, du hast dir deine Fragen selber beantwortet, und ich wurde noch fremder. Ich bin Nein. Ich bin mein Nein. Ich habe das Nein meiner Existenz als Nein irgendeiner Existenz neu für mich erfunden und dir wie den ausgestopften Balg eines Tieres vor die Füße geworfen.

Angst punktiert mein Gesicht. Die Schule war eine Richtstätte meines täglich neu provozierten Scheiterns. Was fiel ihnen ein, was nahmen sie sich heraus? Sie bündeln Jahrgänge zu Gruppen, Gruppen zu Leistungen; das ist ihr Gehorsam. Welcher finstere Rachegott bürdete es ihnen auf? Meine Handinnenfläche fängt glühendes Wachs auf. Es ist die Hand der Mutter. Aber im grauen Geviert des Hofes erkenne ich sie nicht. Ich renne blind, der kalte Asphalt brennt, zerschlägt mir die Knie, Ach, halt mich doch fest, aber ich fliehe, kenne auch mich nicht mehr, diese Angst, die mich ein Leben lang begleitet, mir den Atem raubt, der Boden fliegt in meinem Gedächtnis in Zeitlupe auf mich zu, ein fremdes Kind lacht über meinen Sturz, Sag: bin ich gestorben, ich will gehen und den eigenen Tod ansehen, was bin ich denn noch hier? Mein Tod wird einfach sein. Die Herzen der Heiligenbilder werden schlagen. Mein Glaube ermöglicht ihre Blasphemie. Die Erde wird sich auftun und warten. Raben kreisen und rufen. Geräusche übereinanderherfallender Erdbrocken in der Seele

eines Kindes. In den Minuten, in denen ich zählend die Tabletten schlucke, spielt sich mein ganzes Leben ab, bis zu dem Moment, in dem man mich aus der Erde holt und zu leben zwingt. Ich sehe, wie der Totengräber die Schaufel von der Erde befreit, die ich bin. Mein Verderben werde ich mit der gleichen Inbrunst suchen, mit der der Heilige die Erlösung will.
Mein Tod ist ein Gesicht aus alter Zeit. Ich erkenne die Welt wieder, die ich war. Sie war nicht der schmerzstillende Inhalt eines Tablettenröhrchens. Um mein Denken schließt sich wieder das Labyrinth; der weiße Pfeil wird nicht das Schwarze treffen. Und ich sehe der eigenen Fremdheit zu. Du hast mich vor dem Gewitter gewarnt. Ich bin hinausgelaufen, ließ es darauf ankommen, naß zu werden, Lust, nicht nur am Getöse, das sich am Himmel über mir entlud, das Wasser flocht mir Gebirgsbäche ins Haar, ich betete, daß die Welt untergehen möge, dann zeigten die entwurzelten Bäume hohnlachend ihr Unterteil, wohin schwimmen sie denn, dorthin, wo das Wetter besser ist, ich stellte mich unter eine undichte Regenrinne, zu Hause verabscheute ich es, mich zu waschen, das mußte ich jeden Morgen tun, aber schon der Gedanke an Wiederholbarkeit ermüdete mich so sehr, daß ich nach dem Frühstück am liebsten wieder zu Bett gegangen wäre, dies hier war anders, möge das Unwetter kein Ende nehmen, möge die Wäsche auf dem Balkon naß werden, das hast du mir zu verdanken, ich war keine gute Tochter, ich war kein wertvoller Mensch
kein wertvoller Mensch, nein, totschlagen müßte man sie, ja, so ist es, das hat er selber gesagt, sie soll es nicht wagen, je wieder heimzukehren, schrie der Vater erregt. Das Kind stand vor der verschlossenen Wohnungstür; ja, sie werden alle lauschen, die ganze Nachbarschaft

wird es wissen, wer ich bin, ein wertloser Mensch, jeder kann kommen und mich wie ein Tier zur Strecke bringen, der Jäger stopft mir Gras und Butterblumen in den Mund, um das strömende Blut aufzufangen und zu verbergen, wie häßlich ich bin; mein Mund starrt, ein offener Krater, zum Himmel. Ich war geflohen, ein Wegelagerer, einer, der die Eltern gegeneinander und alle gegen die Eltern aufhetzt, so stand ich unbemerkt vor der Tür. Du hast mich damals nicht beschützt, Mutter. Du hast mich der ratlosen Wut des Vaters überlassen. Du warst schon vorher gestorben. Weder dich noch den Himmel anzurufen hatte Sinn. Die Gräber werden sich nicht bewegen, und du wirst nicht aus deiner Urne herausgeschwemmt werden, um mich mit dir zu ziehen. Ich habe Angst vor deinem Tod. *Die Wunde schließt der Speer nur, der sie schlug.* Leben zeugen ist Zerstörung; ich heile die Wunde nur, wenn ich zu der zurückkehre, der ich die Wunde schlug. Du hast mich allein gelassen, und der Tod hat dich allein gelassen. Immer bin ich bereit, die Mutter oder den Tod zu empfangen. Der Tod hat für mich ein Frauengesicht. Er gebiert mich. Er ist schrecklich und schön. Die Erde ist Tod. Ihre Senkungen füllen sich mit Wasser, ekstatischem Regen, Himmel und Erde schreien in Lust, wenn der erste Tropfen den Stein berührt..

Eine Überdosis Schlaftabletten, in der sich die Märchen meiner Kindheit abgespielt haben, und man träumt und fürchtet nicht mehr, Gewitteraugen öffnen verschlafen die Lider. *Du drohst ja nur, vom Tod reden ist leicht. Vorm Tod hast Du keine Angst, aber vor dem Sterben wirst Du Dich fürchten. Deine Drohungen nehme ich nicht ernst. Am lautesten rufst Du nach Hilfe, wenn Du keine brauchst.*

Meine Mutter hat, um mich zu bekommen, sich dem Tod ausgesetzt, und ich kann das nur gutmachen durch den eigenen Tod. Meine Mutter war das *Brot, welches ich täglich aufschnitt mit ihrem eigenen Messer.* Meine Mutter, *tausendjähriges Mädchen,* habe ich zur Waise gemacht. Nicht der Vater, sondern die Mutter hätte ein Recht gehabt, mich zu töten, um mir meine Schuld zu nehmen. Ich war die personifizierte Lebensschwäche meiner Mutter. Warum hast du mir nicht mehr Leben mitgegeben? Oft dachte ich, daß ich vor dir sterben würde. Du erzähltest mir einmal von deinem Leben wie vom Leben einer fremden Person. Ich war schwach, ich war neidisch auf das Leben und die Gesundheit anderer. Den Frosch, den ich einmal fing, erstach ich. Sein Schrei ging unter in der Erde, in die ich ihn grub. Weil du es wolltest, weil du es immer wieder sagtest, gehorchte ich nicht, sagte ich nein, bevor ich wußte, warum. Den beiden Nachtigallen, die wir hielten und die mir nicht gehören durften, weil ich dann die Verantwortung für mein Handeln noch weniger begriffen hätte, goß ich Wasser über den Kopf, zog ihnen heimlich Federn aus. Warum quälte ich mich selbst? In allem war ich mein eigener Teufel, erfand ich eine perfekte Hölle, um mir zu entkommen, wenn ich zuwenig Schläge bekam. Du hast mir einmal in äußerster Wut einen Lappen ins Gesicht geworfen, eine Stunde vorher hatte ich dir eine selbsterfundene Geschichte erzählt. *Du glaubst wohl, mit Dir werden Ausnahmen gemacht, nur weil Du Phantasie hast?* Aber so wird die Welt nicht überwunden. Ich war schon tausend Jahre alt, als ich auf die Welt kam. Mein Körper war der faltige, wehrlose Körper eines Neugeborenen, als ich starb. Jemand sagte zu mir, Du und deine Mutter, ihr kennt euch, ihr habt schon einmal zusammen gelebt, im Alten Ägypten wart ihr zwei Tempeltänzerinnen gewesen und miteinander befreundet wie zwei Schwestern. Warum erfuhr ich das erst nach deinem Tod? Ich hätte weniger versagt, wenn ich gewußt hätte, daß wir nicht nur Mutter und Tochter, sondern auch Geschwister waren. Ich bin wieder auf die Welt gekommen, weil ich versagt habe. Nun habe ich auch die zweite Möglichkeit verpaßt, meine völlige Fremdheit in dieser Welt, mein Nein zu ihr, einzulösen, mit unserer Verwandtschaft, die wie zur Bestätigung in unser beider Blut kreist. Was wird mit uns nach diesem Leben geschehen? Finde heraus, in wie vielen Familien, gegen wie viele Geschwister, in wie vielen Freundschaften ich versagt habe. Daß ich wieder geboren wurde, war eine Strafe. Wofür bestrafte man mich denn, und später habe ich mich gegen eure Strafen gewehrt. Ich habe mich auch gegen das Geborenwerden gewehrt. Du wolltest nicht auf die Welt kommen, sagtest du einmal zu mir. Wußte ich, was mich dort erwartete? Am liebsten spreche ich von mir als von einer Toten. Auch in den Augen des Vaters war ich der Tod der Mutter, zugleich band ich sie nur fester an das Leben. In ihren Augen war ich ein gefallener Engel. Ich sehe das Bild noch vor mir, an das ich damals oft denken mußte, eine Lichtgestalt, oder ein durchsichtiges Laken, das sich an einem Telegrafenmast verheddert hat, Gefallener Engel nannte es der Maler. Ich liebe das Bild und den Engel, in dem ich mich nun wiedererkenne, da ich schreibend versuche, das Kind, das ich war, zu töten. *Du entwickeltest keinen kausalen Sinn. Strafe war eine Art Unglück für Dich, ließ keinen Rückschluß zu. Dein Trotz, daran ist nun kein Zweifel, war auch ein Signal. Aber es gibt eine Einsamkeit des Kindes, der keine Liebe, keine Einsicht wirklich und zutiefst entspricht. Deine Akne war natürlich eine Reaktion auf die Welt, auf die*

Umwelt. Die Haut als Grenze, als Kontaktfläche: Rühr mich nicht an! Welt, sei anders, als du bist! Laß mir meinen Innenraum, er genügt mir. Wie lernt man in dieser Gefangenschaft zu lieben? Wie kommt man aus sich heraus und zum anderen hin und bleibt zugleich bei sich? So entsteht dann Selbsthaß aus nicht möglich werdender Liebe. Für Dich wurde die Welt zum Unglück, zu einer Form von Einsamkeit. Dir zugetragene Zeichen schienen dazu verurteilt zu sei, nur noch eine »tragische Grundbefindlichkeit« zu signalisieren.

Warum sind meine Kindheitserinnerungen Todesarten? Warum spreche ich in ihnen zu dir? Weil mir die Haare zu Berge stehen und ich sie nicht in Stacheln verwandeln kann. Weil mir die Welt nicht gut genug ist, als daß ich schweigend in ihr leben könnte. Weil ich mir in ihr einen eigenen Himmel und eine eigene Hölle geschaffen habe. Weil ich mein Stummsein mit Worten verteidigen muß. Weil mein Leben unverzeihlich ist.
Mir gehörte alles, sogar mein eigenes Leben, aber das war Diebstahl, ich hatte kein Anrecht darauf; wenn du mich bestraftest, weil ich vom Pudding oder von den Weihnachtskeksen genommen hatte, ohne zu fragen, dann mußtest du mich zugleich für den einen großen Diebstahl bestrafen, den ich begangen hatte. Gern hätte ich dir meine ärmliche Seele zerknüllt in einem Tuch dargeboten, damit du über sie verfügen konntest, wie ich dir einmal in einem Tuch einen verletzten Vogel brachte, der dich ratlos machte. Wird dir sein Leben leid tun, wie dir meines nicht leid getan hat? Ich hätte mich wegen meiner Gedanken umgebracht; wer sagt mir denn, daß es die Furcht vor sich selber ist, die jemanden dazu verleitet, den Tod des Vogels zu wünschen? Ich war das Werkzeug meiner Phantasie; sie machte mich

zu dem, was ich bin. Nein, du bist kein wertvoller Mensch, du bist es nicht wert, daß du lebst, sagte der Vater zu mir. Woher wußte er das? Wer verriet es ihm? Mein Leben lang müßte ich schwarze Kleider tragen aus Trauer über mich. Aber ich bin ein Wilderer, ich raube brandschatze morde in euren Wäldern, höhnisch trete ich, Lederstrumpf, dem Sheriff noch vor das Schienbein, als seine Helfer mich fangen. Ich werde nicht in den Städten leben, wo die Bleichgesichter ihre Eroberungen von Tanne und Buche, das Leben von Otter und Hirsch vergessen. Ich bin Lederstrumpf, und Annette ist Unkas, der von den Wäldern kam und herabstieg in die Niederungen der Metapher und der den Häuptlingsschmuck meiner Niederlage an den Marterpfahl heften wird. *Ich rieche die Gefahr. – Was, du blöde Rothaut, fährt Harry ihn an, Was du nicht sagst, weißt du denn auch, wie eine Rothaut stinkt?* Und gemeinsam graben wir das Kriegsbeil aus wider die Kindheit, die Welt undurchschaubarer Mütter und Väter. Man hört uns schreien. Der Kriegsruf ist lauter als wir und überschrillt unsere Angst. Zu Annette werde ich gehen, auch wenn man es mir verboten hat, gemeinsam werden wir den Hausmeister ärgern, wir werden durch Büsche kriechen und Vögel belauern. Was da singt, das ist eine Amsel. Blödsinn, das ist ein Star. Nein, eine Amsel, so wahr ich hier stehe. Ach, du bist ja blöd, ich weiß es ganz genau, schrie das fremde Mädchen mich an, und ich ging. Schon als Kind hatte ich diese Phantasie der Niederlagen. Sie ließ mich allein. Ich brauchte niemanden. *Nachdenklich sitzt Wildtöter neben der Leiche des jungen Häuptlingssohnes; da saß Unkas, als wenn er lebte, angetan mit dem wertvollsten Schmuck, den sein Stamm besaß. Prächtige Federn nickten von seinem Haupt; Halsketten, Armringe und Schaumünzen schmückten ihn. Aber das Auge des Jünglings strahlte nicht mehr, und seine Züge waren im Tode erstarrt. Chingachgook kniete vor dem Leichnam des Sohnes ohne Waffen, ohne Schmuck, mit unbemaltem Antlitz. Ein Fremder hätte nicht unterscheiden können, wer der Lebende, wer der Tote war, so starr saß der Vater vor seinem verstorbenen Sohn. Chingachgook, die rote Schlange, vergräbt ihr Gesicht in den Händen. Er weint über sein Kind.*

Du verfügtest über eine Sicht von Sein. Du hattest eine eigene Sprache. Als für Dich die sogenannte Schulreife herankam, begannen die Sorgen konkret zu werden. Ein Mißverhältnis tat sich auf. Du lebtest in Deiner eigenen ›objektiven‹ Welt. Ich zog mich zurück unter der Anstrengung, Ich zu sein. *Deine Welt war für ein Ich nicht gemacht, nur für ein Du.* Und ich lernte das Grauen in den Wäldern des Nordens; allein bin ich; ich singe. Wer zieht aus, mit mir das Grauen zu lernen; niemand weiß, was passiert ist; beim Waldspaziergang war ich vorausgelaufen und kam zurück, weinend, entsetzt. Wer umgab mich mit Dunkel, wer kleidete mich in Nacht? Der schwermütige Wald ist es, der rauschte in Klagechören und wird den heimatlosen Wanderer erschrecken. Ich habe damals noch nicht gewußt, daß man unter vielen, etwa in der Stadt, noch ausgelieferter ist. Vor Menschen kann man sich gar nicht genug fürchten, las ich einmal.
Ich wünschte, ich wäre tot, rief ich dir zu. Du gerietst in Wut und schlugst mich für meinen Wunsch, tot zu sein. Später ging ich durch ein Feld, vom Wunsch zu sterben verfolgt, bis die gesprochenen Worte durch ihre ständige Wiederholung an Bedeutung verloren und an Macht, ich wünschte, ich wäre tot, ich wünschte, ich wäre tot,

ichwünschteichwäretot, das Feld verlor sein Gesicht und ich vergrub mich in erdiges Vergessen.

In meinen Träumen tauchten immer wieder die beiden Gärten auf, die wir hatten. Der erste gehörte uns bald nicht mehr, weil dort eine Wohnsiedlung und eine Kirche gebaut werden sollten. Ich wünschte den Leuten, die nun dort wohnen, Unwetter und Obdachlosigkeit; möge der Blitz in ihre Kirche einschlagen, in drei Tagen werde ich die Mauern einreißen und Erdbeeren aus den Steinen wachsen lassen. Meine Mutter wird ihr Grab verlassen und die Beeren in blaue Schüsseln sammeln und Milch und Zucker darübertun, und ich werde nie wieder so gute Erdbeeren essen. Der zweite Garten hat meine Kindheit besänftigt. Ihn sehe ich heute noch. Im Traum versuche ich die herankommenden Bagger aufzuhalten, die der Erde mannstiefe Wunden reißen, den Walnußbaum köpfen und die Rosen, das Grab der Nachtigallen, in ebene Totenstille verwandeln werden. Auf der Schaukel saß ich und schaukelte mich aus dem Alptraum der Lateinvokabeln und Schlimmerem fort. Entkommen bin ich nicht. Ich lebte immer nur eine Atempause lang.

Der Sturm hat den Baum in Bewegung gebracht, seine Äste pflügen die Luft, er ist genauso alt wie ich, der Nußbaum bekommt die erste Nuß mit zehn Jahren, ein Jahr mußten wir warten, und im folgenden Jahr hatte er seinen ersten Zwilling. Wer kümmert sich jetzt um ihn, wer gibt mir nun Nüsse, schenkt mir den Schatten, wenn mich des Sommers Brechreiz plagt?, rufe ich weinend meiner toten Mutter zu, und sie dreht sich vor Übelkeit im Grabe um.

Aber vergebens, in meiner Prosa ist das Todesurteil vollstreckt, du kannst ja nicht aus deiner Urne heraus, und ich werde dich auf ein Fußballfeld führen, oder in einen nun verwaisten Garten; die Rosen vergammeln, oder sie stechen in die nackten Füße der Spieler, oder man hat dort eine Universität errichtet oder eine Autobahn; du wirst den Nußbaum nicht mehr finden, den Kirsch-, den Apfelbaum auch nicht, den Mirabellenbaum, der so wenig trug, die drei Pflaumenbäume, den Williams-Christ-Birnbaum. Hohnlachend zeigen sie uns ihr heimatlos gemachtes Wurzelwerk. Warum haben wir uns nicht vor sie gestellt, sie mit unseren Leibern beschützt?

Ich schreibe über den Tod meiner Mutter, also auch über den eigenen. *Sterben oder schreiben, was willst du?* Mit fremden Ohren höre ich den Schrei, der ich nicht bin. Vater, fährst du nach Husum? Betrunken gingen wir aus der Kneipe, aggressiv gemacht durch eine gegenseitige Scheu, die immer wieder Versuche vergeblicher Nähe machte, in das Zuhause, das wir für zwei Wochen gefunden hatten. Und wir singen das trunkene Lied. Schiffbruch in der Flasche! Ich lag im Bett an der Seite des Vaters, außerstande, wieder der Embryo zu werden, der ich einmal war; ich war längst den Eltern entwachsen, das schmerzte mich, ich nahm dem Vater im Bett zuviel Platz weg, ich wurde aus seinem Bett in mein kaltes Lager geschickt.

Du bist nichts, du bist ein Tier, ein Insekt, sagte der Vater einmal zu mir. Und ich tat alles, um ihm recht zu geben, bis er eine andere Bezeichnung für mich finden würde. Er fand sie nicht. Ich erinnere mich an die Worte Jean Genets; er wurde ein Dieb, sagte er einmal, weil man ihn einen Dieb genannt hatte. Ich rächte mich an den Tieren, die mir gehörten. Aber ich gehörte ihnen, in der Pein der Rache bin ich ihre geschundene Beute geworden. Den Nachtigallen goß ich Wasser über den Kopf, der Katze, die wir im Korridor hielten, um die Vögel nicht zu gefährden, verdrehte ich den Schwanz, bis sie schrie. Alle Tiere, deren Beute ich war, werden während des Schreibens lebendig. Der Fliege riß ich die Beine und Flügel einzeln aus und wartete. Hätte ich mich damals nicht geweigert, Vater, die Uhr lesen zu lernen, ich könnte dir jetzt sagen, wie lange das Sterben der Fliege gedauert hat. Ich sah dem Sterben des Frosches zu und haßte mich zugleich und litt. Warum machte ich kein Ende mit mir? Erschrocken sehe ich mich an und rufe mich zu Hilfe. Aber es gibt mich nicht. Ihr streitet meine Existenz ab. Wäre ich ein Tier, ich wäre aus dem Tod einer Fliege gemacht. Insekt! Siehst du mich? Aber du möchtest in diesem Moment vielleicht nicht, daß ich bin. Gern zöge ich mich wieder zurück, wäre Blut im Blut meiner Mutter, Fleisch von ihrem Fleisch, und Grab von ihrem Grab, Asche aus Asche, das Feuer war.

Mit der Erschöpfung der Angst sank ich in Schlaf. Ich habe oft solche Zustände erlebt, in denen ich zuletzt in den Schlaf entkam. Schlafend verschwand ich in einem sterbenden Tier. Die Eltern fotografierten ein schlafendes Kind. Aber im Traum sank es zurück, floh mit Pferdewiehern, seine Hufe schlugen die Steppe, wie es später auch oft meinte, einmal als Pferd gelebt zu haben. Cowboys, bezahlte Fänger, warfen ihm ein Lasso mit einem Reifen um den Hals, mit dem es lief, bis es vor Erschöpfung umfiel, dann wurde es getötet, um schließlich von Hunden gefressen zu werden. Was hättet ihr

mit dem toten Pferd, mit dem kahlgenagten Gerippe in eurer Wohnung gemacht? Die Mutter weiß nichts von der Angst des Kindes, ein Pferd zu werden, sie hebt es hoch, gibt ihm zu trinken, zieht es an, sie legt es in den Wagen, den sie auf den Hof schiebt, damit ich den neugierigen Blicken der Nachbarskinder ausgeliefert bin. Geht weg, ich bin niemand! Geht weg, ich bin kein Pferd, das sich fangen läßt! Meine Blicke erschlagen euch, meine Schatten seid ihr, meine Gespenster, die ich im letzten brechenden Blick erkennen werde. Die Indianer begruben ihren Häuptling auf seinem Lieblingspferd sitzend. Ein Totentier werde ich sein, ein Sternenbild, den geflochtenen Schweif zwischen den Beinen, ein schlafendes Wappen im schlafenden Indianer- und Trappergeschichtenwald. Wenn ich schreiend erwachte, hatten sich die Träume in die Askese ihrer Wirklichkeit verborgen. Ich starrte in das Gesicht, das ich sein werde. Ein geknicktes Bündel Hafer, sinke ich wieder in Schlaf. Das Pferd geht im Joch, sein Kopf senkt sich, es stampft den Boden, bis zuletzt verfolgt von den Blikken der Nachbarskinder im Hof.
Ich wunderte mich, warum ich vor Beschämung nicht auf der Stelle tot war, wenn ich in der Küche von dem noch warmen Pudding stahl und auf der Haut eine Delle blieb, die mich an dich verriet. Und ich schlug mich selbst. Das war dir nicht genug. Doch mit jeder Strafe, die du an mir vollzogst, wuchs mein Widerwille, auf deine Verbote zu hören und von dir zu lernen. Deine Liebe überzeugte mich nicht, so stritt ich dir auch das Recht zu strafen ab. *Je näher man Dir zu kommen versuchte, desto mehr entzogst Du Dich in Deinen eigenen Sprach-und Phantasiebereich.* Einmal werde ich dich sehen, dein Leib wird überall mit Augen bedeckt sein und dein Kopf mit Asche, du wirst jünger sein als deine tau-

sendjährige Fessel, aus der du kamst, und ich schreie vor Angst, daß ich angesichts deiner unzähligen Augen, die alles sehen, wieder versagen könnte. Hast du mich denn gleich erkannt? Siehst du mich nicht tausendfach versagen, lohnt sich denn dein Kommen noch? Ich möchte etwas sagen, um das Schweigen zwischen uns beredt zu machen. Ich möchte, daß du mir zuhörst. Vorher war es zu spät. Erinnerst du dich an die Märchen, die du dem Kind vorgelesen hast? Nachts tauchten sie wieder auf, Scheherezade, das Mädchen in der Kammer des Grauens raunten mir zu. In der Kammer des Grauens schlafe ich. Meine Mutter glaubt mir nicht. Sie lebt in der Welt, in ihrer Klarheit von der Mittelmäßigkeit erwachsener Vernunft erahnbar. Wer steckte mich in die Kammer des Grauens, wer verbarg mich in Angst?

Meine Geburt verlief schweigend. Der Arzt hat mich ins Leben zwingen müssen. Lieber wäre ich gleich umgekehrt, aber gegen das Leben konnte ich mich damals nicht wehren. Meine Stummheit, nicht mein Schrei, ließ alle zusammenzucken. Ich schwieg, um meinen Tod anzukündigen. Mit mir war zugleich mein Feind auf der Welt. Der Arzt ist schuld daran, daß ich das Leben hassen muß. Ich werde ihm nicht danken. Ich werde sein Totenhemd, seinen weißen Arztkittel, nicht in Dankbarkeit küssen. Der Pfarrer sagt, das Leben ist wahr erst nach dem Tod. Was ist vorher? Ich hätte die Frage einmal beantworten können. Wie wird mein Tod sein? Werde ich mich nun wehren, wo ich mich doch einmal gegen das Leben gewehrt habe? Blaulicht, Sirenen, Schreie, Zuckungen. Ich falle aus dem Krankenhausbett. Oder kann ich meinen Tod verbergen? Sterbe ich heimlich zwischen zwei Worten? Unzählige Stiche und Schläge werden mich durchbohren, wenn ich höre und sprechen muß. Stumm sein wäre ein schönes Nein, eine Verweigerung. Jede Krankheit, jede Behinderung wäre es, weil sie den Kranken berechtigt, seine gesunde Umwelt zu hassen. Du sagtest doch immer, daß meine Gedankenfolgen in ihrer Logik kurzgefaßt wären. Später habe ich aus meiner Verrücktheit ein System, aus meiner Dummheit Aphorismen gemacht. Ich habe immer recht behalten, mit meinen Folgerungen griff ich den Ereignissen voraus, die durch meine Dummheit bestätigt wurden, durch meine intellektuelle Kurzsichtigkeit.

Du willst nicht, daß ich irgend jemandem gegenüber aufmerksamer bin als Dir gegenüber. Was ich tat, war falsch. Wenn ich oder Deine Mutter etwas sagten, war es falsch. Wenn wir schwiegen, kränkten wir dich. Damit will ich nichts wegwischen von dem, wo es Anlässe gegeben haben mag, die Du zumindest als solche siehst, wo ein Versagen Deiner Eltern liegt. Du fühltest Dich an den Rand gedrängt. Aber man konnte Dir nie das Gefühl geben, daß Du nicht allein bist. Du ließest es nicht an Dich heran. Wir blieben Fremde für Dich, die Dein Leben eifersüchtig begleiteten. Es ist wohl wahr, Du sagst es immer wieder, daß ich nicht genügend vermochte, Dir das zu sein, was Du von mir erwartetest. Auch Deine Mutter ist dabei gescheitert, wir wußten uns beide keinen Rat mehr. Nach ihrem Tod empfand ich nur noch die Mauer. Als Vater hätte ich derjenige sein müssen, der sie abträgt. Ich kam nicht an Dich heran. Es war ein schrecklicher Zustand, für uns beide. Beschwichtigen ist da kein Wort, es lag alles tiefer und wie von weit her. Du warst dir selbst genug. Dein ganzes Sein, Dein Handeln oder Deine Passivität, waren darauf ausgerichtet, diesen Zustand ungestört zu belassen. Welt war eine Form der Bedrohung, eine Mitteilung des Verletzenden. Dadurch, daß Du Dich verschlossest, war es Dir leicht, mit der Umwelt fertig zu werden. Allein so ist Leben nicht möglich. Die Welt ist voller Leute, eine lärmende Einrichtung, nicht für die Fakire und Buddha gemacht. Aber die Geste des Buddha ist bei einem vierjährigen Kinde grotesk. Du hattest Wege und Mittel gefunden, Dich nicht auf die Welt einzulassen. Dein Leben war ein komplizierter Mechanismus. Wenn man sich mit drei oder vier Jahren dazu entschließt, den Rest seines Lebens in einer erdachten Welt zuzubringen, dann hat man keine Probleme zu befürchten. Wer dem Ideal totaler Selbstgenügsamkeit huldigt, kann durch die Welt nur Störungen empfangen. Du zogst Dich zurück: Welt, bleib mir fern! Totale Wunschlosigkeit war Dein Wunsch, weil Du Enttäuschungen nie annehmen wolltest. Ich gebe zu, es fiel mir schwer, Dir die Welt begehrenswert zu zeigen. Sie ist es vielleicht nicht. Wir wußten, die Welt, wie sie ist, war von Dir weder begehrt noch erwünscht; es ist nicht einfach, an das zu glauben, was man anzubieten hat, wenn man selbst voller Zweifel ist, ob das Gebotene überhaupt wünschenswert ist. Du fragst, Warum hast Du nicht aufgeschrien, warum hast Du nicht das schwarzbordige Schiff bestiegen, warum bist du nicht ausgeflippt? Warum schrie ich nicht auf? Ja, das hättest Du tun sollen, sagtest Du; ich hätte den Schulämtern sagen sollen, Lernt euren Scheißkram allein, laßt mir meine Tochter damit in Ruhe, die lernt aus sich, aus einem eigenen Kosmos, die kreist nicht um erkaltete Monde, sondern um eine verbrennende Sonne, die wird den Speer werfen wider den Wal, sie wird den Stier bei den Hörnern packen, um sich darüber hinweg zu schwingen wie die minoische Akrobatin. Aber das Leben ist eine Mischung von Traum und Schrecknis, bis der Schrecken ein Alptraum wurde. Die Welt war Dir früh genug ein Versprechen, das sich nie erfüllt. Mit Deinem Nein hast Du dem ganzen Universum Dein Minuszeichen aufgezwungen. Mag sein, daß Du später, eine linkische, dabei aggressive Einzelgängerin, auf einige der jungen Leute mit Bart und Gitarre, die wir am Meer sahen, wie eine aus der Gesellschaft ›Ausgeflippte‹, eine Aussteigerin gewirkt hast; ich denke anders darüber. Als Du die Worte lerntest, gingst Du in sie ein. Du sprachst nicht, wie andere Kinder, einzelne Worte, sondern gleich ganze Sätze. Nicht Du erobertest die Worte, sondern sie Dich. Die Welt war in Deinem Kopf. Aber Du zogst diese kahle Welt vor, die schließlich zum Ersatz wurde, all dessen entblößt, was sie anderen wertvoll machen könnte. Es war natürlich ein Rückzug aus der realen Welt. Jeder Atemzug, jedes Haar auf Deinem Kopf war gezählt. Du lerntest die Sprache nicht, um Dich mitzuteilen, sondern um Dich abzugrenzen, um zu verdeutlichen, daß Du anderer Meinung warst. Sie war Schutz gegen die Anarchie, als die Dir die Welt erschien. Vieles hast du spät gelernt. Diese Deine Unfähigkeit war sorgsam gehütet. Sie verpflichtete Dich uns gegenüber zu nichts. Es war Dein Widerwille, mit der Welt in Kontakt zu kommen. Nur wenn man nichts tut, ist kein Mißlingen mehr möglich. Darum hast Du wie ein Zen-Jünger Deine Wünsche unterdrückt. Deine Gelassenheit war, nichts zu tun und nichts zu sein, Stein, Welle, Insekt wolltest Du sein, um der Welt zu entkommen in einem Gleichgewicht, wie es Pflanzen kennen mögen. Aber Du gehörst nicht nur Dir, Du gehörst auch der Welt. Du wolltest wohl unberührt von der Welt leben. Uneinnehmbar warst Du, wie die Festungen, die Du manchmal aus Steinen bautest.

Wir merkten oft, wie abhold Du einer zärtlichen Zuwendung warst. Später dann Deine Vorwürfe, wir hätten Dich nicht genug geliebt. Wir waren Dir als Eltern lästig. Stör meine Kreise nicht, zitiertest Du einmal, als ich Dich auf ein Literatencafé hinwies. Ich nahm teil an Deinen Gedichten, gab Dir jede mir verfügbare Adresse. Du empfandest mich als Hindernis und machtest keinen Hehl daraus. Du fühltest dich durch unsere Existenz in Deiner Existenz beleidigt. Wir störten. Du wolltest mit der Welt um Dich herum nichts zu tun haben, nahmst sie nur vermittelt wahr.

Nachdem wir bemerkt hatten, daß Du als Kind keine kausalen Schlüsse bei Bestrafungen zogst, sahen wir den ›Unsinn‹ der Bestrafungen ein. Aber man kann das nicht durchgängig ›machen‹, es wäre sonst so etwas wie Fatalismus dabei herausgekommen. Da war einerseits die Einsicht, andererseits die Hoffnung. Aber da lagen auch die Widersprüche. Es hatte ja alles tiefere Gründe, lag schwieriger. So war ich – im Gegensatz zu Deiner Mutter – bemüht, Konsequenzen zu ›enthärten‹. Es gab da oft bei mir den Riß in der Mauer der Absichten, die weiche Stelle. Strafe, so meinte ich, war das eine, aber Aufhebung und Annullierung waren mir auch wichtig. Dir war oft so weh zumute, so traurig, wie hätte ich vermocht, immer konsequent zu bleiben? Aber ich sah keinen Sinn mehr in diesem sogenannten erzieherischen Tun. Das kannst Du mir mit Recht vorwerfen.

Ich sehe wohl, wir haben Dich nicht verstanden. Irgendwann verweigertest Du Dich total. Du hattest wohl keine andere Wahl mehr. Ich hatte Dir ›kraft‹ der inneren Verzweiflung, die mich heimsuchte, keinen Halt geboten. Es war nur konsequent von Dir, mich, der wegen Beinbruch an Krücken ging, umzustoßen und darob zu triumphieren. Schlimmer als die Krücken mögen wohl auch für Dich die Flaschen Wein gewesen sein, deren ich bedurfte, um zu überleben. Aber glaubt denn da einer ernstlich, da entschließt sich einer freihändig, zu saufen, weil's ihm Spaß macht, glaubt denn einer wirklich, so was schmeckt und man kotzt am Morgen aus Vergnügen, nicht am Ekel vor der Welt, sich selber eingeschlossen? Auch in diesem Lichte sind die ›Flaschen‹ zu sehen. Ich will nicht auf andere Biographien verweisen. Man kommt nicht ungeschoren davon, man geht nicht ›rein‹ durch die Welt, man bekommt schmutzige Schuhe.

Wir haben uns eine Tochter gewünscht, dem alten Vorurteil folgend, Mädchen seien wohl sanfter. Es hat Deinetwegen Konflikte zwischen Deiner Mutter und mir gegeben, von denen Du nichts weißt. Du hast mich verachtet, weil ich im Beruf scheiterte, und mir den Tod gewünscht. Du hast Deiner Mutter stolz davon berichtet, wann es Dir gelungen war, mich schwach zu machen und eine Bestrafung aufzuheben. Und warum? Ich kann es mir denken. Du wolltest niemanden über Dir, wolltest Dich leben, Dich ausleben, koste es, was es wolle. Jedes Mittel war Dir dazu recht, Du spieltest uns gegeneinander aus. Das war Deine Macht. Als ich mich mühte, mit Krücken zu gehen, hast Du mit verschränkten Armen zugesehen und mir nicht geholfen. Du hast mich schon früh wissen lassen, daß Du mich verachtest. Aber ich sage Dir, einen erfolgreichen Vater würdest Du noch mehr hassen. Ja, totschlagen müßte man Dich, das habe ich einmal gesagt, als ich am Ende war und nicht mehr konnte. Ich floh in eine zweite Ehe, weil ich hoffte, daß nach dem Tod Deiner Mutter damit alles besser würde. Die erfolglosen Dichter hast Du beweint, weil Du Dich in ihnen selber liebtest. Mit mir nur in einem Zimmer zu sein war Dir unerträglich. Kam ich unerwartet, stelltest Du das Radio aus. Stundenlang hast Du Dir die Musik einer irischen Band angehört und stelltest Dir vor, an einer kahlen Felsenklippe zu stehen, denke ich mir. Nie durfte ich wissen, was Du gerade tatest. Ich durfte Deine Gedichte lesen, aber immer mußte ich sie gut finden. Ich will Dich gar nicht danach fragen, wie Dir zumute wäre, wenn Du statt des zweifellos nicht einfachen Studiums zehn Stunden täglich in einem Büro mit sinnlosen Daten und Zahlen und Materialien Umgang hättest. Aber es gab nur noch Mißverständnisse, das Labyrinth war perfekt. Es gab Augenblicke des Gesprächs, etwa in unserem Urlaub, am Meer, in einer Kneipe, beim Autofahren, über Philosophie und Literatur, aber das waren ›Ersatzhandlungen‹, bedeutsame Geplänkel, wir verständigten uns auf Verwandtes, aber je ›näher‹ wir uns kamen, desto schärfer nahmst Du auch Abgrenzungen vor. Du wolltest recht haben. Nicht nur in bezug auf Dich, auch anderen zwangst Du Deine Meinung auf. Wir waren Deine Puppen. Ich wäre auch lieber frei gewesen. Du meintest, unabhängig zu sein, warfst mir ins Gesicht, Du könntest kommen und gehen, wie es Dir paßt. Ich war von den Pflichten Dir gegenüber gefangengehalten und darin verflochten wie ein Tier, das in eine fleischfressende Pflanze geraten war. Und doch zählte ich nicht. Kam ich zu Dir ins Zimmer, gingst Du hinaus. Jeden Tag hast Du Streit provoziert, um sagen zu können, wenn Dich jemand fragt, Du habest schlechte Eltern, die Dich nicht verstehen. Sagte ich etwas, war es gegen Dich gerichtet. Darauf hattest Du nur gewartet. Ich nehme an, daß Du mich gern tot gesehen hättest, und sei es nur, um von anderen bemitleidet zu werden. Ich weiß, daß in jeder Deiner Freuden, auch dem gestillten Rachedurst, Schmerz ist. Bevor Du es geschafft hast, es Dir ohne Vater und Mutter, ohne Feind und Freund, in dieser Welt wohnlich zu machen, wirst Du an Deiner eigenen Vorstellung von Welt, der Utopie Deiner Humanität, die in Wahrheit unmenschlich ist in ihrem Gerechtigkeitsfanatismus, zugrunde gegangen sein. Du erwartest von allen zuviel. Wer Dir Unrecht tut, ist es nicht wert, länger zu leben. Du wärest gern der Teufel und Christus und der Gott des Alten Bundes dazu. Du wärest am liebsten Gott, um ungestraft strafen zu können. Du straftest gern, um nicht bestraft zu sein. Du hättest gern wie Ahab den Wal ans Kreuz geschlagen, um in Christi Blut zu waten und eine Schwarze Messe für ihn zu halten. Als Kind haßtest Du die Treppe, auf der Du fielst. Du begriffst nicht, daß sie nur ein toter Gegenstand war, der Dich nicht ärgern konnte. Aber bei dem Wort ›tot‹ horchtest Du schon auf. Tot? Dann wird sie einmal gelebt haben. Du möchtest alles töten, um ihm dann Deinen Odem einzuhauchen, damit es abhängig sei von Dir. Selbst an den Verstorbenen bist Du imstande, Dich zu rächen. Du gibst kein Pardon und verzeihst niemandem. Ich bin überzeugt, keine Kränkung, kein hartes Wort und keine Zurechtweisung wirst Du je in Deinem Leben vergessen haben. Als Kind hast Du auch gesagt, daß Du sterben möchtest. Ich habe Dich geschlagen, weil ich Deine Worte für Erpressung hielt und weil ich entsetzt war über das, was ich hörte. Ich hielt es auch für Lästerung. So einfach wünscht man sich nicht den Tod. Du aber wolltest uns damit erpressen. Du wolltest, daß wir klein beigaben. Oft sagtest Du auch, Ich sterbe bald. Ich bewunderte Dich noch in Deiner Dreistigkeit. Jede Strafe war Dir suspekt, kränkte Deine Ehre. Als Du einmal zusammen mit anderen Kindern die Schutzplatten am Haus zerschlugst und ihr dafür vom Hausmeister bestraft wurdet und ich die zerschlagenen Platten bezahlen mußte, empörtest Du Dich über die Roheit des Hausmeisters. Du empörtest Dich so geschickt, fast hätte ich Dir geglaubt. Du spieltest uns ja alle an die Wand. Ich kann mir vorstellen, daß es grotesk ist, wenn sich die Eltern von ihrem eigenen Kind tyrannisieren lassen. Du hattest grundsätzlich zu allen Dingen eine andere Meinung als ich, um mich zu provozieren. Du hast gelogen, um einen anderen Wahrheitsbegriff vertreten zu können als ich. Du hattest zu allen Dingen auch eine andere Meinung als ich, weil Du in dem Zwang stecktest, Dich rechtfertigen zu müssen. Ständig fühltest Du Dich ins Unrecht gesetzt. Längst schon, wenn alles geklärt war, bestandest Du auf Deinem Recht. Du bestandest um so mehr darauf, je weniger es in Wirklichkeit bestand. Aber das war es ja, was Du nicht ertragen konntest. Deine Rechtfertigung war Dein Leben. Sagtest Du, Ich bin gerecht, meintest Du, Ich bin gerächt. Aber diese Wahrheit hättest Du nie ertragen können. Wahrscheinlich hätte man Dir auch noch Deine Unwahrheit geglaubt. Du warst sehr geschickt. Du fandest alle Weichstellen bei uns heraus. Jeder mußte Dir dienen. Das war Dein Märtyrertum. Wie oft hast Du Dich selbst beweint. Es gab keinen, der Dir glich, darum hast Du alle verachtet. Die Atmosphäre eines Despotenstaates hast Du in die Familie gebracht, darum habe ich Dich schlagen müssen. Du nahmst keine Grenzen wahr. Du warst sehr beredsam. Vor Fremden waren wir die Schuldigen. Du wolltest Du selbst sein, auf Kosten der anderen. Angenehm waren Dir die, die Dich in Deiner Egozentrik bestätigt haben, etwa Deine Freundin aus dem Nachbarhaus. Du nimmst es mir heute noch übel, daß ich dafür gesorgt habe, daß sie in ein Internat kam, weil ihre blinde Mutter sie nicht erziehen konnte und das Mädchen die Schule schwänzte.

Sie kannte auch keine Begrenzung; und Du wolltest keine kennen. Du hast Deine täglich neu gefährdete Freiheit betrauert, wie Du nie um einen Menschen trauern wirst. Ich erinnere mich, daß Du Westernfilme und -geschichten liebtest, Geschichten um Desperados, Außenseiter, die mit Gewehr und Messer gegen eine Menge kämpften, um der verdienten Strafe, dem Galgen, zu entrinnen. Ich hätte Dir diese Filme verbieten sollen. Sie bestätigten Dich in Deinem Außenseitertum, Du wärest gern wie diese Trapper und Indianer gewesen, eiskalt über Leichen gehend. Du hast dem schießenden Indianer aufs Gewehr und gleichzeitig mir zwischen die Augen geblickt. Jeder Schuß ein Treffer! Nur wenn wir uns im äußersten Haß erschießen, wird vielleicht ein Neubeginn möglich sein, wortloses Umarmen ohne Vorbehalt. Uns war von Anfang an die Unschuld im Umgang mit Dir genommen worden.

Oft hast Du mich gefragt, ob es den Wilden Westen wirklich gab, ob es ihn noch gibt. Du wolltest gern ein Trapper sein. Hättest Du mich dann als Fell an die Wand gehängt oder gegen ein seidenes Halstuch umgetauscht? Ich weiß, Du wärst gern ein Anarchist gewesen. Als Trapper hast Du mir viele Fallen gestellt. In jede bin ich gefallen. Heute würdest Du mich nicht mehr derart aufs Kreuz legen können. Du erdachtest Dir Martern in Deinem Kopf. Ich wäre auch gern in die Wälder gezogen, wenn mir die Luft zu eng wurde. Nicht wahr, Dein Unkas, Dein Lederstrumpf haben die Siedlertrecks doch auch nur kurze Zeit begleitet und verschwanden dann wieder in den Wäldern? Aber die Welt ist eine lärmende Einrichtung, voller lästiger Leute. Wie ihnen entkommen? Unter dem Heiligenschein Deiner Trappermütze funkelt das Auge ungestillter Rechthaberei.

Recht hast Du! Recht willst Du haben. Du fragst nicht, wie Du es erlangen kannst; egal, Du hast es. In Gedanken hast Du jede Nacht ein Duell mit mir gehabt. Manchmal hörte ich es. Päng, tot!, hörte ich Dich rufen. Einmal hattest Du in Deiner Wut alle Puppen vom Regal geräumt, Deine Mutter dachte, nun wärst Du endgültig verrückt. Du inszeniertest ganze Hörspiele und Szenarien mit verteilten Rollen. Du warst Wildtöter, hocktest lichtscheu in Deinem Zimmer, die Fenster verhängt, und hieltest Reden an Bäume. Hinaus bist Du nicht gegangen. Du hast Dich vor den anderen Kindern gefürchtet. Du warst kein Held. Auf Bäume klettertest Du nur, wenn Dich keiner sah. Du hast in Elsternnester geblickt. Du fürchtetest, bei den Blicken der Kinder zu fallen. Erst abends gingst Du hinaus. Ich mußte mit Dir gehen, sonst wärst Du nie hinausgegangen und im Mief Deines Zimmers umgekommen. Sahst Du wider Erwarten doch noch Kinder auf dem Spielplatz, kehrtest Du um. Die Augen eines Feiglings glommen unter Deiner Waschbärmütze. Wildtöter hätte gelacht, er hätte Dich nicht mitgenommen, damit Du lernst, die Fährte des Wolfes von der einer Maus zu unterscheiden. Wozu hättest Du Fallen gestellt; die Tiere wären einfach weitergelaufen. Hättest Du denn den Mut gehabt, sie zu töten? Wenn Du ein Stück Fleisch essen mußt, wird Dir übel. Dein Thema ist, wie man den Wal bei Tisch verzehrt, weil man Fisch verschmäht. Du kannst oder willst kein Fleisch essen. In den langen Wintern in Kanada essen die Jäger fast nur gepökeltes Fleisch. Du siehst, Deine Pläne sind unrealistisch. Wer Dich darauf hinwies, war in Deinen Augen ein ›Tränentier‹, einer, der feige ist und im Leben Kompromisse schließt. Das würdest Du nie tun! Das wußtest Du genau. Natürlich, ich habe vergessen, Du weißt es ja besser als ich. Wenn ich recht habe, um so besser. Dann gehörst Du um so mehr zu den Desperados, Trappern und sonstwie von der Menge des gemeinen Fußvolks Ausgestoßenen. Aber bis Du ausgestoßen wirst, hättest Du vermutlich auch gar nicht gewartet. Diesen Sieg gönnst Du ihnen nicht. Du fürchtest ihre Verachtung, darum verachtest Du lieber selbst, um Dich nicht demütigen zu müssen. Du kennst sie alle. Sie sind Dir nichts Neues. Du kämst ihnen gerade recht, meinst Du; überall suchen sie einen Büttel; ja, rufen sie Dir zu, auf Dich haben wir gerade gewartet, Du Hanswurst, Du schwarzes Schaf, grade auf Dich. Du mußtest uns über den Weg laufen, Du bist der Täter, und Du bist das Opfer. Ja, die Welt ist voller Büttel. An jeder Ecke lauern sie, meinst Du. Im Auftrag, Dich zu treten. Überall gibt es Herren und Sklaven, und Du meinst, Dich traf es, Sklave zu sein. Oder der Stiefelknecht. Oder das verachtete Kind. Oder das verkannte Genie. Und wenn das nicht drin ist, wenigstens ein Mensch. Vor so einem müßten sie wohl kuschen. Merken sie nur einen Hauch von Gedankenarbeit, laufen sie Amok gegen Dich. Deine Existenz ist ihnen verdächtig, glaubst Du. Jeder Deiner Gedanken wird für sie zum Anlaß, Dich zu demütigen und zu treten. Die Feinde findest Du leicht, die Totschläger ebenso. Die Welt ist voller Leute, ich sagte es Dir. Du willst sie nicht: knall sie ab wie die Hasen. Aber was machst Du mit dem vielen Blut, Blut ekelt Dich doch? Bei jeder Deiner Taten sind Dir ästhetische oder andere Beweggründe im Wege. Aber so leicht stirbt es sich nicht, es stirbt sich vor allem nicht von allein oder auf Befehl. Den Gefallen tun sie Dir nicht. Selbst das Unrecht wirst Du noch schützen, weil Du recht hast im Unrecht. Aber noch lebe ich, Tochter, und wenn ich tot bin, gebe ich Dir recht. Hast Du Gedichte geschrieben, um Dich doppelt zu wissen gegen mich? Deine Mutter war nicht auf Deiner Seite. Sie war auch nicht auf meiner Seite. Sie war auf Harmonie und Ausgleich bedacht, versuchte zu schlichten. Sie ist ein Mensch der Waage. Du hast nicht geweint, als sie starb. Als die Amsel mir vors Auto flog und ich sie überfahren mußte, weil ich nicht mehr bremsen konnte, hast Du geschrien und warst drei Tage nicht ansprechbar. Auch das tote Rotkehlchen im Park hättest Du gern beweint. Aber wie hast Du unsere beiden Nachtigallen gequält! Deine Seele hat die versponnene und verdorbene Zartheit eines Spinnennetzes, das Tiere tötet, Fliegen, Käfer. Für was rächtest Du Dich an den Tieren? Für das Mitleid, das nicht tätig sein konnte? Aber Du quältest ja, um das Erbarmen zu lernen. Den Umgang mit Menschen betrachtest Du wahrscheinlich als Zeitverschwendung. Du bist auch noch stolz darauf, daß Du so denkst. Du hast Dich empört, als ich während einer gemeinsamen Fahrt mit dem Schlauchboot Benzin ins Wasser goß und schillernde Regenbögen auf der Oberfläche des Wassers zu sehen waren. Es war ein Versehen gewesen. Du überhörtest meine Worte. In Deinen Augen ist die Umwelt ein Unrecht. Sie tut es nicht nur, sie ist es. Bei anderen Menschen taktierst Du. Du wehrst Lob ab, um noch einmal gelobt zu werden. Du bist wie jener Dichter, der sich an seinen nichtvorhandenen Lesern dadurch rächte, indem er unbekannte oder wenig geschätzte, nachweislich kleine Talente bevorzugte; wolltest Du die Überlegenen schätzen, Du müßtest Dir selber untreu werden, meinst Du. Du rächst Dich, indem Du etwas besser weißt. Du hast in Deiner kurzgefaßten Logik die Argumente des Unrechthabens als Recht gegen mich herumgetragen, als hättest Du mich das Sprechen gelehrt, nicht ich Dich. Du bist maßlos von Dir überzeugt; mit vielleicht sech-

zehn Jahren gingst Du in ein Kunstgeschäft und fragtest, ob man an Deinen Bildern Interesse hätte, nahmst dann aber Dein Angebot zurück, aus Bescheidenheit, wie Du meintest. Wir Maler, sagtest Du einmal beiläufig in einem Gespräch zu mir. Aber mit Wir warst nur Du gemeint. Deine mißhandelte Kindheit, das ist Dein Thema. Wenn Dir die Worte ausgehen, wirst Du das Thema wechseln müssen. Aber auf diese Weise stehst Du immerhin in meiner Schuld. Mein Thema ist der Versuch der Verständigung. Das ist ein Opfergang. Was weißt Du davon? Du hast Dich mit einem Trapper, einem wilden Desparado verglichen. Du wolltest Reitstunden haben. Aber die heutige Gesellschaft findet nicht auf dem Rücken der Pferde, sondern auf dem Asphalt oder dem Parkettboden statt. Darum schickten wir Dich in die Tanzstunde. Du nanntest es eine Geldverschwendung und nimmst es uns übel, daß wir Dich aus den Wäldern und von den Bäumen holten. Wir sind aber nicht mehr im Stand der Unschuld, in dem wir als Affen auf den Bäumen hockten, Nüsse knackend, mit faulen Bananen werfend nach dem Neandertaler, der sich gerade anschickt, seine Keule gegen Raketen zu vertauschen. Aber Du brauchst wohl ein Feindbild von mir. Wollte ich Dich schlagen, so war das für Dich der Beweis, daß ich Dich haßte, und das berechtigte Dich dazu, mich noch mehr zu hassen. Aber Du warst anders als mit Schlägen nicht zu bändigen. Deine Mutter war überfordert, es blieb ihr nichts anderes übrig, als Dir mit meinem Kommen abends zu drohen.
Ich wollte Dich nicht nach meinem Ebenbild schaffen, was Du mir unterstellst. Du sollst einen anderen Weg gehen. Uns wurde ein Studium unmöglich gemacht. Ich mußte arbeiten, um eine Familie zu ernähren, habe mich verleugnet. Wo blieben die geliebten Bücher, blieb

das Schreiben? Wie oft hast Du an Deinen Tod gedacht, wenn Du die Stelle vom Tod Ahabs gelesen hast? Oder hast Du an meinen Tod gedacht? Du hast Dich mit diesem Todesgedanken bewußt gequält, um Dich bemitleiden zu können. Du hast all jene verachtet, die mit mir sprachen. In Husum erzählte ich Dir, daß ich im Krieg einmal einen Trupp geführt habe. Das glaubtest Du mir nicht. Du hast keine Führungsqualitäten, sagtest Du zu mir. Das mag sogar stimmen. Und doch stimmt es nicht. Du aber wolltest fliehen aus dem Bereich jeglicher Verantwortlichkeit. Worauf wartetest Du, als Du am Strand standest? Ich hatte Dich gebeten, ins Auto zu kommen, Du solltest keine Erkältung bekommen, aber Du winktest ungeduldig ab, als wolltest Du nicht wahrhaben, daß das Meer schlechtes Wetter bedeutet und eine noch üblere Unterkunft. Fliehen konnte ich auch nicht. Aber Du nahmst es mir übel, daß ich Dich halten mußte. Das schwarze Schiff fuhr ohne uns. Wie stellst Du Dir das vor: Fliehen, einfach so? Dafür ist es zu spät. Ich werde sterben, bevor das gefrorene Meer in Dir, diese erkaltende Unendlichkeit, meine Füße berührt. Mit der Axt schlägst Du nach mir, um mich beweinen zu können. Am liebsten würdest Du Dich selbst als Tote beweinen. Kannst Du denn die Lebenden von den Toten unterscheiden? Du beklagst Dich, nicht genug geliebt worden zu sein. Aber wie soll man geben, was man als Kind selber nicht bekam? Und um einen Mangel zu wissen, das hebt ihn noch nicht auf, macht aus ihm kein Können. Du wolltest die Clematis, die ich der toten Mutter in die Hand gab, wieder in den Garten bringen. Dir tat die geschlossene Blüte leid. Du wolltest sie offen sehen. Das kam Dir wie ein Symbol Deines eigenen Lebens vor. Deine Härte empörte einen Freund von mir. Wenn meine Tochter das wagte, totschlagen würde ich sie, sie ist wie ein Schmarotzer, wie ein Insekt, sie lebt von Deinem Fleisch und Blut, totschlagen sollte man sie, sagte er zu mir. Im Büro raunzte der Chef, Scheren Sie sich zum Teufel, ich mach Sie hart wie Pudding, Sie Philosoph. Ja, das hat er zu mir gesagt. Hätte das jemand zu Dir gesagt, Du wärest steif geworden wie Deine tote Mutter. Oder Du hättest Dich selbst getötet, um Deinen Widersacher zu schmähen, und wärst tot über ihn hergefallen. Im Todeskampf wirst Du versuchen, ihm die Zunge abzubeißen. So sehr haßt Du jeden, der es wagte, Dich zu kränken. Worte verletzten Dich, Schläge beleidigten Dich. Kämm Dir Dein Haar, sagte ich zu Dir, als wir Freunde besuchen wollten, und Du warst verärgert. Du wolltest die Freunde nicht mehr sehen. Dich ihretwegen zu kämmen war unzumutbar. Habe ich recht? Am liebsten würdest Du jedes Wort an den Marterpfahl binden, denn jedes enthält eine Beleidigung für Dich. Die Sprache ist nur ein kläglicher Rest, den irgendwelche Menschen hinterließen, eine Art Picknick-Überbleibsel. Oder die Menschen sind der elende Rest ihrer Worte. Ja, das ist es, die Menschheit willst Du an den Marterpfahl binden, den Indianertanz mit dem Tomahawk tanzen, mit Geheul ihnen den Garaus machen, wenn Du schon nicht ihr Märtyrer sein darfst. Ihr Opfer willst Du nicht sein. Du weigerst Dich, Dich von ihnen an die Schlachtbank führen zu lassen. Du meinst, Du bist als Märtyrer zu reich, um ihr Opfertier zu sein. Du willst der Richter sein. Meinst Du, Du weißt, was das Gute ist? Wer bei den ›Guten‹ wohnt, erkennt die Eitlen nicht. Mein Herz ist voller Mitleid für die Gestrauchelten, aber voller Empörung gegenüber den Selbstgerechten. Ich klage Dich an, weil Du mein Richter und der Angeklagte sein willst. Hättest Du nicht Deine Bücher geschrieben, Du hättest den

Spieß umgedreht. Die Schatten eines Gefängnisgitters fallen auf das Gesicht Deiner Kindheit, die ich bin. Genauso nimmst Du es Christus übel, daß er gekreuzigt wurde und Judas gehängt. Du hättest das alles besser gemacht. Ich habe für das Nachgeben und Du hast für das Rechthaben gelebt. Die Menschen interessieren mich nicht, wenn man die Menschen kennt, liebt man die Tiere, zitiertest Du einmal. Du lachtest, aber es war Dir wohl ernst damit. Wie vor einem Schlächter bist Du einmal niedergekniet vor einem Vater, der sein Kind schlug, und Du hast ihn gebeten, nicht sein Kind zu schlagen. Ich glaube, Kind und Vater lachten beide über Dich.

Du lebst auch in den Abenteuerbüchern auf Deine Weise. Immer wieder hast Du die Stelle, wo Ahabs gewaltsamer Tod geschildert wird, gelesen und hast geweint. Beim Tod der Mutter hast Du nicht geweint. Dein Leben war eine schöne Traurigkeit. Lieb waren Dir die Geschichten, in denen Helden scheitern. Dein Scheitern war es, sie unerwidert geliebt zu haben. Das war Dein Thema. In ihnen erkanntest Du Dich selbst, damit Du Dich verherrlichen konntest. Über Ahabs Leiche wirfst Du Dich, ein Klageweib, an mir gehst Du wortlos vorbei. Sein einmaliger Tod war Dir zuwenig, zehnmal wolltest Du ihn sterben sehen, um ihn und die Schönheit Deines Schmerzes beweinen zu können. Die großen Scheiternden erotisieren Dich. Du kehrst zu den Geschichten und Mythen zurück, weil Du Dich darin auszukennen glaubst und um Dein eigenes Versagen verherrlichen zu können. Über die Rahe des untergegangenen Schiffes hinweg reichst Du dem verschollenen Ahab die Hand. Nicht wahr, er ist doch verschollen? Die Tochter, die in der Schule versagte, hat den Ehrgeiz, einmal Odysseus zu werden. Bravo. Sei zehn, sei

zwanzig, sei vierzig, sei hundert Jahre unterwegs, um den zu finden, der Dir das glaubt.
Mit Deinem Kindermund überwandest Du die Welt. Aber die Welt ist mehr als Kopf und Mund, mehr als die gedachte und gesagte Welt im Kopf, denn Dein Kopf ist ohne Welt. Nicht mein, sondern Dein Scheitern war es wert, als Sprache in die Welt gegeben zu werden. Scheitern erst machte Dich zum Helden. Du hast Ahab zum Vorbild gewählt, nicht ich. Er war ein Gotteslästerer. Hier stellt sich zugleich die Frage nach der Angemessenheit menschlichen Zweifels an Gott. Denk an die Predigt des Father Mapple in der Walfängerkapelle! Wider Gott zu predigen, das ist auch Dein Thema. Du hast die geliebt, die Dir recht gaben. Du hast sie gar nicht gefragt. Du machtest Dir das zu eigen, was in Dein Weltbild paßte, das keine Korrektur von außen duldete, nur Bestätigung wollte. Deine Liebe war unmenschlich. Auge um Auge, Zahn um Zahn liebtest Du, und ich gab Dir mein Leben darum; aber deshalb verachtest Du mich. Die Welt zu hassen ist größer, als sie zu lieben, sagtest Du. Ja, ich sehe jetzt, daß es ein Fehler war, daß es ein Mißverständnis war, Dich gezeugt zu haben. Dies Mißverständnis ist aber nun Deine Welt. Du trägst sie aus. Du weinst, um zugleich in Deinem Schmerz Dich selber beweinen zu können. Wenn Ahab und Unkas von den Toten auferstehen, wenn es sie gar nicht mehr gibt, wenn Du das begreifst, wirst Du das Thema wechseln müssen. Aber Du stehst nicht in der Schuld der Helden, Du stehst in meiner Schuld und in der Schuld dieser Welt, der Du gehörst; ich hätte ihr Vorbild sein können, nicht Du. Niedergekniet wärst Du vor einer Romanfigur, hättest ihr die Füße geküßt; die wirklichen Menschen zählen nicht. Sie sind alle Dutzendexistenzen, sie entwürdigen Dich, denn sie sind eingespannt in

das Joch täglicher Pflichterfüllung, darum verachtest Du sie; aber Du fragst nicht, ob ihnen ihr Los gefällt, ob sie es wollten. Du fragst am wenigsten danach. Gern würdest Du ihnen Friedhofserde in ihr Essen tun, um sie loszuwerden, nicht um sie zu erlösen. Ihr Leben ist keine Erlösung wert. Es ist Dir nicht recht, sie erlöst zu sehen. Aber ihr Sterben wird es Dir einmal auch nicht sein. Gegen Erziehung wehrtest Du Dich; das ist nicht würdig eines Südseekapitäns. Mein Schlag in Dein Gesicht traf einen Helden, man bedenke! Ich würde lachen, wäre es nicht so absurd. Um als Held bewundert zu werden, würdest Du ihnen sogar das im Sterben nachtun, was Du nicht zu leben wagtest. Gib mir die Freiheit oder gib mir den Tod!, zitiertest Du einmal Tom Sawyer. Aber Freiheit ist Willkür, und Erkenntnis ist Anmaßung bei Dir. Dein Ahab, Dein Indianer-Joe, Dein Parzival sind mit der Ordnung Gottes in Widerstreit geraten. Vergiß nicht, daß Parzival den Gral erst fand, als er mit Gott in Frieden kam. Er mußte vorher Amfortas erlösen, um selbst erlöst zu sein, denn die größte Wunde heilt nur, der sie selber schlug. Ahab scheiterte, weil er trotzte wider Gott und die Strafe empfangen mußte. Das ist das Thema. Das ist Welt, und das ist Schmerz. Welt war für Dich eine Grundbefindlichkeit des Leids. Aber Du wolltest es so. Mit einer gewissen Brutalität hast Du darauf bestanden, daß Dir zugetragene Zeichen dazu verurteilt waren, nur noch eine tragische Grundbefindlichkeit zu signalisieren. So wurde die Welt zum Unglück, zu einer Form von Einsamkeit. Du hattest jemanden, der Dich darin bestätigte, und das bewahrte Dich, Dein eigenes Versagen zu erkennen und anzunehmen. Feige hast Du Dich verhalten, wenn ich Dich schlagen mußte. Du flehtest um Nachsicht und verachtetest mich insgeheim dafür,

wenn ich nachgab. Ja, lieber gehst Du in einen erdachten Wald und erlegst Reh und Fuchs. Diana, Göttin der Furcht wirst Du sein und ihr eigenes Wild. Während Du traurige Musik hörtest, zelebriertest Du den Tod Deiner papierenen Geliebten und Brüder. Der Tod als literarisches Ereignis hat schon immer die schönsten Leichen hervorgebracht. Nicht wahr, der Tod eines Lebenden zählt nicht halb soviel? Wie oft und wie lange hast Du Ahab sterben gesehen? Dauerte sein Tod länger als der Deiner Mutter?
Zwei Jahre lang wurde sie von Krankenhaus zu Krankenhaus geschickt. Aber ihr Sterben dauerte so lang wie eine Deiner imaginierten Fahrten zur See. Hast Du sie verachtet, weil sie Schmerzmittel nehmen mußte; bedenke, daß sie es nicht freiwillig tat. Man erzählte mir, daß sie von fünf Sanitätern gefesselt werden mußte, damit man ihr eine Morphiumspritze geben konnte. Sie war stärker als die Gorillas des Todes, sie war stärker als Du, selbst wenn Du mit dem Buch in der Hand lebst. Auch Deine Mutter hat gekämpft. Wale sind dazu nicht nötig, die werden jetzt ohnehin mit Granatharpunen erlegt, ohne Gefahr für die Besatzung des Schiffes. Bleibt nur noch die Flucht in den Wilden Westen. Vielleicht findest Du ihn. Du hast ihn in Deinem Kinderzimmer neu erschaffen und auf unsere Kosten in der Familie gelebt. Der Widerstand, den Du spürtest, gab Dir recht. Du denkst ja nicht in den Gesetzen der wirklichen Welt, den Forderungen des Notwendigen. Also lebst Du den falschen Leitbildern nach, um der Welt ausweichen zu können. Wenn Dir die Einsamkeit in den Wäldern abhanden kommt, wirst Du voller Haß zu den Menschen zurückkehren, wirst Du ein Prediger aus der Wüste sein und sie zugleich um ihre Freundschaft anflehen. Du bist gern Christus und Judas. Jetzt wählst Du die Einsam-

keit statt des Hasses. Du hast im Haß, ich habe in der Sehnsucht gelebt. Mein Leben war ein Opfergang. Der Haß war der einzige Mensch, dessen Meinung Du teiltest. Du hattest immer recht, wenn das Absurde und das Weltbild des Grotesken stimmen. Dein Gefängnis wird nicht der Sarg, sondern der Haß sein. Den Sarg hat schon Dein Haß überwunden. Tolstoi meinte, daß Gott vielleicht eine Ausnahme mit ihm machte und ihn nicht sterben ließe. Immerhin wurde er fast hundert Jahre alt. Vielleicht wird es Dir ähnlich ergehen. In den Schneewehen Deiner Kälte wirst Du schließlich verkommen, ein Überbleibsel, ein Fossil. Du warst auf der Seite der brutalen Überwinder. Das ist bezeichnend. Deine weiße Maus nanntest Du Napoleon und quältest sie. Willst Du die Tyrannen verehren und zugleich Herr sein über sie? Vor anderen Leuten schämst Du Dich meiner, Du willst nicht die Tochter Deines Vaters sein. Wenn ich tot bin, wirst Du das bunte Narrenkleid der Trauer weinend von Deinem gehaßten Leibe reißen und noch einmal geboren werden. Fremder werde ich, je mehr ich mich der Erde nähere. Wenn ich liege, wirst Du nicht mehr gehen können. Du wirst das Obst an den Bäumen fürchten. Du wirst die Blumen mit der Wurzel aus der Erde reißen, sie könnten ja mit meinem Mark genährt sein. Aus dem Samen eines Helden und einer Amazone, die gedankenlesen kann, wolltest Du werden. Nein, überhaupt nicht wolltest Du geworden sein, kein Makel weltlichen Sandes soll an Dir haften, Du hast recht, er beschwert Dich; Geist wolltest Du sein, neunundvierzig Kilo Lebendgewicht sind Dir zuviel. Oder schwerelos wolltest Du sein, aber für andere nicht ohne Gewicht. Mit Leichtigkeit wirst Du ihre Gedanken beschweren und sie nach unten zerren. Du nimmst es mir übel, daß wir Dir Leben, also Gewicht, und damit Erdenschwere gegeben haben. Endlose Wälder! Auch ich habe sie gekannt. Du sahst in ihnen Feen und Prinzen, Du verfügtest schon als Kind über einen ungeheuren Wortschatz, eine eigene Sicht von ›Sein‹. Die Märchen und Geschichten, die man Dir erzählte, lebtest Du weiter. Du erzähltest sie nicht nur. Mit dem Hasen, den mein Vater fing, als wir ihn besuchten, sprachst Du. Er hockte im Rhabarber und traute sich nicht mehr heraus. Später redetest Du mit dem Rhabarber, weil er den Hasen versteckt gehalten hatte. Du wolltest erfahren, wo der Hase seine Eltern hatte. Ricki, der Fuchs, dessen Geschichte Dir die Mutter vorgelesen hatte, hat ja schließlich auch seine Familie verlassen. Die stummen Tiere, die Bäume sprachst Du an, die Blumen holtest Du aus der Erde, befragtest die Wurzeln, um den Grund ihres Seins nicht nur zu erfahren, sondern zu sehen. Du erfreutest Dich wohl an den Blumen, aber wichtiger waren Dir die Wurzeln. Das war dies bohrende Forschen, kein Genüge haben an Schein und Anschein, sondern Suchen des tieferen Erdreizes, zum Warum und Wie des immer Verborgenen. Die Verdinglichung Deines Interesses hatte fast etwas Zwanghaftes, auch die Puppen waren nicht ›Menschenkinder‹, sondern Besitz, nicht ›personal‹, sondern Ding-Glieder. Dein Sein in der Welt ist für Dich immer ein Exodus gewesen. Du hast die Sätze der Dichter gesammelt, die die Welt gehaßt haben, und gabst ihnen recht. Durch das Gewicht Deiner Stimme, meintest Du, seien sie bestätigt. Aber die Toten sind unter der Erde, und Buchstaben reden nicht. Man kann ihnen nur das Rätsel der Sphinx entlocken. Einmal wirst Du wieder ans Meer gehen, die Wellen mit Deinem Wasseratem umschlingen, die Namen der toten Meuterer rufen, Du wirst es sehen, das sinnende Ausruhen des reifen Mannes im Wenn. Du wirst die Kinder der ›Rahel‹ suchen. Du standest am Wasser, wie in Erwartung, daß der Vorhang sich von der Bühne heben würde, aber das erwartete Wunder blieb aus. Die Bühne wird leer bleiben. Ich weiß, das ist der Betrug der Kindheit: man wird vor eine leere Bühne gestellt. Die Hoffnung, diesen Überschuß in der Seele, wird die Welt nicht einlösen können. Den Regisseur, der Dich am Leben erhält, wirst Du nie sehen, blind wirst Du an ihm vorübergehen, das wird Dein weiteres Leben sein, das ich über Dich verhänge.

Das Kind kam nicht von selbst zur Welt. Da war der Arzt, der es aus dem Leibe zog. Mutter Erde. Ich werde nicht gut auf die Welt kommen. Mein Leben ist die Zeit der Niederkunft bis zum Tode.

Der Vater besucht die blinde Nachbarin. Er trägt die vollen Mülltüten weg. Er räumt die Zimmer auf. Er küßt heimlich die blinde Nachbarin. Ihre Tochter verrät es mir. Wir dürfen nicht zusammen spielen. Ich widerspreche ihm, einleuchtend deutlich brennt der Schlag in meinem Gesicht. Und verstoßen bin ich: ich fliehe. Ich kehre nicht wieder zurück. Ich verlasse mein Elternhaus, aber ich bin nicht der verlorene Sohn. Und ich bin auch keine verlorene Tochter. Man hat mich in die Welt gestoßen, den leeren Wartesaal. Annette und ich kündigten unsere Flucht an. Auf einem Schulheftblatt teilten wir mit, daß wir für die Dauer eines Tages ohne Eltern sein würden und von allen guten Geistern verlassen. Ein Marterpfahl ist in mir gewachsen. Im Garten errichteten wir unseren Wigwam. Himmelwärts schauten wir. Und bewundernd warf ich mich ans große Herz der Bläue, die keine Spur bewahrt. Der blaue Pflaumenbaum verbirgt uns. Wir sind Blutsbrüder und buhlen verschämt um unsere Freundschaft. *Er schien mir ebenso ungezwungen und natürlich zugetan wie ich ihm; und als unsere Pfeife ausgeraucht war, drückte er seine Stirn gegen meine, legte den Arm um mich und sagte, von nun an seien wir verheiratet – in der Redeweise seiner Heimat hieß das, wir seien Blutsbrüder; er würde freudig für mich sterben, wenn es notwendig werden sollte.* Mein Körper entwickelte sich schmerzhaft, aber für wenige Stunden heilte ihn der Sommer. Licht versöhnte ihn mit mir. Es war ein Aufschub, bis ich wieder Krieg führte mit mir, mit den zwei fleischigen Auswüchsen auf meiner vorher flachen Brust, den Haaren zwischen den Beinen. Pan verdorrte in der Mittagshitze. Ich hing am Marterpfahl, während ich gegen meinen Körper auf dem Kriegspfad war. Ich hatte das Kriegsbeil ausgegraben, wer hatte es in die Erde gelegt? Oder ein anderer grub es aus. Was brütete die Erde aus? Die Erde war nun ich. So hatte ich mich nicht gewollt. Einmal las ich in einer Zeitung, daß ein junges Mädchen seinen Leib haßte, sich, wie es behauptete, am liebsten die Brüste abgeschnitten hätte. Eine Beraterin, die die besorgte Mutter um Rat anging, meinte, das Mädchen werde sich schon an seinen Körper gewöhnen und ihn lieben lernen. Dies sei nur backfischhaftes Gerede. Aber auch ich hatte gehofft, verschont zu bleiben. Den Menschen gibt es in zweierlei Art. Ich wollte in keine Kategorie. Ich war nun festgelegt.

Ich habe mir auch den Tod meines Blutsbruders Queequeg vorgestellt. Der Vater trieb mich mit meiner Mutter in die Wüste hinaus, heimatlos war ich von Anfang an. Wir verbargen uns in den Tropen. Meine Mutter verlor ich, aber ich habe Queequeg gefunden. Wir hofften, Rokoko wiederzusehen. Sollte mein Bruder unterwegs sterben, lege ich ihn meiner toten Mutter an die Brust, Mutter – dies ist dein Sohn, Bruder, dies ist deine Mutter.

Mit den gesammelten Federn von seinen Streifzügen auf der Dönche ging das Kind in sein Zimmer, legte die Federn zu einem Schmuck an, behängte den Gürtel mit bunten Ketten aus Glas, bemalte sich das Gesicht kriegerisch rot. Rot die Farbe der Indianer und der Liebe. Wie ist es möglich, daß Weiße und Rote nicht in Frieden leben können, wo doch beider Blutfarbe rot ist, fragte Wildtöter. Zwei Mädchenhände streichen das Gewand des Kriegers glatt, und ich war Unkas, der Letzte meines Stammes. Ich bin der Erbe. Väter sterben. Erben verderben. Ich lege den gestohlenen Häuptlingsschmuck an, Gürtel meiner Mutter. Blut sickert vom Skalp des Feindes. Das Opfer röchelt. Erschrocken drehe ich mich um, sehe meine Mutter in der Tür stehen. Du bist verrückt. Was soll dieser Aufzug? Zieh dich bitte um. Und ich schnurre jammernd zu einem Insekt zusammen; so hatte mein Vater mich genannt. Und ich stelle mich tot. Ich erfriere an den Blicken, die ich deuten soll und nicht verstehe. Mit dem Blick eines toten Tieres sehe ich den Eltern in die Augen. Wer ist Unkas? Ihr habt Unkas getötet, und sein verschollener Vater beweint ihn. Ich bin fremd hier. Ich sterbe bald, kündige ich den Eltern an. Aber nicht ich eroberte die Welt, sondern sie mich, denn sie war nur in meinem Kopf.

Unkas, der Häuptlingssohn, streift durch die Wälder des Nordens und erschießt statt eines Hirsches den eigenen Vater. Jedes getötete Tier verweist auf einen anderen Tod. Entsetzt werfen sich ihm die Rehe zu Füßen, bereit, das Leben des Vaters mit ihrem Tod einzulösen. Wir werden am Strand des Meeres stehen. Ich errichte Chingachgook ein Grab, ich bestatte ihn auf seinem Pferde sitzend und führe den Kriegstanz auf. Die Federn wehen im Wind. Immer wird der Geist des Adlers in ihnen wohnen. Ich habe mich in die Welt verirrt. – Schlag dir das aus dem Kopf, die Indianer sind in den Reservaten, du kannst nicht einfach die Gesellschaft verleugnen, in der du nun einmal lebst. – Vater, soll ich dir das lange Haar schneiden, das du dir im Urlaub hast wachsen lassen, soll ich dir die Sonnenbräune mit Meerwasser abwaschen, und du bist wieder ein Bleichgesicht, das vom Häuptling der Mohikaner zur Strecke gebracht wird. Soll ich den Leuten vom Beerdigungsinstitut sagen, daß sie dich im Schmuck deiner Niederlage begraben sollen, mit den Federn und dem Tomahawk am Gürtel? Oder soll ich die Barba Negra aus den schwindelnden Strudeln holen und Wind und Meer herbeirufen, um dich auf ihr hinaustreiben zu lassen, damit du deinen vertriebenen Sohn suchst, der wartet, bis Sand ihn verdeckt? Bald weiß keiner mehr, daß meine Stimme die Wüste ist. In einen ersterbenden Ruf hast du mich vertrieben, er ist weiß wie die Zähne des Schakals, der im Sand nach Gerippen und Wrackteilen sucht. Wüste des Wassers. Sie rauschte von Klagechören, schwermütig milde See, bis sie ein Stück lebendigen Himmel mit hinabgerissen und ihr Haupt mit diesem Helm gewappnet hat.

Der Grabstein meiner Mutter trägt das Zeichen des Phönix. Er will auffliegen, aber seine Flügel sind Stein. Der Phönix, der einem Reiher ähnelt, schaut nach dem Himmel. Brennend sein Schrei. In meinen Worten, in meiner stammelnden Kinderseele lebst du und sammelst die Asche des toten Vogels ein. Ich lebe in Worten.

Aber der Mythos ist grausam und schön. Mit gebrochenen Schwingen erhebe ich mich, falle ich in die Sonne, die mich verbrennt. Mit meinem Atem hole ich dich ein. Als du lebtest, wollte ich nicht du sein. Ich sah deine Schwäche, ich wollte nicht immer deine Tochter sein. Ich war ein Trapper an New Bedfords Gestaden, ein Walfänger in den Wäldern des ewigen Schnees, ein verstümmelter Mann; meinen erschossenen Blutsbruder suchte ich; ich war Natty Bumppoo und ein Mengwe mein gefallener Vater. Vater, wer bist du? Leg die Verkleidung ab, ich will nicht mehr spielen. Meine Wunden setzen das Spiel fort und sprechen für mich. So klagen sie die Liebe ein. Meine Wehrlosigkeit ist die Sehnsucht nach dem Entsetzen.

Am Portal des Kölner Doms ist ein Relief angebracht, ein Pelikan füttert seine Jungen mit seinem Blut, das er sich aus der Brust pflückt wie reife Trauben. Man hat mir ein Buch geschenkt, ein japanisches Märchen; die Japaner glauben, daß ein guter Mensch nach seinem Tode als Kranich wiedergeboren wird und so beim geliebten Partner bleiben darf. Eine Frau kehrt als Kranich zu einem Mann zurück, der in Armut lebt. Ein Nachbar verrät ihm, daß es seine Frau ist, in einen Kranich verwandelt, die ihm die kostbaren Decken aus Kranichfedern geschenkt hat. Die Frau hatte die Federn aus ihrer Brust genommen und zu Teppichen verwebt. Als der Mann sie dabei entdeckte, wie sie ihm den dritten Teppich webt, unter Aufbietung ihrer letzten Kräfte, weil er die anderen teuer verkauft hatte, muß sie ihn verlassen und fliegt als Kranich davon. Er sieht ihr nach, wie sie in der Abendsonne verschwindet. *Du hättest die Teppiche nicht verkaufen dürfen. Sie waren das Zeichen meiner Liebe. Aber du wolltest mehr. Die Teppiche und meine Liebe waren dir nicht genug. Darum muß ich dich verlassen.* Wie elektrisiert gehe ich im Zimmer umher, um das Buch noch einmal zu lesen. Die bunten Pinselzeichnungen sind von einem japanischen Künstler. Der Teppich aus den Kranichfedern meiner Mutter ist so armselig, daß ich weine, weil ihr die Verwandlung nicht gelang. Die beiden Nachtigallen stehen unter ihrem besonderen Schutz. Sie liebt mich, aber die beiden Vögel muß sie noch mehr lieben, denn ich habe versagt und durchs Schlüsselloch geblickt, während sie sich die Federn aus der Brust riß. Von Furien gehetzt, floh ich meinwärts, wirrwarrendend.

Unermüdlich versucht die Mutter, eine gute Köchin zu sein. Wahrscheinlich machte sie sich nicht viel daraus, sie selbst wäre mit einem Ranken Brot und einem frischen Apfel zufrieden gewesen. Aber das Kind muß wachsen, es geht zur Schule und muß noch lernen. Es braucht eine richtige Mahlzeit. Das Kind sitzt vor dem Teller mit Essen und verzieht sein Gesicht. Die Speisen verzogen sich selbst vor Unzufriedenheit, aber sie mußten gegessen werden. Das Kind vergißt, daß die Mutter täglich neu dem Gesetz der Verwandlung unterliegt; weil meine Liebe neugierig und verräterisch ist, wird meine Mutter davonfliegen müssen und sich mit der Sonne vermählen, um nach fünfhundert Jahren wieder geboren zu werden. Ich war der neugierige Nachbar und der dumme Mann. Und ich bin das dumme Stirb und Werde meiner Mutter, ich bin der Teppich, an dem sie webt, während sie sich blutige Federn aus der Brust reißt. Mit ihrem Blut hat sie mich genährt. Sie wird nie so viele Fehler machen können, daß sie ihre Frucht widerlegen könnte. Jetzt bin ich du, jetzt tränke ich die Erde mit meinem Blut, das ich jeden Monat verliere. Als Sohn würde ich mich kasteien. Ich habe mich in die As-

kese meiner Wortvielfalt, meiner Wörtersammlung verflüchtigt. Des Wortes Zeugung verwaiste mich. Ich betrachte meine Wörter. Aus Papier kann man kleine Kraniche falten. Weißt du, wie das geht? Wie macht man das? Ich weiß es nicht. Aus den Wörtern falte ich Sätze. Kein Kranich fliegt fort und verdeckt die Sonne. Du hebst mich aus dem Bett, damit ich die blutrote Morgensonne, umgeben vom Perlmutt ihrer Wolken, sehen kann. Sie ist rot von dem Blut, das du bei meiner Geburt verloren hast. Nur der Salamander und der Adler können in die Sonne blicken, ohne daß sie ihnen die Augen versengt. *Erklär mir nichts. Ich seh den Salamander durch jedes Feuer gehn. Kein Schauer jagt ihn, und es schmerzt ihn nichts.* Vor einigen Tagen sah ich wieder einen Himmel, wie ich ihn als Kind vielleicht gesehen hatte; die Wolken, weiß, gelb, rosa, sahen aus, als wären sie eine gesprungene Wasserfarbenmalerei, oder ein Kinderspielzeug aus rosa Plastik, das einen Riß bekommen hat. Tatsächlich hatte ich eine Muschel gehabt, deren innere Perlmuttschicht dieser Wolke glich. Ich habe bei dieser Wolke an die Spielsachen meiner Kindheit denken müssen. Statt mit Geld kaufe ich sie mir mit Worten neu. Welche Verkäuferin nähme dieses Zahlungsmittel an?
Man hat mich auch gefragt, ob ich lieber mit einer anderen Begabung als der des Schreibenkönnens auf die Welt gekommen wäre. Ich schüttelte grinsend den Kopf. Lieber sollen die anderen, soll die Gesellschaft, mit einer anderen Begabung versehen, zur Welt kommen, mit der Begabung, mich leben zu lassen. Aber um als Dichter zu überleben, bedarf es eines geradezu anarchistischen Selbstbewußtseins. Wenn ich einen Menschen sehe, verflüchtige ich mich in Literatur und sattle trojanische Pferde. Ich lebe, weil ich weiß, mein Leben wird viel-

leicht einmal Literatur, bis ich als Bündel Papier sterben werde. Mein Leben, ein Zitat. *Amboß und Schmiedeeisen arbeiten für den Staub und für den Wind.* Die Toten und Lebenden, Kinder, Greise, Tiere, drängen aus meinem Kopf heraus, wie Athene aus dem Haupt des Zeus, vollständig bewaffnet, wie der Kern aus der Kirsche, den ich jemandem auf den Kopf spucken möchte, wenn ich nicht Angst vor den Folgen meines Mutwillens haben müßte. Athene tippt mich an den Kopf: ich habe als Gott meiner Welt ausgedient. Gegen die Titanen habe ich gekämpft; nun muß ich meinen Geschöpfen den Platz räumen. Die Hände gegen meine Tochter Athene erhoben, schreie ich nach anderen Göttern. Wie zwei Messerschneiden sehen ihre rosenblütigen Lippen aus, als sie mich nach dem Weiterbestand meines Weltreichs befragt. Rosenfingrige Eos. Ich grüße die Toten der Sage. Mit dem ohrenbetäubenden Lärm des Vogelflugs zieht ein Kranich über meinem Kopf vorbei. Ein Japaner fand den von einem Pfeil verletzten Vogel und pflegte ihn gesund. Der Mann weiß nicht, daß es seine zu einem anderen Leben verwandelte Frau ist, die er im Kranich liebt. Zeus kehrt ein als Schwan in Ledas Schoß. Mein Leben geht hin in Verwandlung. *Wie der Gott in den Schwan, tödlicher Vogel der Seele.* Erde! unsichtbar! denn sie war ihm zu schwer. Wie viele Tode lang hast du gelebt? Ich möchte mich in einen Kranich verwandeln können, damit du mich gesund pflegen mußt von den Verletzungen, die du mir beigebracht hast; du müßtest mich pflegen, bis ich sterbend vom Leben genese. Ich könnte dich des Mordes genauso wie des Lebendigmachens anklagen, denn es ist eines. Lebend wirst du mein Leben büßen. Ich bin aus deinem Kopf gesprungen und aus deinem Schoß. Statt des Kopfes habe ich den Schoß meiner Mutter gesprengt, nein, ihr konntet nicht warten, man hat mich herausgeschnitten. *Du wolltest nicht von allein kommen.* Meine Geburt war meine erste Weigerung. Meine zweite ist der Tod. Was ist mein Leben? Überleben. Und ich überlebe mich selbst.

Ach, wie schön ist dieses Kind, nehmen sie es doch aus dem Wagen heraus, lassen Sie es uns doch sehen, wie reizend! sagten Passanten zum Vater, als er mich im Kinderwagen spazierenfuhr. *Als Kind spieltest du mit deinem Charme glatt alle an die Wand.* Wenn ich so häßlich wäre wie du, würde ich auch nicht heiraten, erwiderte eine Klassenkameradin, als ich sagte, in einer Ehe würde ich nie den Haushalt übernehmen, während wir im Handarbeitsunterricht einen Topflappen häkelten. Im Verlust meiner Kindheit verliere ich meine einzige Waffe. Ich möchte ein Kind sein, um die Kindheit widerlegen zu dürfen. Eine Aphoristikerin »und nicht einmal ein Mann«, zitierte höhnend ein impotenter Kritiker und glaubt damit meine Worte ungeschehen gemacht zu haben. Großmütig überantwortet sich Sappho den Wellen. In wie vielen Gedichten starb sie? Es war ihr Fehler, Frau zu sein und damit kein Sieger. Ihr Gesicht war immer dem meinen ähnlich. Das Meer brüllte, zwischen den aufschäumenden Wellen suchte ich den Sarg Queequegs. Es tut mir leid, daß ich damals nicht gemeutert habe und in den Topp der Barba Negra geentert bin, ausrufend Schiffbruch und Unheil, während unter mir die See brodelte und kochte. Trockener Schiffszwieback als Nahrung meiner verschmachtenden Seele. Mein Hunger sättigt mich.

Kannst du dich daran erinnern, Vater, wie wir vor dem Schiff gestanden haben, ratlos gegeneinander und einer die Gedanken des anderen schweigend verratend? Ich habe mir von dir erbettelt, mit deinem Fotoapparat das

Schiff wenigstens fotografieren zu dürfen. Ich hätte darauf verzichten sollen. Ich hätte wissen müssen, was es bedeutet, Zeichen der Niederlage mit sich herumzutragen. Kapitänsgebrüll. Die Matrosen ducken die Köpfe vor der zischenden Harpune, die den Ölfleck im Wasser traf. Wer sind die Männer an Bord? Sie werden uns nicht daran hindern, das Sternbild Walfisch am südlichen Firmament zu jagen. Wir werden das Schiff Argo besteigen. Vergeblich suche ich meinen Bruder. Vielleicht ist Queequeg wirklich gestorben. Ich nehme mein Leben in die Worte hinein. *O, brennende Tantalusqual, von Göttern ausgesonnen!* Kennst du das Sternbild Walfisch? Zeige es mir am Himmel! Den großen Wagen kennst du, den Morgenstern, der auch eine Waffe ist, schlage mir den Schädel mit ihm ein. Wo ist die Waage, die alles vergleicht? Sie sucht nach Gleichgewicht. *Deine Mutter wollte immer Harmonie und Frieden, suchte nach Ausgleich. In Zwietracht konnte sie nicht leben. Du bist schuld, daß sie tot ist*, und ich sacke zusammen und werfe meine Buchstaben in die Waagschale. Die andere bleibt leer. Kein Vergleich. Vergeblichkeit such ich, Vergeblichkeit fand ich. Diese Niederlage bringen Sie sich selber bei, schrieb mir jemand. Aggressiv scheu wichen wir voreinander aus, um einander nicht in die Arme zu fallen, den Geruch von Nähe fürchtend, er würde uns reizen wie die Hunde das Blut ihres Opfers. Welche ist die älteste, welche die jüngste Legende? Wir leben sie ja täglich neu. Ungekrönte Könige wären wir unter den Wilden. Wir hätten die Kalebasse, die uns der Häuptling anläßlich der Hochzeit seiner zehnjährigen Tochter darbietet, nicht für ein Waschbecken gehalten, sondern wir hätten zu uns genommen Nektar und Ambrosia, ausrufend Hosiannah! des Flüchtlings. Ich habe es mir oft vorgestellt, wie es sein würde, wenn ich auf und davon ginge, verschwände hinter der Fläche meines Spiegelbildes. Die Abenteuer des Geistes wären mir am Äquator schal geworden wie Flaschenbier. Du hattest nicht den Mut, dich dem Wasser zu übergeben, dem Element, uralt schon seit fünftausend Jahren. Mit Freuden hätte ich die trügerische alte Liebschaft aufgenommen, fahrend bis an den Rand des Himmels, *und es wird mir vergönnt sein, die Wahrheit zu besitzen in einer Seele und in einem Leib. Ich habe versucht, neue Blumen, neue Gestirne, neues Fleisch und Blut, neue Sprachen zu erfinden.* Mein Blutsbruder, der mein Mörder ist, verbietet mir, das blaue Hemd des Matrosen anzuziehen. *So hoch am Haus lebe ich. Und das Meer nicht zu sehn.* Ich habe mein Blut den Meeren gegeben. Schiffe, zieht über es hin! Vater, ach, zieh mich an, wie die Leute vom Meer, sie lassen mich sonst am Strand zurück. Meine verkrusteten Lippen schmecken nach Meer. Sie begehren nach mehr. Meine Stimme vertrocknet an Land. *Aber ich konnte schon auf meinem Rücken Schiffe tragen.* Das Wasser ist über Land getreten, ich schleudere die Lanze im hüfttiefen Wasser. Ich singe Seemannslieder. Du dachtest, ich riefe um Hilfe. Warum bist du dann nicht gekommen? Hast du gefürchtet, ich könnte nicht ertrinken? Wer bringt es mir denn bei, wenn nicht du? Lederstrumpf und Ahab, Chingachgook, Indianer-Joe und Queequeg kommen verkleidet als Klageweiber und zerkratzen sich das Gesicht. Draußen fiel die Ohrfeige auf mein Gesicht wie ein Schuß, zu Tode getroffen fiel Unkas zu Boden. Er war mit seinem nackten Fuß in eine Scherbe getreten. Es schmerzte. Mich ekelte das Blut, das in schmalem Rinnsal aus meiner großen Zehe trat. Ich wollte nicht weitergehen. Der Ekel warf mich zu Boden. Du ließest mich liegen. Da blieb ich liegen. Du hobst mich auf, trugst den sterbenden Unkas nach

Hause. Stell dich nicht so an, waren die Worte, die mich ein für allemal aus dem Stamm der Wilden ausschlossen. Du zogst gegen die Vorbilder meiner Kindheit hohnlachend zu Felde. Fünfzehnjähriger Krieg; meine Stirn war von Pickeln gefleckt, tätowiert war ich von der Welt wie nach einer Messerstecherei: Welt, rühr mich nicht an. Sei anders, als du bist.
Gemeinsam hatten wir uns in eine Kneipe gesetzt, tranken Wein; vom Wirt mißtrauisch beäugt, schrieben wir ein Fisch-Gedicht. Der Fisch, den wir besingen, ist eine Sprotte, kein Walfisch und kein Sternbild. Bald werden wir die Sirenen füttern. *Ich bin allein entronnen, daß ich dir's ansagte.* Gegen das Gebrüll des Meeres setzten sich meine Worte nicht durch, sie hakten sich nicht in dir fest, während die im Traum geschriebenen Buchstaben unleserlich werden, verwischen auf Nimmerwiedersehen. So endete meine Prosa oft: in der Unlesbarkeit eines Traums. Was heißt das? wie ging es weiter? was schrieb einer da? Wieder höre ich mein Schreien, während mich mein Vater als kleines Kind ins Wasser werfen will, damit ich schwimmen lerne, während die Buchstaben verschwimmen. Ertrinken oder Schreiben, was willst du. Schreiben oder Vergessen. Träumen oder Schreiben. Sterben, schlafen, vielleicht auch träumen. Das wär ja noch schöner, Prinz Hamlet auf der Erbse! Die Worte, die der Traum schrieb, hat er zugleich unleserlich gemacht. Beim Erwachen dann das unbeschriebene weiße Blatt Papier, grinsend wie Totenlaken. Gründlicher kann dein Tod nicht sein. Er ist nur eine Form des Vergessens.

Meine Schulbesuche waren meine ersten Totengänge. In der Musikstunde schrieb ich heimlich unter der Bank Gedichte. Bei der Klassenarbeit schnitt ich mit Abstand am übelsten ab. Ja, auf diese Weise hat Franz Schubert auch nie Französisch gelernt, sondern verwechselte in der Bezeichnung seiner Walzer Einzahl mit Mehrzahl. Der hat seine ersten Kompositionen auch unter der Bank geschrieben, wie du deine Gedichte. Nun schreibe ich meine Gedichte auf dem Tisch, es kommt kein Lehrer vorbei, der mir über die Schultern blickt. Aber neben meinem Namen steht ein anderes Ungenügend. Meine Tochter ist nicht gesellschaftsfähig, sagt jemand, und ich drehe mich höhnisch um. Meine Hand zerkrümelt das Brot. Wasch dir die Hände vorm Essen! Ich ließ während der Mahlzeit keinen Blick mehr von ihm, hoffte, er möge schmatzen beim Essen. Dann hätte ich ihn darauf aufmerksam gemacht und höhnisch eine Ohrfeige bezogen. Am nächsten Tag schwamm ich im Meer. Den Vater fand ich von langhaarigen jungen Leuten umgeben. Gesellschaftskritik war ihr Lieblingswort, wer sich damit nicht befaßte, galt für tot. Der Vater fordert mich auf, meine Gedichte vorzulesen. Ich entschuldige mich, verschwinde im Auto, zerre mir den nassen Badeanzug vom Leib, zwänge mich in Hemd und Shorts. Sie ist scheu, höre ich im Weggehen. Du schreibst sehr kritisch, sagt man über meine Gedichte. Es war das höchste Lob, das sie verteilen konnten. Hölderlins Griechenland hatte sich in meinen Kopf gepflanzt, bevor ich ihn oder die trunkene Todesmystik Trakls gelesen hatte. Ich war Rimbauds trunkenes Schiff. Ich habe täglich den Drang, von Seeunglücken zu lesen. Während einer Dampferfahrt entdecke ich in einer Zeitung den Namen Nantucket. Ist es noch die alte Seefahrerinsel? Ich weiß nicht mehr, worum es in dem Zeitungsbericht ging, es kann ein Mordfall oder eine Ölbohrung gewesen sein. Wie ein Flaggenknopf, wie eine knopfähnliche dunkle Blase in einem sich schließenden Strudel ragt die Insel im Mittelpunkt des rotierenden Kreises meiner Prosa; das Farbband kreist als beständiger Herzschlag um ihre Küste. Das Schiff schwankt wie ein betrunkener Wal, aber es ist nur ein Touristendampfer, Musik dudelt aus einem Lautsprecher, mein Kleid kneift mich, ich ärgere mich, es angezogen zu haben. Die Touristen füttern die Möwen mit Kuchen und Brot. Gierige Schnäbel, gierige Augen. Seht, da stehen sie an den Piers, Reisende immer, und bereit, sich an das großmütige Herz der See zu werfen! Unter meinen Füßen dreht ein Wal Pirouetten wie ein Zirkuspferd. Ich halte Ausschau nach Wrackteilen.

Der Vater ertränkt ein seegehendes Schiff in einer leeren Weinflasche. Er sah die blaue Blume hinterm flaschengrünen Trug. Und er fiel unter andere Räuber; die Welt, das war das Räuberhaus. Ihm war das Zeichen unlesbar, die Etiketten der Flaschen buchstabierte er nach, sein Geist ging auf im Sprit, und zum Sanctus stammelte er ein Delir. *Vom Erbrechen zum Durst, gefesselt an das Hengstfohlen des Alkohols, raste mein Vater hin und her, umlodert.* Gerecht sind nur die Erinnyen; ein Seemann kommt von Bord des schwarzen Schiffes, er schnürt den Sack zu, in dem wir stecken.
Ich versuche, mein Leben, das Leben eines Jägers, wiederzuerschaffen. Wieder, wie nachts am Hafen, verbünde ich mich jetzt mit meinem Vater, wir schließen Brüderschaft, mein Blut rinnt den Arm hinab in seine Hand, die er wie eine Opferschale öffnet. Wir legen unsere Schatten vor unsere Füße. Wir müßten unsere Seelen verkaufen, ehe wir nach Hause zurückkehren. Aber

die Wohnung ist leer. Zu Hause erwartet uns der Krieg unserer Schatten, so fallen sie gierig übereinander her, einer das Blut des anderen trinkend. In der Verbrüderung zwingt zugleich einer den anderen zum Selbstmord. Wir werden nicht reisen wie auf Sindbads oder Jasons Meeren, das Messer fällt in die Tasche zurück, neben den Ranken Brot. Ahab bekämpft Christus und stößt ihm die Lanze in die Seite. Er ertrinkt in den Wellen, und morgen werden seine Worte zu Grabe getragen.

Als du einmal scheltend von der Arbeit im Büro heimgekommen bist, gekränkt vom Tadel des Vorgesetzten, habe ich vielleicht an Tom Sawyer und seine Räuberbande gedacht, die Schwarzen Rächer, die Blutige Hand, brandschatzend Wohlbehagen und behäbige Gesellschaft mit anarchischem Mutwillen, habe ich an den Indianer-Joe gedacht, Nein, wir beide sind noch lange nicht quitt miteinander, und er stach zu, und der Grabschänder, sein nächtlicher Kumpan, fiel um. So rächte sich Joe für eine frühere Kränkung. Woran dachte der Vater, als er die Tischsitten des Kindes schalt? Schon wieder hatte ich Kakao verschüttet. Aber ich verschmähte einmal den Fisch, denn ich wollte den Wal zwischen Lanze und Gabel spüren. Meine Gabel schleuderte ich von mir, nach Schiffsjungen zielend. Du bist ein Versager. Wir schickten dich aufs Gymnasium, und du bringst nur blaue Briefe heim, beutelte der Vater das Kind. Seine Hand fängt mein Bruderblut auf. Seit dem Tod des Bruders, der im Krieg gefallen war, hat der Vater keinen Bruder mehr gehabt. Ach, Bruder, du lebst ja noch, ruft der tote Bruder mir zu und wirft mit Bomben nach mir, die ich auffange und den Unterarm hinabrutschen lasse.

Im Wohnzimmer sitzt das Kind und hört Musik ... arme kleine Sheila, bald ist alles wieder gut ... der Vater kommt hinzu, verbietet die Musik. Arme kleine Sheila ... Mach die Kreissäge aus, deine Mutter kränkt diese Musik, sie will das nicht hören. Woran erinnerte meine Mutter die Musik? Man wollte es mir nicht sagen. Mein Vater verbot mir auf andere Weise meinen neugierigen Sadismus und stellte den Plattenspieler ab. Ich ziehe mich in mein Schweigen zurück und rufe unhörbar meine Mutter um Hilfe.

Im Frühjahr wurde die Katze zum erstenmal wieder in den Garten entlassen, wo sie jeden Tag mindestens zwanzig Mäuse als Beikost fangen wird. Der Garten ist naß und grün. Jeden Tag wird das sterbliche Gesicht des Frühlings anders sein. Verwaschen und dunkel im März, vom Dach des Himmels überspannt. Ich habe diesen Garten in meinen ersten Prosaversuchen beschrieben und schrieb ihn ins Leere. Wie Rapunzel sich an den eigenen Zöpfen ins Gefängnis, ins Turmzimmer der Zauberin zog, kletterte ich schreibend in meine Kindheit hinab, in der man mich zu Grabe trug. Aber ich will nicht, ich will stehen, wo man mich zuletzt begrub, ich werde Ausschau nach Wrackteilen halten, die das Meer verschlang. Aber ich stehe und gehe, mich einschreibend im Kreis.

Wir waren zu Bekannten außerhalb der Stadt gefahren. Sie wohnten fast auf dem Lande, man sah den Dorfbaum, an der Straßenkreuzung, und von Sitzbänken eingekreist; Kuhgebrüll; der Geruch von Mist machte sich bemerkbar. Der Besuch langweilte mich. Ich ging hinaus. Bei einem Bauern entdeckte ich eine Katze mit einem Wurf Junger. Darf ich eine kleine Katze haben,

und ich machte mich auf die Jagd. Die Kätzin begriff sofort, kleine Warnrufe ausstoßend, verscheuchte sie ihre Jungen. Ein flinkes schwarzes, das ich haben wollte, verschwand im Heu, ebenso ein graues. Ein weiteres schwarzes, das schwach und irgendwie elend aussah, blieb dumm mitten im Hof sitzen. Alle anderen Katzen waren fort, so ergriff ich diese, wickelte sie in meine weiße Jacke und ging meine Eltern suchen.
Das Kind ließ die Katze wie ein in Überraschungen geübter Zauberer einfach aus der Jacke in die Wohnung springen. Die Bekannten der Eltern recken ihre Köpfe. Was bringt das Kind da an? Die Eltern sagen nichts. Das Kind hat sie überrumpelt. Sie lassen sich überrumpeln, um nicht von den Bekannten als streng bezeichnet zu werden.

Aber auch die Katze war nur eine Fälschung möglicher Freundschaft. Als sie einmal in eine Scherbe trat und sich verletzte, hinkte sie. Wir brachten sie zum Tierarzt. Da konnte sie plötzlich wieder laufen. Im Garten angekommen, hinkte sie wieder. Eine neurotische Lügnerin. Ja, das war sie, so schaute sie uns ins geschlagene Herz; als wir sie im Frühjahr in den Garten setzten, fiel sie mich plötzlich kratzend und beißend an, die verrückt machende Frühlingsluft riechend. So lauf doch fort, rief der Vater, schritt aber nicht ein, sondern floh selbst ins Gartenhaus. Sekunden vorher hatte ich noch die Katze gestreichelt, bis sie mich anstarrte mit Mörderaugen. Nein, es war kein Verlaß in der ungedeuteten Welt. Es hätte mich mit Genugtuung erfüllt, wenn irgendein Wesen vor mir gezittert hätte, aber sie lachten. Ich fiel unter den Pranken des Löwen.
Ich habe nur die geliebt, die am Mythos scheiterten, der zugleich die reale Welt ist. Mein erster Bruder war Un-

kas. Mein zweiter Bruder war Sindbad. Mein dritter Bruder war Huckleberry Finn. Mein vierter Bruder war Ahab. Die unbesitzbaren Wälder, die gefräßigen Meere, die glückliche Kindheit, die Suche nach der eigenen Vernichtung. In der Zeit, als meine Mutter starb, schrieb ich Gedichte und besang den Archipelagos. Ich löste mich auf in Worte. Der Vater erzählte mir von einer Griechenlandreise, ich war damals sechs Jahre alt, ich durfte nicht mit und kam zu einer Tante aufs Land. Ein Bauernjunge rief mich Mickymaus. Sieh mal, da ist ja wieder die Mickymaus. Ich hielt es für eine Kränkung. Ich weiß bis heute nicht, ob es wirklich so von ihm gemeint war.

Während die Tante auf dem Lande mich lehrte, nicht alte Zeitungen zu essen, erwanderten die Eltern ihre attischen Seelen. Apoll führte sie. Die Tempel leuchteten als helle Rosen über den Dornen vergilbter Gesänge. Einer nackten Amazone bringen die Eltern ihre Opfer dar, Brot, Oliven und Wein. Leda verschwindet in einer Wolke, die weiß ist wie ein Schwan. Das arkadische Tor in Messene führt nicht nach Arkadien. Sonst wären die Eltern nicht wiedergekommen. Die ländliche Tante hätte sich allein um das verwaiste Kind bemühen müssen. In einem Reisebus sah der Vater einen jungen Mann, der dem Wagenlenker von Delphi wie ein eineiiger Zwilling glich. Sehen die Griechen denn so aus wie die Helden auf den Bildern, die du mir zeigtest? Nein, sie sind kleingewachsen und eher unauffällig. Auch die Tempel sind nur von Boreas bewohnt, der Oreithyia nicht mehr entführt. Die alten Sagen sind tot. Odysseus ist aufgebrochen und kehrt nicht mehr zurück. Hat er Arkadien gefunden? Auf offenem Felde begegnen sich die Mutter und Demeter, fruchttragende Ähren zählend. Die Wellen am Heck des Schiffes sind keine Spur. Im Apollon-

Tempel sehen sich Achill und Penthesileia noch einmal, und Achill holt die Kriegerin durch einen Kuß ins Leben zurück. Eine Nereide floh auf einem gestohlenen Pferd. Aus dem Kopf des Zeus wächst Moos. Wieder und wieder wird das Grauen des Vaters ausziehen, um den Polyphem zu blenden, der den Eltern den Heimweg weisen soll. Die Mänaden schweigen, als die Eltern nach Delphi kommen. Werde, der du bist. *Wir sind ja immer Gewordene.* Sie versuchten, wieder die ursprünglich Gemeinten zu werden. Wer hat ihnen das Hemd des Nessos übergezogen? Stumm riefen sie, der Tempel giebelte ihre Schatten. Himmlisches Gespann der Selene! Ich habe eines der Pferde im Britischen Museum in London gesehen, eines, von dem Goethe hätte behaupten können, daß es das Urpferd sei, Urmutter und Urvater aller Schönheit. Ich opferte das heilige Gewand der Göttin an der Seite des Panathenäenfestzugs, Jünglinge und Jünglinginnen, so zogen wir himmelwärts, um in den Blicken der Reisenden unseren weinberauschten Tod zu finden. Wenn wir sterben, wird die Welt mit uns weiterleben.

Und wir feierten unseren Tod. Verkörpert sich der Tod am deutlichsten im Stein? Die Pferde im Fries tanzen. Ihre Mähnen flattern wie Segel, Jünglinge tragen Amphoren auf ihren Schultern. Mädchen verbergen sich in Schleiern. Ein Kranich oder Phönix versucht sich in die Luft zu erheben. Der Stein schreitet, unverrückbar am zufälligen Ort. Der Torso, ein Gehender. Dies um so nachdrücklicher, je brüchiger er scheint. Stein flog vorbei und ließ nichts zurück.
Wie ein Stein fiel die junge Selbstmörderin aus dem Fenster. Das hatte uns eine Lehrerin erzählt. Das Mädchen hatte Schwierigkeiten in einer Klassenarbeit gehabt, ge-

riet in Panik, sprang aus dem Fenster. Sie fiel in einen Sandhaufen, der unterm Fenster lag, und verletzte sich nur leicht. Die Leute, die den Selbstmörder retten, sollen mit dem Leben des Selbstmörders bestraft werden. Die Welt ist vor meinen Augen geplatzt und hat mir ihr Inneres gezeigt wie eine reife geborstene Wassermelone. Während ich aus dem Fenster starre, die Beleidigungen einer Klassenkameradin schlucke, über einer Lateinvokabel oder einer mathematischen Formel grübele, überlege ich zugleich beiläufig, wie meine Todeschancen stünden, wenn ich hier aus dem Fenster springe. Sind es fünf Meter oder zehn bis zur Erde? Ich weiß es nicht. Würde es ausreichen zum Tod? Auch das weiß ich nicht. Zuviel Ungewißheit. Ich muß mir einen anderen Tod suchen, einen, der besser paßt. Das Kleidungsstück, das dieser Versuch mir zur Anprobe gibt, ist entweder zu eng oder zu weit.

Wie tief sank ich in die Fluten des Mississippi? Piraten und Krokodile lauern an seinem Strand. Ich sehe mich auf einem selbstgebastelten Floß die Fluten der Fulda befahren, aufnehmend Kurs nach den Tropen. Wie viele Kinder sind in Gedanken geflohen, statt zur Schule zu gehen. Der werd ich zeigen, wer hier der Herr ist, rief ein Mädchen mit Überzeugung, sie wird noch vor mir kriechen. Mein Stand in der Klassengemeinschaft war schlecht. Du hast mit der Direktorin gesprochen, Mutter, hast sie hingewiesen auf meinen heimlichen und verbissenen Kampf mit einem Ungetüm, das sich Klassengemeinschaft nennt. Ich stellte mir vor, daß es leichter wäre, einen Wal zu töten, als Freundschaft zu halten mit diesen Kindern. Später lernte ich aus meinen Erfahrungen nicht; einem Referendar legten wir Stinkbomben auf den Stuhl oder nasse Schwämme; er fiel jedesmal auf uns herein. Er war das Opfer, und wir jagten ihn. Sie waren meine Gefährten, so suchten sie mich heim. Ich konnte mich nicht an *ihnen* rächen, so rächte ich mich an dem hilflosen jungen Menschen, der Lehrer sein wollte. Hurra, eine Lanze für die Jägerin! Der Referendar unterrichtete uns in Geschichte, erzählte uns von der Grausamkeit der Inquisitoren, sagte, Kinder sind oft nicht besser. Eine wehe Verbundenheit mit ihm erfüllte mich, zog mich zu ihm hin. Ich konnte es ihm nicht mehr sagen, nach der Stunde hatte ich nicht den Mut, ihm Blutsbrüderschaft anzubieten. Die Dummheit eines Kindes ist oft der größte Sieg eines anderen. Na, hast du das Gedicht nun endlich auswendig gelernt, empfing man mich, als ich ins Klassenzimmer kam. Die Frage war höhnisch gemeint. Ich schwor, nie wieder zur Schule zu gehen. Sie bildeten Gruppen, elitäre Gemeinschaften, ich mußte lernen, mich verachten zu lassen. Ich bin kein Held, ich stehe an meinem Sarg, rufe Ismael, Ismael!, vertrieben war ich von Anbeginn an, und meine Mutter bittet die Wüste um Wasser, um meine salzverkrusteten Augen zu waschen.

Hätte ich Lanze und Schwert eines Ritters gehabt und vielleicht auch seinen Mut; aber ihre Übermacht war erdrückend, die Niederlagen geplant; und sie gierten nach mehr. Erschreckend fremd sind mir ihre Gesichter bis zuletzt geblieben. Ich sah mich sterben und wiederauferstehen als Held. Im Mittelpunkt willst du stehen, du Besserwisser, eine Extrawurst willst du haben. Sie waren wütend, weil ich nicht verstand, sie für mich zu gewinnen. Sie rochen auch das Opfer. Es war ein Geruch wie der Dunst von Angstschweiß und Blut. Ich war nicht das Mädchen, das dem Geborenwerden Einhalt gebieten konnte. Ja, heul nur, den Platz bekommst du trotzdem nicht, rief eine mir zu, als ich zu spät gekommen war und kein Stuhl mehr da war. Setz dich doch woandershin! Aber es war kein Platz mehr frei. Ich mußte in einen anderen Klassenraum gehen, unterm Hohn der Schüler einen Stuhl holen. Doch ihr habt mich nicht in eure Ordnung und in euren Herdentrieb gezwungen, bis zuletzt bin ich gehaßter angefeindeter vielleicht geduldeter, aber nie bewunderter Außenseiter geblieben.

Was ich sagte, kränkte. Es war längst schon der Verlust des Mutes zum Freundlichsein. Mein Kopf ist leer. Es reicht zum Schrei. Lebende kränken; die Toten sind freundlich. Sie haben den Betrug durchschaut. Das ist deutlich. Aber so tödlich lebt es sich noch nicht, daß man die Toten zu widerlegen verstünde. Das Brot, das ich esse, erhält mich am Leben. Es wird mich zugleich töten. Was am Leben erhält, ist mörderisch. Ich blicke in ein Bilderbuch, Die Wüste lebt, ein Puma flieht auf einen Kaktus, oben angekommen, leckt er sich mit schmerzverzerrtem Gesicht die Pfoten. Blindwütig rennt eine Bisonherde in ihr Verderben. Ein Indianerstamm taucht unter in dampfendem Blut. Eine Springmaus kämpft mit einer Klapperschlange. In der von meinen Klassenkameradinnen gewollten militärischen Ordnung stehen die Zahlen in meinem Rechenhausaufgabenheft. Hast du nun deine Hausaufgaben gekonnt? fragt mich nicht nur der Lehrer. Auch andere wachen eifersüchtig darüber, mich stürzen zu sehen. Ja, einmal falle ich von der Rahnock, mit hellem Todesschrei ab in Poseidons Tiefe! Fall ab, Herz! Erfriere über den Eisnadeln des Polarmeeres. Ich ziehe den Strick, der die Harpune hält, fester um meinen Hals. Mit Queequegs Lanze versetze ich mir den Todesstoß. Ich träume oft von

unseren Leichen und wünsche ihnen einen doppelten Sarg. Nebeneinanderliegend umschlingen wir uns, als lösten wir uns auf, ohne uns voneinander zu trennen. Weithallend poltern Wolken auf uns. In Nacht und Nässe glühen unsere modernden Gesichter. Wir küssen uns mit einem Schwall Verwesung im Mund. Unter der Erde sind wir ruhelos unterwegs nach fremden Ländern und Meeren. Dann wieder sehe ich uns hoch in den Wolken, die Erde rollt als feuriger Ball auf uns zu, mit dem sommerlichen Glühen des reifen Korns; machtvoll und wild erscheinen die Felder, wie Meer, das atmet und wogt.
Die Speise, die mir einer mit der Kraftlosigkeit seiner enttäuschten Lebenserwartungen gegeben hat, bekommt mir nicht. Simsons Brot ist anders. Manche haben Kinder gezeugt, um das eigene Schicksal auf Erben abwälzen zu können. Die aber sterben. Die Mutter blickt in den Spiegel und sieht einen blutenden Kranich. Sein Blut wird zum Odem meiner Wiedergeburt. Wieder zog ich aus, um lieben zu lernen. Aus meinem Kindertotenbett flogen die blutigen Federn, die ich meinen Nachtigallen ausriß, und ich sehe die täglichen Verwandlungen der Mutter. Einem Pelikan gleicht sie, *will der Junge hegen, tut er's mit wahrer Liebeslust, er zerbeißt sich seine eigne Brust und träuft das Blut den Jungen in den Mund, er aber stirbt.* Werde ich an meiner Bahre stehen und nach mir rufen? Schweigend stehen sich Vater und Kind bei der in weißen Tod gehüllten Mutter gegenüber. *Eine verblühte Clematis in der Hand Deiner Mutter öffnete sich wieder.* Hättest du nur gelernt, um mich zu weinen wie um die Mutter. Mein Tod wird deine Augen verdorren, bevor sie gefüllt sind mit den Quellen der Klage. Das Netz meines schwächer werdenden Gedächtnisses werfe ich über meinen ver-

sinkenden Leib. In den Modeheften der Mutter lese ich, daß Henry David Thoreau sich in eine selbstgezimmerte Waldhütte zurückzog und nur auf der Eingangstür liegend, die er aus den Angeln gehoben hatte, schreiben konnte. Blindwütig erschlage ich mit der Axt einen Baum, baue ich ein Blockhaus, schlage ich aus Papier, mit einem Stift und mit den Typen der Schreibmaschine mir eigene Worte. Ich schweige, bis keiner mehr mit mir spricht und mein Mund meine Sprache gebiert.

Ich wich oft dem Vater aus, so wie ich meiner Zukunft ausweichen möchte. Hinter dem Vorhang erwartet dich nichts, sagte er. Worauf denn warten? Auf nichts. Jetzt, wo ich schreibe, auf das Grauen des Morgens warte, immer mit wachsender Furcht, weiß ich, daß ich wieder in jene Momente zurückkehre, in denen es möglich schien, daß sich die Wracks am Horizont wieder beleben, wieder zusammenfügen könnten, um mich fortzunehmen. In einem kleinen Hotelzimmer einer Hafenstadt warte ich auf das Kommen des Morgens. Trüber Lichtschimmer kommt auf; auf einem Ofenschirm erlegt ein Mann einen Wal. Ich lernte glanzlosen Gischt in den Wolkenhimmel zu malen. Jauchzendes lachendes Wasser. Ich werde meiner Mutter sagen, daß mich nichts mehr an Land hält. Wie ein Klageweib wird sie in die Wüste rufen, wo ihre und meine Ahnen ruhen, Nomaden und unbehauste Einzelgänger, und sie wird sich die Haare raufen. Immer wieder rief die Mutter nach mir und fand nur ihre eigene Fremdheit. Eine junge Braut zieht die Buchstabenwelt hinauf; ich weiß nicht, ob es die Mutter war. Das Gesicht des Mädchens, das ich sehe, war ohne Zeit. Metronome, Kalender und Uhren werfe ich über Bord. Freßt das, galanos, und glaubt, daß ihr ein Kind getötet habt.

Das Kind bewundert die Schönheit der Mutter. Und es verachtet sie. Die Schönheit besiegt alles. Das wußte es nun. Aber die Schönheit ist nur das andere Gesicht des Tragischen. Die Prinzessinnen in den Märchen waren auch schön. Ihre Schönheit erweichte das Herz des Prinzen, manchmal auch böse Geister, die durch das Zauberwort des Bösen gut werden. Das Kind hat keine Schönheit, um über das Böse zu siegen. Hätte das die Mutter gekonnt? Ich hörte, daß sie mit vielleicht zwanzig Jahren unglücklich geliebt hatte; man nahm sie nicht wahr. Oder dichtete ich ihr das an? Will ich meine eigenen Mißerfolge und Niederlagen ihr nachwerfen? Manche Geschichten vermischen sich. Und doch sind unsere Wege verschieden. Die Mutter hat drei Geschwister gehabt. Sie war das zweitälteste Kind. Was weiß ich von ihrer Kindheit im riesigen Garten der Großeltern? Was von der Eifersucht der ältesten Schwester auf die Nachgeborenen? Mit einem Kranz Apfelblüten im Haar tritt meine Mutter in eine Scherbe. So erlebte ich oft Schönheit als äußersten Schmerz. In meinen Träumen rief ich die Mutter als Schutz vor dem Vater an. Aber die Schutzgewährende riß mich nicht aus dem Schlaf.

Wie wurde die Mutter geboren? Ich hätte Fragen stellen können. Schmerzen, Angst, Tränen, Blut. War es so? Ich weiß es nicht. Ich würde gern dein Leben in Worten wetterfest machen, Mutter. Über das Leben mancher Fremder, über mein Leben weiß ich mehr als über deins. Deine Unwissenheit straft dich, ruft man mir zu. Der Strick des Gehenkten hängt straff. Aber Tun und Wollen sind nicht das Werk eines Augenblicks, so entkomme ich nicht, werde ich wie Mazeppa mitgeschleift, bin ich geboren mit dem Strick um den Hals. Der erste

Strick, der mich richtete, war die Nabelschnur. Soll ich die Leiche der Mutter anklagen? Wartend lege ich mich ins Bett, um den Kuß der Mutter wie eine Hostie zu empfangen. Manchmal bekomme ich ihn, manchmal nicht. Wenn ich ihn bekomme, weiß ich nicht, wofür ich belohnt werde, wenn ich ihn nicht bekomme, kenne ich den Grund der Bestrafung nicht. Die Strafen, die ich erfahre, wären schöner als Gleichgültigkeit, wenn ich versage – wenn nicht Strafe ein über mich verhängtes Unglück wäre, ein Eingriff in mein Leben, das stets abseits geschah. Ist nicht jedes Leben unberührbar im Kern? Je abseitiger ein Leben geschieht, desto mehr Berührungen ist es ausgesetzt.
Und ich lernte den Ekel vor mir selbst. Mein Körper gehorchte keinem Befehl. Ich betrauere meine Haut, die ein Schlachtfeld ist. Ich möchte mich häuten wie eine Schlange; mit gespaltener Zunge rede ich schon. Mehrere Anläufe des Todes treiben mir meine beginnende Weiblichkeit nicht aus. Mein Leib blüht, nimmt Birnenform an, die Auswüchse auf der Brust die Form schwellender Äpfel; ich bin immer noch die Gefangene meiner Mutter. Weiße und rote Schlangen gleiten aus dem Mischkrug meines Leibes. Eifersüchtig bewache und schreibe ich dein Leben, Mutter, damit du nicht vor mir stirbst.
Gestern nacht schrieb ich über dich. Am späten Nachmittag erst kam ich zum Schlafen, mein Schlaf war unruhig. Im Traum sah ich die Nachbarin; ich besuchte sie in ihrem Garten; mir fiel auf, daß dort, wo sonst ein etwa ein Meter hoher junger Apfelbaum steht, nun ein Walnußbaum war, über und über rot wie mit Erdbeermarmelade beschichtet. Man sagte mir, die Nachbarin erwarte Zwillinge. Die rote Frucht im Baum war ihr Kind. Arbor vitae. Als die Frau niederkam, troff der

Baum von Blut, als hätte man das ausgeschlachtete Fell einer Kuh in die Zweige gehängt. Die Geburt strengte meine Frau zu sehr an, ich muß sie nun besser pflegen, sagte der Nachbar und lockerte sorgfältig mit einer Harke die Erde unterm blutig entlaubten Baum. Der Traum war ein Mythos. Der Baum war eine Frau. Gefesselt trage ich meinen Mythos mit mir herum, aber ich hasse ihn. Mutter, du hast das Stirb und Werde mir weitergegeben, das Wunderwerk in einem Band, dessen unleserliche Zeichen, ägyptische Hieroglyphen, ich nicht deuten werde, aufgezeichnet in deinem Blut, und unentzifferbar werde ich sein bis zum Ende. Hinter meinen geschlossenen Augen sehe ich eine tiefere Dunkelheit. Du hast die Welt aus den Augen verloren, mit dir sackte sie ab und verbrannte zum unzähligen Male in einer immer wieder neu errichteten Hölle. Sie wird in der Hölle verbrennen, die dein Leben war, wie sie in jeder Hölle eines jeden Lebens verbrannte. Arbor vitae. Hörst du mich? Beweine meines Gedenkens Laubigkeit. Ich habe mir lange überlegt, ob ich auf die Welt kommen wollte oder nicht. Eigentlich wollte ich nicht. Ich hatte schon genug Leben gelebt. Ich war des Lebens und des Sterbens müde, müde von Adam an. Man zwang mich. Ich hatte die Welt in Erinnerung, die es geben wird. Hart wie die Küsse, von Zahn zu Zahn nur gegeben, so war unser Einverständnis. Ich wanderte oft zwischen Aufruhr und Unterwerfung. Als ich einmal mit dem Bus zur Universität fuhr, wurde ich Zeuge eines Gesprächs. Eine Studentin redete halblaut mit einem jungen Mann, auch er wohl Student der Sprachwissenschaft wie sie. Einige Sätze rissen mich aus meiner Erschöpfung, die ich noch von der vergangenen Nacht in mir trug. Die Grenzen der Sprache können nicht definiert werden, sagte sie. Es kann nicht gesagt werden, bis wohin das

Sagbare und das Nicht-Sagbare reicht. Jede Behauptung muß bewiesen werden, sonst disqualifiziert sie sich selbst. Die Sprache ist wissenschaftlich nicht erfaßbar. Ich habe an mein mir selbst gestelltes Thema gedacht, und mir leuchtete ein, daß auch die Sprache einem Stirb und Werde ausgesetzt ist, jetzt, während ich atme und schreibe.

Der Phönix ist ein Emblem. Emblem der Sprache und zugleich der Wortlosigkeit. Die Küsse sind hart wie die Zähne, mit denen jemand ein trockenes Brot zerbeißt. Statt jemanden zu küssen, rede ich ihn an, statt ihn zu schlagen, schweige ich ihn tot. Bescheidenheit ist Furcht vor dem Schmerz. Sprache ist Inszenierung. Nur im Land der Dichter soll die Dunkelheit brennen. Das Fest der Worte ist sichtbar nur für den Tauben. Jemand lockert die Erde, und ein Baum beweint mit fallendem Laub den Verlust seiner Früchte. Ein Kind beißt in einen Apfel und wirft ihn fort, weil er sauer schmeckt. Ein Mann und ein Mädchen paaren sich, unter einem Baum liegend, der Same des Mannes fällt in die Erde. Ein Literaturwissenschaftler interpretiert den Verlust von Ahabs Bein als sexuelle Verstümmelung. Fruchtloses, nutzloses Leben. Der Baum trägt keine Frucht, er ist tot, sagte mir eine Bäuerin, als ich betrübt war, weil ein Mirabellenbaum gefällt wurde, dessen Schönheit ich liebte. Alles ist doch dazu da, daß es Frucht trage, das ist doch überall im Leben so, nicht wahr? Ich gebe ihr recht und weigere mich, den Sinn dieses Nutzens einzusehen. Die Blüte ist mir wichtiger als die Frucht. Das Gebot der Liebe ist ohne Liebe. Ich erinnere mich zur selben Zeit einiger Worte der Günderode, verhaßt war ihr die Ansicht, die jeden einzelnen als eine Frucht betrachtet, die geblüht habe und gereift sei, um von dem Ganzen verzehrt zu werden. *Mir ist je-*

der einzelne heilig, er ist sich selbst Zweck. Lernen Sie einen vernünftigen Beruf, machen Sie sich nützlich, riet mir jemand. Ich denke nicht daran, mich nützlich zu machen, erwiderte ich.

Eine Frau beweint eine Stadt ohne Baum. Eine Geburt endet für Mutter und Kind tödlich, auch wenn beide weiterleben. Ein Vater und ein Kind ritzen sich die Arme, schließen Brüderschaft. Blutend fallen ihre Worte übereinander her. Einer von den sieben Brüdern im Märchen behält den Flügel eines Schwans, der Schwester war es nicht gelungen, den Träger seines Hemdes fertigzunähen, um ihn wie seine übrigen Brüder vollständig zu erlösen. Die Mutter betrachtet ihr Spiegelbild. Sie wird sich in einen Anblick verwandeln. Wenn die Mutter stirbt, wird aus der blinden Fläche ein Kranich treten und sonnenwärts fliegen, um einzutauchen in eisiges Verbrennen.

Ich sah die Welt metaphorisch. Als man mich in die Waldorfschule einschulen wollte, redete ich den Lehrer in der Sprache der Dichter an, und er verstand mich nicht. *Dieses Kind hat keinen Bezug zur realen Welt. Sein Sozialisationsvermögen ist retardiert. Es nimmt das Du nicht als ein Gegenüber wahr.* Ich zittere wie ein Roggenfeld vor dem Schnitter. *Das ist der grause Schnitter Tod.* Je mehr ich mit der Welt in Berührung kam, desto abgeschmackter wurde meine Phantasie. In meinem Notizbuch war die Welt eine Phrase.

Du orientiertest dich an einem Himmelsbild. Unfehlbar hoch sehend wirst du die himmlische Argo besteigen und vor Husums Küsten scheitern. Mit dem Sohn des Wirts verbündest du dich gegen mich. Sie ist ein Insekt, nutzlose Tochter. Oder was hast du zu ihm gesagt? Soll ich ein Loch ins Meer schlagen und mich darin versenken? Soll ich den Himmel gefrieren lassen? Soll ich die Kinder des Meeres, die es selbst verschlang, herausholen und in eine Reihe gegen dich stellen? *Sei nicht mehr traurig, Du sollst kein Heimweh haben, bald kommst Du ja wieder nach Hause, erfreue Dich an Sand und Meer,* schrieb der Vater dem Kind, als es zur Erholung in ein Jugendlager verschickt wurde. Die ist frech, sagten die anderen Kinder. Eine Heulsuse, die hat Heimweh. Man darf meine Tränen nicht sehen, sie dürfen es nicht wissen, nie, aber sie merkten es doch. Ich war schon zwölf, als ich schwimmen lernte. Ich hatte vorher keine Lust, es zu lernen, wie ich nur durch Notsituationen, nicht gesehene Filme im Fernsehen, dazu gebracht werden konnte, die Uhr lesen zu lernen. Zeit interessierte mich nicht. Heute ist sie mir lästig. Oder das, was sie bewirkt. Es ist bestenfalls scheußlich. Heute würde ich es als ein Lob auffassen, wenn jemand meine Schreib- und Lebensweise als autistisch auffaßte, ich wäre wieder an der tabula rasa meines Kindseins angelangt. Jemand prüft mich *Gewogen gewogen zu leicht befunden.* Daß ich nicht auf immer verstumme! Was bildet dieser Mensch sich ein, wo nimmt er sein Urteil her? Aus der Mutmaßung seines Wissens verurteilt er mich dazu, mich für etwas zu interessieren, mich für etwas einzusetzen, was meinem Wesen nicht entspricht. Mit demselben Missionsgeist wird sogenannten Primitiven Entwicklungshilfe gebracht, die sie nicht brauchen. Dabei sollte der Missionar missioniert werden.

Und ich dichtete die Lusiaden neu, bevor ich sie las. Schwimmend, mit einer Hand halte ich das Manuskript, kleine bösartige Wellen schnappen mit Hainatur. Lallend singe ich meinen Untergang. Als ich mit einem Passagierdampfer Schiffbruch erlitt und die kreuzende Pequod mich auffischte, trug ich gerettet einige Habe bei mir. Es waren auch Bilder von Bäumen dabei, blühende Apfelbäume, Kirschen, ein Baum mit tropischen Blüten, dessen Namen ich nicht weiß. Vertraut war mir die Jagd. Spielend wog ich die Lanze in meiner Hand. Die Bilder sind alt und vergilbt, fast gleichen sie kolorierten Lithographien. Aber nie ist ein Bild deutlich genug. Es ist schön, mit den Zeichen des Lebens in den Tod zu gehen, sagt Ahab, wie einer dieser ägyptischen Könige bist du, der auf seiner Reise eigens für ihn getötete Sklaven mitgeschickt bekommt, einbalsamierte Rosen, Speisen und Geräte zur Jagd. Weiße Bäume? O Trauerflor, in Bläue eingekleidet!

Kennst du die Augenschale des Exekias, die die Meerfahrt des Dionysos zeigt? Nichts hält mich an Land. Laßt uns als Mast einen Apfelbaum in die Mitte des Schiffes setzen, umgeben von Kirsche und Walnuß. Grünes Haar der Erde! Der Durst eines Schiffes kreist trunken in einer Wasserwüste.

Ich werde jeden Freund, jede Anregung, die versucht, meine Prosa zur Welt hinzubeugen, ablehnen. Ich lebe zurückgezogen, weil ich meine, daß dieses Leben, da mich kein beobachtender Blick mehr stört, mir lauter kühne Tätigkeiten erlaubt. Ihr meint, der Kühne beweise sich dem stets gegenwärtigen Gegenüber, und meint Personen. Ihr definiert nicht genau genug. Mein einziges Gegenüber ist der Tod. Er ist das Andere. Meinen Worten, die ich ins Papier hämmere, antwortet dieses Gegenüber nicht, denn es ist zugleich keins. Was ich sage, ist an niemanden gerichtet und braucht nicht mehr verständlich zu sein; meine Worte werden nicht vom Leben gefordert, sondern vom Tod, der sie befiehlt. Ich

werde durch die Lebenden hindurchgehen müssen. Ich habe überlebt, bis ich überlebt werde.
Auf meinem Schreibtisch sind die Bilder von Bäumen verstreut. Eines dieser Bilder zeigt einen jungen Kirschbaum, den ich in meinem früheren Wohnort fotografiert habe. Während einer Wanderung in den Weinbergen, zwischen blühenden Bäumen und rissigen Mauern, wo die Winzer ihre Körbe liegengelassen hatten, sah ich diesen Kirschbaum, den ich deutlicher in Erinnerung habe als andere Bäume. Als Wort wird er für mich zu einem Emblem. Er stand auf einer Anhöhe, zwischen kränkelnden Pappeln und an einem Weg, der sich bald in ländliche Umgebung verlor. Die Helle des Baums vereinigte sich mit dem schemenhaften Weiß des panischen Himmels. Mittag. Der Duft der Blüten macht die Luft trunken. War in meinem Gedicht der Baum eine Metapher des Ich? Oder des Daseins? War beides eins? Ich ließ es offen. Bildwirklichkeit. Wortwirklichkeit. Der so Angeredete blieb Zeichen.
Vor einem Jahr stand ich unter dem Baum und mühte mich, aus seinem Blühen, aus dem Kirschen entstehen, Worte zu machen. Das Gedicht gefiel mir nicht. Als ich einmal einen Abhang hinunterkam, sah ich in einem Gebüsch regungslos etwas großes Schwarzes hocken. Es war eine Elster, die sich in den Zweigen verfangen hatte. Ich sah, daß die Elster tot war. Sie hatte sich mit einer Klaue festgekrallt, ein Flügel war eng an den Leib gedrückt, der andere, leuchtend, blau, grün, metallisch, war halb ausgestreckt, wie vom Band eines Fächers gehalten, die Schwanzfedern gegen den Baumstamm gepreßt. So war die Elster wohl erst vor wenigen Stunden gestorben, vielleicht in dem Moment, als ich die Tür meiner Wohnung verschloß und fortging. Im Todeskampf hatte sich die Elster zwischen die Zweige ge-

drängt, wie von den Zweigen durchbohrt, starrte sie mich aus leeren schwarzen Augen an. Ich habe noch am selben Mittag ein Totengedicht über diese Elster geschrieben. Oft gefallen mir meine Totengedichte, Worte, die an den Tod gerichtet sind, mehr als meine Gedichte über andere Themen. Der Tod ist mein Thema. Woher kenne ich ihn; war ich tot, bevor ich gezeugt wurde? Mit dem Wort Tod versuche ich einen Schlag, der mir gilt, aufzufangen. Willst du mich töten, versuche es, schrie ich meinem Vater zu, als er mich schlagen wollte. War ich fiebrig, stieg das Quecksilber in meinem After oder Mund, wenn der Vater kam und prüfend in meine beschlagenen Augen sah. Apfelblüten auf meinem Schreibtisch. Aus welchem Baum wurde der Tisch gemacht? Thoreau schrieb, auf der Tür seiner Blockhütte liegend. Hütte und Tür waren aus Holz. Entstand ein Waldbrand, blieb von der Hütte nichts übrig. Arbor vitae. Er nimmt sich völlig fort. Nichts von ihm wird bleiben. Mir fällt jetzt erst auf, wie gründlich dieser Todesvollzug ist. Menschenkörper sterben langsamer. Es ist ein zweiter Tod. Den Tod nennen wir das Verschwinden der Seele. Den zweiten Tod nenne ich das Verschwinden des Körpers. Der Baum hat nur einen Tod. Leib und Seele sind ihm eins. Oft habe ich als Kind mit Bäumen gesprochen. Stand eine Person vor mir, brach ich in Schweiß aus und zitterte wie das Laub, das ich berührte. Menschen paßten nicht in meine Gedanken. Mit jedem Tag werde ich mich weiter entfernen, Rinde fühlend, das Grün, das aus meinen Händen wächst, in die Lüfte haltend. Meine große Helle steigt zu den Wolken.

Es ist Janus, der der Sphinx ein Rätsel aufgibt. An der Zahl meiner Schritte maß ich die Länge meines Lebens. Also, weißt du, du stellst dich ganz schön an, raunzte mich jemand an, als ich einmal einen durch meine Schuld gegen ein Fenster geflogenen Sperling in eine Schachtel bettete, ein Mädchen bat, ob sie zum Tierarzt fahren würde. Die Inder glauben, daß der Mensch in einem anderen Leben ebensogut ein Tier sein könnte. Manchmal denke ich, daß es wahr ist. In welchem aller Leben werde ich nicht in die Aussageweise einer Form gebannt sein? Manchmal wünschte ich, der Vater tauscht mein Leben gegen das eines Tieres ein. Schlägt er es, wird es sich nicht wehren, wie ich, und nicht seine Liebe verlieren. Ein Tier in der Hand des Vaters wird immer unmündig bleiben. Mit einem Tier kann er sich entschuldigen. Aber ich weiß, daß das Tier die Unmündigkeit des Menschen überleben wird.

Die Schwierigkeiten, die ich mit meiner Umwelt habe, bestätigen mich darin, daß ich auf dem richtigen Wege zu mir bin. Nur durch Schwierigkeiten fand ich zu mir. Die Welt der Worte macht es mir unmöglich, zu sprechen, mich verständlich zu machen. An den Widerständen, die man mir entgegenbrachte, habe ich mehr über die menschliche Natur erfahren und gelernt, als man mir in einem philosophischen Seminar hätte mitteilen können.
Ich sagte, daß ich mich immer weniger mit meiner Umwelt verständigen kann, je tiefer ich eintauche in die Bedeutung der Worte. Das klingt paradox. Wer das Paradoxon lebt, lebt zugleich in der ständigen Rechtfertigung seiner Existenz. Das Paradoxe ist verfemt wie das Verrückte oder das Kranke. Jemand versucht mich mit einer Ohrfeige zu den Menschen zu bekehren. Ich lache ihm unter Schmerzen ins Gesicht. Meine Prosa ist eine Abrechnung mit den Göttern, die mich profanierten. Bring dich um, dann entschädigst du uns für deine Ge-

burt. Meine Tochter ist nicht geraten, schrieb der Vater an seine Mutter in Berlin. Ach, du lebst ja noch! meinten seine Eltern zu ihm enttäuscht, als er aus dem Krieg zurückkam.

Ich versuchte, der zu sein, der ich nicht bin, und zerschellte. *Wenn man es recht besieht, ist überall Schiffbruch.* Wenn du willst, werde ich gern ein Tier sein, du wirst mich mit deinen Tränen und weißen Bögen Papier füttern, in der Hoffnung, daß ich aus mir das Epos meiner Herkunft entleere, bis ich wieder nichts bin oder ein leerer Balg.

Du willst vielleicht auch, daß ich eine Pflanze bin, du wirst meine Äste beschneiden, damit sie nicht in den Garten des Nachbarn reichen; als dein Kind ging ich ja immer auf andere zu; später sagte man mir, Misch dich nicht in fremde Angelegenheiten. Du wirst mit mir tun, was deine zweite Frau sagte, Kinder müssen wie Bäume beschnitten werden. Disziplinierung des Ich. Im Herbst wirst du meine Früchte ernten. Sie haben immer den Geschmack von Asche und von Fäulnis. Die Hände gegen deine Tochter erhoben, rufst du nach anderen Göttern. Ich habe dich nicht wieder aus meinem Kopf hervorgeholt, wie du es vielleicht erwartetest. Ich kleide mich in meinen schönsten Sarg, um dich mit meinem Leben zu versöhnen. Wie ein Fakir klettere ich an meinem zu einem Zopf gebundenen Haar empor und versuche dich, dir daraus einen Strick zu knüpfen. Im Hohelied, aus dem ihr meinen Namen wähltet, heißt es, Du fesseltest mich mit deinem Haar, in Ketten legtest du mich. Wen fesselte ich? Ein Blick zum Hohelied, ein Blick zum Kind, ein Blick vom Kind zum Hohelied. Vorbei zogen mehrere Friseure, mit Scheren in den Taschen.

Diese Gewalt, die Hände haben können, wenn es um Erziehung geht. Die Gewalt, die Wörter haben müßten, wenn es um Rechtfertigung geht. Ich machte die Wörter mir zurecht; sie waren mir ähnlich. Meine ersten Gedichte schrieb ich nach dem Tod der Mutter. Mit einem Senkblei versuchte ich mich zu halten, während um mich alles in Bewegung geriet. *Geräusch von Küssen und von Flügelschlagen.* Meine Gedichte waren sinnlos und leichter als die Luft, die ich aß. Das flammende Geschöpf, Engel oder Phönix, stand mit dem dreistrahligen Schwert, von dessen Spitze ich die Worte nahm und mir die Zunge verbrannte. Und ich werde von den Worten entfleischt. Der Tod hat mich furchtlos gemacht. Er gleicht dem Schatten, der den Lauf der Sonne sichtbar macht durch seine Dunkelheit. Deine Küsse, Vater, sind hart wie Zähne; ich zerbeiße mit ihnen meine Wunden. Laß mich zu einem Flüchtling werden. Ich werde am Wasser entlanglaufen; ich fliehe immer vor meinem eigenen Schatten, bis ich zu einem Punkt verschwimme. Katzenpfötige Wellen eilen auf mich zu; die Wasserstraße bleibt unbegehbar. Du weißt, daß auch tagsüber mein Zimmer oft noch verdunkelt war. In den Ferien kam ich erst spät aus dem Bett, oder ich verließ es gar nicht erst, dann brauchte ich es auch nicht wieder aufzusuchen. Waschen, Ankleiden und Zähneputzen waren mir lästig. Ich blieb lieber den ganzen Tag im Bett und las. Man nannte mich phlegmatisch. Manchmal schlief ich auch tagsüber, weil ich heimlich nachts gelesen hatte. Immer ging ich denselben Weg zu mir zurück. Im Traum gibt mir jemand ein paar Zeilen auf einem Zettel mit einem Wasserzeichen zu lesen, es fällt mir schwer, die Worte zu entziffern. Später wurde mir klar, daß dies der Anfang zu einem Gedicht hätte sein können; ich ärgere mich, nicht besser aufgepaßt zu haben.

Nachdem die Mutter gestorben war, hat man sie verbrannt. Nicht in eine Sanduhr, sondern in eine Urne füllte man ihre Asche. Als das Kind davon hörte, fürchtete es, man habe die Wiedergeburt der Mutter damit unmöglich gemacht. Neben den Fußabdrücken im Sand fand ich das Gerippe eines Fisches. Eines Tages werden alle Reisenden, die am Strand umhergehen, die Totenmasken von Meerestieren tragen. Ihre Worte werden nicht länger himmelwärts schwimmen. Jammernd schrumpfe ich zu einem Sandkorn zusammen. Soll ich mich zählen lassen, bis ich mich unendlichfach wiederfinde? Oder soll ich mich aufs Meer hinaustreiben lassen? Sollen meine Worte dort beginnen, wo mein Leben aufgehört hat? Das Buchstabenfeld spricht Tote. Es versenkt Meere. Es verbrennt Feuer. Ebbe und Flut erfinden nautische Instrumente und kreisen als Herzschlag um meine Prosa. Alles, was lebt, wollte ich sein, um es wiederbeleben zu können und mich darin zugleich zu erkennen. Ich versuche, das Meer zu sehen. Ich erinnere mich, daß ich einmal nachts mit dem Vater auf einem Krabbenkutter aufs Meer hinausfuhr; morgens bleiern das Licht, ein Krebs verfängt sich im Netz der Fischer, er kriecht noch tiefer ins Netz hinein, ich fasse nach ihm, hole ihn raus, werfe ihn ins Wasser zurück. Jetzt hast du einen Krebs gerettet, sagt der Vater anerkennend und gerührt. Er wurde im Sternzeichen des Krebses geboren. Ein Schritt vor und zwei zurück, sagt man über den Krebs-Geborenen. Vater, hätte ich, ein Steinbock-Geborener, dich unter meinen Hufen begraben, du wärest mir an den Hals gesprungen, hättest mich umarmt, ich wäre so gestorben, als liebte man mich. Nein, du bist es nicht wert, daß du lebst, du gehörst totgeschlagen, sagte man zu mir. Hättest du es damals getan, ich hätte dich nicht retten können, um dich mir noch länger auszuliefern. Begrabe mich in meinen Worten. Lehre mich sterben. Lebe vom Blut unserer Verbrüderung, die uns zu Kain und Abel macht, bevor ich geboren wurde. Auf meinem gekrümmten Rücken trage ich den Mythos meiner Kindheit zu Grabe. Als wir wieder Land betraten, waren wir Fremde in dieser Stadt und würden es bleiben. Der Seesack fällt vor unsere Füße. Das Goldene Vlies fand ich nicht, ich ersticke in mir Jasons kostbaren Schrei. Ich war so übermüdet, daß ich Stimmen hörte, die es nicht gab. Nicht Wale, sondern Krabben haben wir gefangen. Ich probierte eine. Sie schmeckte nach Salz und nach Wasser.

Vom Meer aus nahm ich Abschied von der Mutter. Während ich zur Erholung in ein Jugendlager fuhr, reiste sie in die Orte ihrer Kindheit. Sie besuchte frühere Schulkameraden. Ich werde nie frühere Schulkameraden besuchen. Wie eine zerkratzte Schallplatte dröhnt Wasser in meinen Ohren. Die spielenden Wellen tragen mich wie einen leichten Korken mit sich, ich fürchte mich nicht, denn schwimmen habe ich noch nicht gelernt. Die Aufsicht vom Jugendlager trennt unsere Seelen. Vielleicht nimmt mich das Wasser mit sich, vielleicht werde ich von einer Welle an den Strand geschleudert. Laß mein Herz anderswo weiterschlagen, daß meine Lunge und Beine Kiemen und Flossen eines Fisches werden.
Aber die See spie mich aus. *Und ein Taucher bin ich, mir blieb der lange Hals, weit entfernt vom Leib ist mir der Kopf, das Meer liebe ich, und vom Tauchen habe ich meinen Namen.* Führe mich an die Wellen, die ich trage, bis ich getragen werde; das Meer gebar mich, bis ich verwaiste, denn mein Tod will mit mir ins Wasser zurück.

Als ich einmal das Bild eines Seglers sah, verliebte ich mich in das sprachlose Papier; mögen meine Arme und Beine Leib des Schiffes sein und meine Seele sein Nabel. Oft träumte ich auch von diesem Schiff, während ich zugleich dem Sturm entgegensang. Doch ich wartete entmastet an Land, Ruf um Ruf gibt mir die Stille zurück. In den Wellen geht meine Sprache unter, schwimmt das Papier, zu einem Boot gefaltet, davon. Ich setze Schiffchen ins Wasser. Schrei um Schrei geben sie mir zurück, treiben steuerlos, gehen unter. Das Buchstabensegel geht rasch in Fetzen. Zwei, drei Schritte vom Strand entfernt werde ich in die Fußstapfen der im Meer Ertrunkenen treten. Als ein heidnischer Jäger sah ich mich sterben und wiederaufleben als Welle. Mein Durst leckt den Sand. Ich werde den Sternencetus besteigen, verrostete Ankertrossen als Steigbügel, mit einer Lanze als Kandare ans tobende Roß gebunden, werfe ich die Netzhaut meiner Blindheit über den Körper eines Hais. Stell dir vor, dein langes Urlaubshaar wird mit Tang und Fischen bekränzt wie das Haupt eines graubärtigen Seekönigs oder Tritonen; du hast mich zu den Menschen bekehrt, und ich muß dir danken dafür. Daß ich nicht weine. Statt Literatur über Psychologie lieber Ernst Kreuder, Rafael Alberti, Georg Trakl, Montaigne, Catull. Der Ausdruck eines Kunstwerks erzeugt eine beinahe brutale Sucht nach Vollkommenheit und macht fürs Leben untauglich. So oder so ähnlich drückte es Kreuder aus. In Gedichten sah ich mich sterben und wieder geboren werden. Der Schmerz kam später. Im Blut des Kreißsaals schwimme ich wieder und wieder auf mich zu, komme von mir ab, schreie, ersticke. Die Angst macht mich reden, macht mich stumm. Du hast mich unter die Menschen getrieben, ich war ein Insekt und fürchte mich, eine Puppe zu

werden. Ich habe nicht gesehen, daß du einem auf den Rücken gefallenen Käfer aufhilfst, wie ich es immer tue. Manche Seele wird um dieser geringen Tat willen gerettet werden, ob es ein Käfer oder eine Schnecke ist, die jemand vom Weg aufliest und ins Gras setzt; ob es eine Kröte ist, an die man einen Hymnus richtet; immer singt die Erde Choräle der Freude. Nichts Böses brauche ich mehr nach dem Tod zu befürchten.
Ich erfand Brüderschaft mit den Tieren aus Not. Der auf den Rücken gefallene Käfer betet mich an; er faltet seine Beine, während ich ihn ins Gras trage. Wenn ich der Mutter beim Kämmen ihres Haares zusah, bat ich sie, es sich wachsen zu lassen, damit ich an ihrem Haar zu ihren Lippen emporklettern könnte. Vielleicht hätte sie mich erkannt. Ihr Haar ist dünn und grau. Als sie krank war, fiel es ihr aus. Das lag auch an den Medikamenten, die man ihr gab. Die letzten zwei Jahre ihres Lebens hat die Mutter in drei Krankenhäusern verbracht. Wäre sie zu Hause geblieben, hätte sie ihr Leben nicht den Ärzten gegeben, sondern uns. Was wäre besser gewesen? Klüger wäre es gewesen, bei uns zu bleiben und täglich in kleiner selbstgewählter Dosierung zu sterben, nicht in der von den Ärzten vorgeschriebenen Form. Du hättest ihre Asche in eine Sanduhr geben können. An einer Kette hätte ich sie mir um den Hals gebunden und bis zum eigenen Tod mit mir getragen. Ich war froh über jede Klage, jeden Tadel, den du mir gabst. Solange du sprachst, nahmst du mich noch wahr. Dann gab es mich noch. Das Leben verschweigt mich schamhaft, der Tod ruft meinen Namen aus. Ich stehe auf dem Markt und suche bei den Verkaufsständen nach mir. Grüngemaserte Zucchini, plakatrote Paprika, Flieder, Kakteen, Honigkerzen, grün-weißer Lauch, von der Sonne bemalte Äpfel, Nektarinen, rotgefleckt,

gelbflammig, gesprenkelt sommersprossiger Pfirsich, Gestalt einer Antwort in der Weise eines schrillen Grün. Ich höre den Schrei, sehe den Apfel, die Knospe eines Baums, erinnere mich. Meine Mutter hat Muscheln gesammelt. Irgendwann fing auch ich an zu sammeln. Der Apfel fällt nicht weit vom Stamm, sagte der Verkäufer zu mir, als wir darüber ins Gespräch kamen. Aber nur die Toten sind sich nah. Täglich waren wir meilenweit entfernt.
Der Vater wandert über Hyperions Höhen. Beim Klang der Leier und zum Rascheln von Papier will ich verstummen. Suchendes Wissen in jedem Buch, aber Kain war nicht Kaiphas. Warum wurde sein Opfer verworfen, und nicht Abels? Der Rauch seines Opfers stieg nicht hinauf. Aber Kain war kein Ackermann, sondern ein Jäger. Alle Dinge folgten ihm nach, als er aus dem Leben in den Tod ging. Mutigere als Jona wurden als Beute gefressen. Er tut einen tiefen Trunk. Sterne liegen als Kiesel am Himmel. Er zählt nicht von Unendlich bis Null. Er kennt nicht die Buchstaben, aus denen er besteht. Es betrübt ihn nicht, daß er nicht so weise war wie der Tag, der ihn ausspie und neu gebar.

Stolz, das Fell Rickis, des Fuchses, umgehängt, verlasse ich meine Familie. Unterm roten Fell atme ich wie ein Mensch. Ich entführe den Jäger, ich richte ihn in der schweigenden Stätte des Waldes. Ich trug das Leben des Jägers in meinen Klauen. Ich lebe im Tod des Jägers weiter. Langsam dreht er sich um und steigt in die Wipfel der Bäume. Ich sehe ihm zu und verschwinde in ihm. Die Begierde der Jagd kreist in meinem Blut. Ich schultere mein Gewehr. Mit jedem Wild, das ich erlegte, stand aus dem Tier ein Mensch auf, der auf ein anderes Wild wies, auch dieses erlegte ich, woraus wieder ein

Mensch entstand, der auf ein Wild wies, das ich töten würde, denn Beute war ich von Anbeginn an. Wieder falle ich in mein Spiegelbild zurück und sehe in die blinden Scheiben meiner Augen. Dort hinterm Fenster erbleichen jetzt die kurzatmigen Sensationen des Lichts; bis zum Verlorengehen tauche ich in ihnen ein. Das fordernde Licht ist wandelbar wie die Flut. Nur das Blau ist absolut, strahlend bis in die Tiefe. Flipper springt auf. Slipper sagte meine Großmutter immer, wenn sie ihn am Sonntag im Fernsehen sah, immer wieder korrigierte ich sie, aber sie konnte es sich nicht merken.

Als die Großmutter zu Besuch kam, schlief ich in meinem Zimmer nachts auf dem Sofa. Es war auch der Ort, wo ich tagsüber lag und las. Die Eltern haben eines Tages dieses alte Sofa, aus dem schon die Füllung rieselte, zum Sperrmüll gegeben. Ich habe mich bis zuletzt dagegen gewehrt und wehre mich vergeblich heute noch. Lag ich auf dem Sofa, lebte ich in den Büchern, die ich las. Und das Sofa war ein Floß, auf dem ich den Mississippi hinabschwamm, ausweichend Piraten und Krokodilen. Auf meinem kindlichen Totenlager entwarf ich in kürzester Zeit abenteuerliche Pläne zur Flucht. Hier begegnete ich den Piraten, hier war ihr Lager, und das war Welt. Mein Sehen, vom schwankenden Licht einer Bordlaterne erhellt. In meinem Kopf zeichnet sich die Silhouette eines Menschen ab. Von neuem durcheilen mich Ströme grüner sumpfiger Wut. Sie rollen durch die Nacht wie ein von Blitzen zerfurchter Himmel. In den Wäldern sammeln sich die roten Anbeter des Mondes am Feuer. Sie berauschen sich am Blut und an den Schreien Sterbender, die sie zum Ritus der Mondanbetung fressen werden. Ich werde das Fleisch des wildesten Toten essen und meinem Fleisch und Blut einverleiben, auf meiner Zunge und in meinem Bauch werde ich das fremde Leben spüren. Ich bereite meinen Leib darauf vor, die Totenspeise zu empfangen, um besser und länger zu leben. Ich fühle die Macht des Gottes in der zerschundenen zerstückelten Leiche. »Alles ist heilig«, sagt der Centaur. In Kolchis brechen die Teilnehmer einer Fruchtbarkeitszeremonie einem Jüngling das Genick, zerstückeln ihn, bestreichen mit seinem Blut Weinreben und Ähren. Das Fleisch des Jünglings wird verbrannt, seine Asche im Wind verstreut. Mit jeder Frucht, in jedem Korn wird er weiterleben und Tote und Lebende nähren. Mit den Früchten der Erde esse ich privilegiertes Fleisch. Eine Aureole umgibt meinen Tod, wenn mich die Erde verschlingt. Ich werde wie sie. Ich werde sie. Ich strahle als Erduntergang. Eine Gottheit, aß ich Menschenfleisch. Ich werde zu einem abgeernteten Feld, jemand schleift eine Sichel zu meinem Tod.

Ich nahm die Bücher mit ins Bett. Wenn ich schlief, dachte ich über das Gelesene nach, wie Proust es als Kind getan hat, *aber meine Überlegungen waren seltsame Wege gegangen; es kam mir so vor, als sei ich selbst, wovon das Buch handelte: eine Kirche, ein Quartett, die Rivalität zwischen Franz dem Ersten und Karl dem Fünften. Diese Vorstellung hielt zuweilen noch ein paar Sekunden nach meinem Erwachen an.* Während ich erwachte, zuckte das Geräusch einer Peitsche in meinem Ohr. Bis zur letzten Sekunde vor Schulbeginn wagte ich es nicht, den Klassenraum zu betreten, aus Angst, ich könnte von meinen Klassenkameraden angesprochen werden. Ich selbst sprach wenig. Kommst du mit uns nach oben, redete man mich auf dem Schulhof an, und ich verneinte. Ich warte noch bis zur Pause. Ich hatte meinen ersten großen Fehler getan, der mich ein für allemal vor der ganzen Klasse gebrandmarkt hat, es war morgens um acht Uhr, die erste Pause war erst um zehn Uhr. Ich war in eine Falle getreten, ohne daß man mir eine gestellt hatte. Ich fiel sogar in solche Fallen, die es gar nicht gab. Vorwärts, ich zeige dir, wer dir hier die Flötentöne beibringt, rief ein Mädchen mir zu und zerrte mich ins Klassenzimmer. Ich zog mich zu den Büchern zurück. Immer hatte ich Bücher bei mir. Die Schulbücher hatte ich längst durchgelesen. Wäre ich einfach zu Hause geblieben, ich hätte nichts verpaßt. Aber ich fürchtete die Strafe, und die der Kinder noch mehr als die der Lehrer oder der Eltern. Sie spielten ein tödliches Spiel, das mich täglich neu zur Strecke brachte, ich bin der Hase und sie die Hunde. Der Jäger jagt und jagt, bis er Lust zu töten bekommt, nicht, bis er sein Opfer zur Strecke gebracht hat, und je mehr er jagt, desto weniger wird er zur Ruhe kommen. Ich ging immer ein paar Zentimeter über der Erde, um nicht stürzen zu müssen. Die Wunde heilt nur, der sie schlug. Wer war der Held der Wunde? Ich aber hole die Wunde aus meinem Leib, ich steche zu, ich verletze die Wunden, ziehe ihnen das Fell meines Hasenmutes ab und verspeise es. Wenn ich träume, hänge ich, kopfunter, den Kopf in einer Tüte verpackt. Ich bin ein Soldat der Felderangst. Ich beginne den Gipfel meiner Furcht als Schneelawine zu zerschmettern. Nach meinem Tod, den ich in Klee gewickelt verspeise, werde ich den ewigen Schnee über der Sonne erkennen und entlarve den Regen. Ich ernähre mich von Friedhofserde, die vom Mythos meiner Stärke übrigblieb. Nein, der Mythos gibt mir recht, ich falle zu Boden, bete den Boden an, ich entdecke, daß mich die Toten ruhen lassen.

Das Kind malte. In einem Schaufenster hatte es eine Leinwand gesehen und Farben. Der Sonnenuntergang im Spiegel des Schaufensters war anders. Ich werde immer diese Farben suchen müssen, die ich im Fenster sah und die es in Wirklichkeit nicht gab. Die verfolgten Farben werden nicht zur Ruhe kommen. Das Kind sah den Menschen ins Gesicht, es suchte eins, das zu malen sich lohnte, so sah es die Menschen an und durch sie hindurch. Alle Menschen, die nach ihm kommen werden, waren seine Ahnen.
Ich habe die, die ich suchte, niemals gefunden. Der Mythos meiner Stärke war Angst. Der Schulhof war das kahle Geviert dieser Welt. Ich versuchte nicht aufzufallen. Das war der Fehler. Weil ich nicht auffallen wollte, fiel ich auf.

Ich versuchte mir vorzustellen, wie mein Leben vor der Geburt war. Der Vater hatte einmal erzählt, daß er sich an seine Geburt erinnern könnte. Ein enger, schmerzender Tunnel nahm ihm den Atem. Keiner kann sich an seine Geburt erinnern und an das, was vorher war, sagte mir jemand. Ich will nicht geboren werden, ich will nicht entich werden, ich will nicht Rädchen sein, das irgendwo eingefügt werden soll, auch wenn ich ein Rädchen mit einem knirschenden Sandkorn bin, lieber will ich mich von Menschenfleisch ernähren, wie ich mich vor der Geburt vom Blut meiner Mutter nährte und nach der Geburt von ihrer Milch, oder hat sie mein Blut mit Flaschenmilch verwässert; wieder fühle ich die Qual der Mutter, die mich mit den trüben Kräften ihres Leibes genährt hat; sie verdüsterte mein Blut; mich gegen das Dunkel wehrend, wehrte ich mich gegen die Geburt, bis zum letzten Moment weigerte ich mich, im Bauch meiner Mutter zu sein, dann weigerte ich mich, aus ihr geboren zu werden. Näher konnte sie mir nicht mehr sein. Alles andere war nur Berührung, nicht Einssein. Mutter, ich habe gespürt, daß wir uns mit jedem Atemzug voneinander entfernten. Das Leben bestätigte meine Ahnung, die Wissen war. Ich nahm mich vorweg. Ich hatte meinen Tod schon hinter mir. Ich weiß nicht, ob meine Mutter, während sie mich trug, in Museen ging und Bilder alter Meister ansah, um mich zu beruhigen. Ich weiß nicht, ob sie den Kopf des Adam von Michelangelo betrachtete, ein Bild, das lange im Wohnzimmer der Eltern hing; auf die Erde mit ihm, auf die Erde mit ihm. Aus Erde kommst du, zur Erde gehst du zurück. Sohn der Erde. Sohn der Wasser und Lüfte möchte ich sein, haltet mich von der Erde fern. Ich denke an die Worte, die man an mich richten wird. Ich werde mißraten sein und den Wunsch haben, meinen Richtern, die meine Peiniger sind, zu entfliehen. Ich sehe die goldenen Lotossäulen wieder, das sengende Licht, *Verbrannt bin ich, doch schön,* die kühlen Hallen, ich kröne das siebentorige Theben, denk daran, daß wir in Tempeln wohnten, geheiligt wie Katzen, das Totenreich war unsere Stadt, von den Seelen der Toten nährten wir uns, mit unseren Fingernägeln ritzten wir Beschwörungen in den Stein. In Karnak tranken wir das heilige Wasser des Sees. Wir gaben der Sphinx Antworten auf Fragen, die sie nicht weiß. Die Landesgötter von Ober- und Unterägypten laden uns ein, ihre Felder zu segnen. Die Gaufürsten bringen uns ihre Opfer dar, Weihrauch, Myrrhe und Gold. Wasserrose und Papyros, alle Reiche verneigen sich. Weihrauch bringen wir der Sonne dar. Wie viele Seelen sind, ach, in deiner Brust. Falkengöttlich wache ich, Hüter von Hierankonpolis, über Tote und Menschen. Lieber der Sonne gehören als dem Wasser, den Fischen, kalt wie der Atem des Meeres. Schreib

dein Epos zu Ende, ruft der König mir zu, schreib übers Wasser, die Mutter, den Vater, den du nicht kennst, der dich ausgesetzt hat. Laß die Wüste wachsen. Laß die Winde einen Schiffsuntergang kreißen.
In den leeren Augen der Mythen suche ich nach einem Widerschein meiner selbst. Wo hält sich der Vater des Findlings verborgen? Die unbeschriebenen Blätter seines Poems nahm seine verwitwete Mutter mit. Einmal schrieb ich statt Löschblatt Löschblau in mein Heft. Das Wort war Rausch und Schreckensbild zugleich.
Ich brauche Heimlichkeit, um schreien zu können, ich rüttele am Leib meiner Mutter, sie merkt es nicht, höchstens wird sie sich über die Schmerzen im Bauch gewundert haben. *Du hast den uteralen Raum deines Werdens mit Myomen geteilt, darum blieb die Schwangerschaft all die neun Monate hindurch ein zweifelhafter Ausgang.* Die Wüste schreit. Die Mutter, meine Gefährtin im Goldland Punt, sieht im Bett liegend zu, wie die Katze des Nachbarn ihre fünf Jungtiere zu ihr ins Bett trägt. Sie hatte die Jungen im Garten geboren und suchte nun einen warmen Platz für sie. In meiner Höhle wehrte ich mich gegen diese Tiere, gegen ihren Blut- und Gebärgeruch, aber meine Mutter hörte nicht meinen warnenden Schrei. Meine Mutter lag neun Monate im Bett und wartete auf mich. In einem Grab lag ich, bevor ich zur Welt kam, und in meinem Tod empfängt mich die Erde und wird schwanger mit mir. Meine verdrehte Nabelschnur wird zum Strick, der mich durchs Weltmeer zieht. Log und Leine zeigen Untiefen, gekreuzigt von meiner Stimme fahr ich hinab, an meiner Seite zwei Schächer, die verhüllte Liebe und der nackte Tod. Die Mutter soll als letztes meinen Namen rufen, damit ich sie wiedergebären kann. Hörte ich meinen Namen rufen, jedesmal lauter und drohender, floh ich, ich haßte meinen Na-

men. Ich wollte nicht dieser Name sein. Ich wollte ich sein, indem ich namenlos blieb. Mein Name sollte mein Geheimnis sein. Ich blieb auf der Dönche vor unserem Haus, legte mich in die Wiese, hörte der Erde zu. Näherte ich mich einem Wasserloch, das von den Panzerwagen der hier übenden Soldaten als Wunde in die Erde gerissen worden war, trat ich auf Zehenspitzen auf, um Molche und Frösche zu fangen. Lurche schwammen in unserer Badewanne, die meisten fand ich Tage später vertrocknet wie Dörrobst hinter einem Schrank. Oder ich zog mich zu den Büchern zurück, floh mit Tom Sawyer und Huck Finn auf mein Sofa, das ein Floß war und das man auf den Sperrmüll brachte. Tagträumerin! Lern' deine Lateinvokabeln. Ich schwieg, so meuterte ich am lautesten, ohne daß man es hörte. Ich legte mich ins Moos, in den rauschenden Regen, ein Irrsal floß meine Wangen bis ins Ohr hinab, und in meinem Kopf begann schon das Meer zu dröhnen, auf meinem Rükken werde ich Schiffe tragen, die meinen verhaßten Namen haben werden. Aus Angst vor meinem Spielzeug klammerte ich mich einmal nachts an meinem Bettrand fest; am Fenster standen und drohten mir fremde Schatten, das Spielzeug, die Figuren eines Hundes und eines Schäfers, hatte ich am Fenster vergessen. Ich erkenne sie nicht. Ich rutsche aus dem Bette, mache das Licht an, stürze aber wie blind wieder ins Bett. Die Mutter kommt. Sie droht mir und vertreibt die Gespenster.

Vater, an Land hält mich nichts. Läse ich heute in einer Zeitung, daß jenes schwarze Schiff, die hochbordige Barba Negra, irgendwo in Deutschland vor Anker läge und noch Mannschaft suchte, ich würde es fertigbringen, vielleicht sogar meine Bücher zu verkaufen, Kleider, Geschirr, Möbel; mit einem Rucksack, gefüllt mit Waschzeug, vier oder fünf Büchern, ein paar Hemden,

Hosen, Pullovern zum Wechseln und Seestiefeln ausgerüstet, würde ich mir im Spiegel zusehen, wie ich verschwinde und nicht mehr bin. Wir müßten uns beeilen, stelle ich mir vor, denn die Barba Negra, das letzte Walfangsegelschiff der Welt, wird nicht lange auf uns warten, und vielleicht wäre es das letzte Mal, daß sie vor Deutschlands Küsten ihren Anker fallen ließe. Dann wären wir für immer auf der endlos grauen See. Rund um die Welt! Ja, unsere Rufe wären aus den Versen der Odyssee geschmiedet, aber ich wage es nicht, die Zeitungen aufzuschlagen.
Wenn die Psychologie so bleibt, wie sie heute ist, wird der Mensch so, wie sie ihn schildert, sagte jemand. Denken Sie an den Nationalsozialismus; die jungen Leute starben so, wie man es ihnen vorausgesagt hatte. Die Menschen nehmen die Verfaßtheit dessen an, was sie beherrscht, was ihr täglicher Umgang ist. Ein verneinendes Menschen- und Weltbild macht den Menschen zum verneinten Sich-Verneiner. Einer, der als Sklave lebt und gehalten wurde, bleibt Sklave, und wenn er zum König wird. Nein, der Mensch ist nicht unveränderlich, wie es die klassische Philosophie lehrt. Man kann einen Menschen durch ständige Demütigung so zerstören, daß er schließlich seine Würde verliert. Die Umstände seines Lebens beeinflussen ihn.
Man sagte mir später oft, und ich bin nun stolz darauf, daß kein Psychologe, der mit mir zu tun hatte, mit mir zurechtkam. *Du warst wirklich mit keinem anderen Kind zu vergleichen. Als Kleinkind warst du wirklich skurril und irgendwie ›unberechenbar‹. Absoluter Sonderfall, ein Rätsel für viele, auch für die Pädagogen und Psychologen. Aber für dich wurde die Welt schon früh zum Unglück, zu einer Form von Einsamkeit.* Ich hatte recht. Ich schuf die Welt mir so, wie ich war. Sie war der

blinde Spiegel, in den ich starrte. Sie gab mir recht, indem sie mich über sich stolpern ließ. Aber ich hatte den Sturz gewollt. Ich war Ikaros, der einst seinen eigenen Untergang besingen wird.
Aus den zerfurchten Händen eines Menschen läßt sich die Geschichte einer vergewaltigten Menschheit ablesen. Während ich schreibe, versuche ich zugleich dem Gesagten zuvorzukommen, es neu vor mir erstehen zu lassen. Jemand sagte: Es ist wichtiger, zu wissen, wie jemand mit dem Leben fertig wird, als zu wissen, wie er tötet. Manchmal aber ist Töten eine Weise, mit dem Leben fertig zu werden. Ich sehe nun, daß ich mein eigenes Schicksal bin. *Die Welt ist eine Sache des denkenden Subjekts. Der Leidende leidet an der Welt, weil er an sich leidet. Und er leidet an sich, weil er an der Welt leidet. Eine Religion des Trostes hat uns erst trostbedürftig gemacht. Aber die Welt ist zugleich eine Krankheit, die man nicht hat, sondern ist. So wie man ist, wird man krank, wenn man krank wird, was der eigene Zustand ist. In seiner Krankheit ist man exakt der, der man als Kranker sein soll. Selbst in der Krankheit erlebt man die Bestimmung, die einen meint, als Kranken. Die Krankheit ist also nichts von außen an einen Herangetragenes, sondern das, was ihn immer schon meinte und für ihn bestimmt war. Der Seinzustand eines Menschen kann nicht verändert werden, auch durch die Krankheit nicht, sie zeigt ihn nur, wie er ist. Sein Wesen kann am wenigsten durch ihn selbst verändert werden.* Ich hörte und schrieb mit. Dies war etwas, das einen Sachverhalt betraf und zugleich mich selbst. Was das Leiden an der Welt betraf, dachte ich an mich, was die Krankheit betraf, die doch auch Leiden an der Welt ist, dachte ich auch an meine Mutter. Jemand hatte einmal gesagt, sie wollte sterben. Aber sie mußte leben, weil es mich gab.

Dann merkte ich, daß Krankheit eine Form des In-der-Welt-Seins bedeuten kann, als Form des An-der-Welt-Leidens. Man hat die Krankheit erwählt, weil sie einen wählte. Ich wähle mich selbst als Krankheit. Meine Existenz ist die Krankheit meiner Existenz. Sie ist ein Ärgernis. Im Kindergarten, in der Vorschule, im Heim, in der Schule, auf der Universität war ich ein Ärgernis. Es war gut, daß sie mich von sich stießen. Ich hätte mir nicht die Mühe gemacht, die Krankheit einer Existenz zu bedenken. Ich würde dem Asklepios einen Hahn opfern, um das Ende zu beschleunigen, meine Geburt, mein Gewesensein, diese untaugliche Summe. Es ist die Schönheit des Unheils, die auf meinem Schreibtisch liegt beim Klang der Leier und beim Rascheln von Papier. Nein, das wüste Weiß des Papiers wird für mich etwas Erschreckendes bleiben angesichts der Wörter, die es zu zeugen gilt. Viele Leben habe ich, um mich herum stehen bewundernd die Wälder. Werden die Bäume kommen und sich vor mir verneigen, wenn ich ihnen mein Leben zeige, wenn ich zu ihnen spreche mit der Zärtlichkeit einer Axt? Sind meine Wörter vor ihnen mit einer weißen Weste entkommen? Nicht Menschen, sondern Bäume werden mich richten. Die Melancholie meiner Vernunft gebietet mir, mich unter einen Baum zu legen, mich von fallendem Obst oder vom stürzenden, vom Blitz oder der Baumsäge erschlagenen Baum fällen zu lassen. Barfüßiges Bettelpapier bin ich, ich werde meine Worte nicht wetterfest machen, sie nicht mit Hammer und Meißel in den Wind schlagen können. Worte für Asche und Luft. Gib mir die Hand, wasserfreundliche Tinte! Geliebte des Reißwolfs, Maschinengezeugte! Ja, dich habe ich gesucht; die aufgearbeitete Existenz ist nur eine Vielzahl von Wörtern. Joseph bin ich, im Traum verbeugen sich meine Brüder vor mir,

verbeugen sich ihre Garben vor mir als ein Bündel mißbrauchter Bäume. Wenn sie stürzen, lächelt mit ihnen die Melancholie der Vernunft. Ich könnte mich an einem Baum erhängen, meinetwegen einem Obstbaum, neben mir hängen die Äpfel, während ich mich zappelnd am Strick verdrehe; dann schweige ich, drehe mich langsam baumelnd zurück, bis ich vor meinen blutunterlaufenen Augen zu stehen komme. Hirnweiße Tinte. Während ich schreibe, wird meine Kindheit, die eine andere Kindheit war, meine Kindheit, weil eine andere Kindheit, die meine Kindheit war, eine andere Kindheit wird. Meine Seele wandert, während ihr Körper hölzern zu klappern beginnt. Tanz der Buchstabentypen auf meiner Schreibmaschine; das Wörterklavier klirrt und zerbirst wie eine Wassermelone: so liegt die Welt vor mir. Alles Weißgewaschene ist den Bögen Papier fremd. Mutter, ich warte darauf, daß du mich allmorgendlich auf den Schutt meiner Manuskripte wirfst und abends wieder auferweckst von den Toten. In einem Philosophie-Seminar höre ich einen Studenten sprechen, Ich habe kein Glück. Ich habe mir den Text ins Deutsche übersetzen lassen, denn ich kann kein Griechisch. Dann übersetzte ich den deutschen Text ins Philosophische, um ihn zu verstehen.
Auf dem Boden wird der Seiltänzer stolpern. Dröhnend hinkte aus dem Mund eines Menschen das amputierte Epos seiner eigenen Schwerverständlichkeit. Wäret ihr so alt, wie ich jung bin, ihr müßtet sterben, denkt das Kind und drückt die Klinke der Kirche nieder.
Sie ist verschlossen. Das ist typisch, sagte der Vater, die evangelischen Kirchen sind nur sonntags offen. Die katholischen Kirchen aber sind immer offen, wenn man es braucht. Meint man denn, die Leute brauchen Gott nur sonntags? Der Vater ärgerte sich. Sie waren gekommen,

um sich die alte Kirche anzusehen, die für das Kind eine Seefahrerkirche war; an der Decke wird das hölzerne Modell eines Segelschiffes hängen. Nun aber würden sie das Segelschiff nicht sehen können. Das war enttäuschend. So betrachteten sie hilflos den roten Backsteinbau, gingen um ihn herum, sahen die Grabsteine, die gegen die Wand der Kirche gelehnt waren. Ich lehnte mich gegen die kalte und regnerische Luft, die mich umgab, und entdeckte, daß sie mich stützte. Ich erkannte die Gestalt nicht, die sich von mir verabschiedet hatte. Ich fühlte die Körperwärme des Fremden, die andere Haut, begriff, mit fassungsloser Schärfe, daß das fremde Wesen mich hielt.

Ich taumelte. Ich blickte zum Meer, das sich trübe hinter den Bäumen erhob. Die unsichtbare Gestalt war fort, war weggewischt. Ich war mit meiner Luft, in meinem Fleisch allein. Da war dieser Raum zwischen zwei einander gegenübergestellten Spiegeln, die sich nicht begriffen. Während ich entsetzt und verwirrt dastand, war der Vater wiedergekommen. Auch der zweite Eingang zur Kirche war verschlossen. Alle Fenster waren schwarz, Löcher in blindes Verhängnis. Die verschlossene Kirche hatte Ähnlichkeit mit mir. Ich stehe auf Zehenspitzen, um das Wasser zu sehen, das Algen und Bäume bewachsen werden. Ihre Wurzeln werden die Fische umschlingen. Sie werden mir vom Meer nichts mehr lassen, und mit dem Salz überzieht meine Mutter mir die tränenlosen Augen. Wenn ich lache, sehe ich aus, als habe ich geweint. Und ich wandle über den Wassern: ich stehe bodenlos und himmellos. Einmal hatte ich ein Schaufenster angeschaut, das mit Fischernetzen dekoriert war. Das Wasser lief mir in kleinen Rinnsalen übers Gesicht. Mit der Präzision eines Uhrwerks lief das Wasser weiter, tropfte auf meine Brust. Ich klebte in meinem Seemannspullover. Ich war ein verwaschenes Aquarell. Ich sah die vergilbte Lithographie eines alternden Himmels in Grau. Zum trüben Lichtschimmer des Wassers war es nicht weit. Wird es mein Spiegelbild ermorden? Während ich einen Stein nach dem fliehenden Meer werfe, sehe ich, wie ich in den Wasserspiegel eintauche und verschwinde. Wie ein Stein fiel ich nach der nächtlichen Fahrt auf einem Krabbenkutter morgens in Schlaf. Schön war das Wasser, furchtbar und schön. Wir standen unnütz herum, während Männer in regennassen gelben Öljacken die Netze an Bord hievten, aus denen eine krabbelige rosa Masse herausströmte; wimmelnde Krabben wurden in den gefräßigen Bauch des Schiffes versenkt. Wenn Krebse nicht entkommen können, schreit der Vater in Schmerz. Am Strand liegend, sehe ich von weitem das Wasser kommen. Es wird mich mit sich nehmen, und als Krebs werde ich auf meine Befreier warten, die mich aus dem Netz holen müssen. Ich blicke dem Wasser wie einem Verbündeten in die Augen. Unter Wasser öffne ich meine Augen und versuche zu singen: Im furchtsamen Walde bin ich. Ich höre im Wasser den Atem der Fische, ich versuche in ihrem Rhythmus zu atmen; nach einigen Sekunden verliert sich die Synchronie. Oder ich harre, am Apfelbaum hängend, auf das Ende der Furcht. Und während ich sterbe, zerre ich mit der Nabelschnur meine sträubende Mutter mit mir. Deine Nabelschnur, meinen Todesstrick, liebe ich bis aufs Blut, denn an ihr fiel ich in Tod und werde aufgehängt an ihr, um als Erde geboren zu werden. Aus meinem Leib wird ein neuer Baum wachsen, meine Füße schlagen Wurzeln im Boden, die Knospen meiner Finger ertasten die Luft. Die Erde hat mir den letzten Segen gegeben. Süße, ach, der Gedankenfrucht. Fühlender fühltest du's nicht. Zwischen meinen verdorrten Lippen ragt ein Spinnennetz heraus. Als der Vater einmal das Kind mehrere Tage in der Pension allein ließ und zu einer Freundin in eine andere Stadt fuhr, ohne zu sagen, wann er zurückkehren würde, wohl in der Hoffnung, das Kind würde ihn bitten, zu bleiben, was es nicht tat, ging das Kind den weiten Weg bis zum Wasser. Unterwegs kam es an einer Mühle vorbei, wo ein Kunstmaler oder Akademiestudent saß und die Mühle in sein Skizzenbuch zeichnete. Das Kind blieb stehen, sah verlegen zu, schwieg, ging weiter. In einem Buch hatte es einmal die Worte eines Malers gelesen: Am liebsten sind mir die Leute, die gar nichts sagen, wenn sie mir schon beim Malen zusehen müssen.

Auch während ich mich am Wasser aufhielt, heilte der eitrige und juckende Ausschlag auf meiner Stirn nicht. Ein Arzt hatte mir das Meerklima empfohlen. Ich werde ihn für das Versagen des Klimas, des salzigen Wassers zur Verantwortung ziehen und ihn einen Versager nennen. Ich werde ihm sagen, daß seine Märchen die einzige Wahrheit sind. Den eitrigen Ausschlag versuchte ich zu verbergen, aber man sah ihn sofort. Die ganze Pubertät hindurch behielt ich diesen Ausschlag, der mich den Ekel vor mir selber lehrte. Unbemerkt war der Ausschlag entstanden, so daß ich lange nicht wußte, was seine Ursache war. Ich spürte nun, wie mich der Ausschlag zu einem Aussätzigen machte. Vielleicht hatte ich ihn zu spät bemerkt. Ich war zu sehr mit mir beschäftigt gewesen, um auf mich zu sehen; dies war die Strafe für meine Blindheit. Nun aber mußte ich blind sein mein Leben hindurch. Das Haar hing mir strähnig ins Gesicht, salzverkrustet. Ich änderte nichts. Ich ekelte mich zu sehr, um daran etwas zu ändern, da ich wuß-

te, daß schon nach wenigen Tagen alles wie vorher sein würde.
Einmal war ich in einem Krankenhaus gewesen; eine Allergie ließ die Lider so anschwellen, daß ich nichts mehr sehen konnte, meine Arme hatten den doppelten Umfang angenommen. Es war das Bild des Ekels vor mir selbst, so denke ich heute, und je mehr ich meinen Körper zu ignorieren versuchte, desto deutlicher trat er in Erscheinung. Der Körper ist ein Gebrechen. Und das Gebrechen lehrte mich den Ekel und lieferte mich den Menschen aus. Die ist unfreundlich, sagte vor der Tür eine Schwester zur anderen über mich. Ich mußte das Krankenzimmer mit zwei Kindern teilen, in einem Alter, in dem man beginnt, ein Anrecht auf sein Schamgefühl zu haben. Mich auszuziehen, meinen entblößten, vom Ausschlag gefleckten Leib den Ärzten zu zeigen, in Anwesenheit dieser Kinder, lieferte mich dem Wunsch nach Selbstvernichtung aus. Ich war ein furchtsamer Mörder. Ich war vorhanden und zugleich niemand, und die Kränkung, niemand sein zu dürfen, versteinte mich bei lebendigem Bewußtsein.

Ich erinnere mich, daß ich mit Zahlen nichts anfangen konnte. Wie spät ist es denn nun, fragt der Vater und blickt mich höhnisch an, im Wissen meiner Niederlage, und ich wünsche heute, daß die Zahlen Wörter seien, damit meine Antworten endlich stimmen, damit sie im nachhinein korrigiert werden und dem Vater höhnisch Rechenpapier ins Gesicht werfen. Die Uhr werfe ich ins Wasser wie Leine und Log. Ich wische mir das Meerwasser aus den Augen. In der Auslage eines Geschäfts sehe ich einen Teller mit einem darauf gemalten Segelschiff, der Pamir. Es war eines der sagenhaften P-Liner, Pamir, Passat, Preußen, Pequod, sage ich mir in Gedan-

ken die Namen der Schiffe auf. Pamir, so las ich später, heißt ›Dach der Welt‹. Die Pamir war eines der größten Segelschiffe gewesen, ein Vollschiff mit fünf Masten. Die meisten hatten nur drei. Im Schiffahrtsmuseum begann ich zu laufen, um nicht von den Fangnetzen der toten Kapitäne zur Strecke gebracht zu werden. Höhnend prüften sie ihre Harpunen, schätzten die Entfernung ab und schossen die Sonne vom Himmel. Ich versuchte den Messern zu entkommen, enterte höher und höher in die Wanten hinauf, streifte die verwickelten Harpunenleinen von mir, während ich hilflos wie ein neugeborenes Tier am Ende der Leine hing. Mit dem Gefühl, trockenen Sand im Mund zu haben, erwachte ich, fuhr verstört auf und starrte entsetzt nach dem davonfahrenden Schiff, bevor ich mich erinnerte und besann. Mit meiner Prosa will ich ihm eine Verlustanzeige aufsetzen. Ich steige auf einen Mastbaum, der Baum überwächst mich, bis zu den schimmernden Himmeln des Südens, bis zu den Sternenwolken sind wir übereinander gestiegen, einander übertreffend an Mutlosigkeit. So ließ ich mich schaukeln vom Wind, bis mich die ersten Sterne das Fürchten lehrten vor jeder Heimkunft. Kopflose Leere! Während ich weiter suchend umhergehe, verschwindet der Ruf des Vaters in einem Buddelschiff. Ich trete ihm gegenüber, durch das spiegelnde Glas der Flasche starren wir einander ins Gesicht. Ich wünsche ihm Blindheit, denn das Deck jenes sagenhaften Schiffes betraten wir nicht. Vielleicht weiß er, daß er sich mit diesem Verbot selbst den Weg abgeschnitten hat, und er bleibt verwirrt stehen.
Ich beweine meine verlorene Männlichkeit. Ich bin älter als die Legenden. Meine Kraft reicht gerade aus, die Haare des Vaters in Schlaf zu versetzen. Saßen wir morgens mit unserer Wirtsfamilie zusammen beim Früh-

stück, war ich kaum imstande, einen Bissen zu mir zu nehmen. Es war nicht das Essen, das mir Übelkeit bereitete. Meine Erinnerungen an diese Morgen, die mit einer Mißstimmung begannen, sind nicht wie ein bedrohliches Meer durch Deiche abgehalten, immer wieder kam die Ferne heran, schäumende Säulen stürzten neben mir um, als ich zu schwimmen versuchte. Das einmal Gesehene läuft nicht von mir ab wie ebbendes Wasser. Eine Untiefe hielt mich, hielt meinen Widerstand am Leben. Nach dem Essen war ich geflohen, die hohen Felder verbargen mich, ich tauchte unter im grünen Haar der Erde. Zwischen stechenden Halmen saß ich und zitterte. Der Sohn des Wirts kam heraus, rief, Ihr Vater sucht Sie. Ich kam aus dem Feld. Totgeknickte Ähren verbargen meine Ohren. Der Vater war im Zimmer. Wäre er nicht dort gewesen, ich hätte Zeit gewonnen. Soll ich im Meer ertrinken, soll ich salzigen Tang essen, bis mein Bauch platzt; aber wer wird Sorge tragen dafür, daß ich nicht gerettet werde und ins Krankenhaus komme. Man würde erschrocken meine Leiche am Strand liegenlassen, von Sand wird sie leben, bis sie selber versandet, von den Tieren am Wasser vergraben wird. Prielwürmer werden mich durchbohren. Aber es war ein Argument gegen meinen Tod, daß ich mit meinem Leben, mit meinem Tod machen kann, was ich will. Wie gestählt trat ich dem Vater gegenüber. Jetzt wird sie geschlagen werden, denkt vielleicht der Sohn des Wirts. Wo warst du? Im Feld. Warum sagst du nichts? Ich hatte es doch gestern schon gesagt, ich gehe ins Feld. Konnte ich noch spontan handeln? Vater, ich esse jetzt, ich gehe ins Bad, ich gehe schlafen, ich bin im Feld, am Wasser, im Meer, ich sehe mir Nelsons Flaggschiffmodell an, ich benutze den Sextanten, ich schieße die Sonne vom Himmel herab, dann hilft es dir gar nichts mehr, zu hören, wo ich bin, denn du wirst mich nicht finden, bei Tageslicht ist die Welt schon unübersichtlich genug, gib es endlich auf, Vater. Aber ich hatte mich getäuscht. Der Vater schwieg. Ich bereute, nicht ertrunken zu sein. Das hätte sich eher gelohnt. Ich wäre der Märtyrer meiner Erziehung gewesen. Es hätte Eindruck gemacht und Mitleid erregt. Oder ich wäre ein Held gewesen. Schlag mich, Vater, damit ich fliehen und leiden kann. Deine abwartende Großzügigkeit macht es unmöglich für mich, dir den Rücken zu kehren. Deine Strenge war immer ein Aufschub. Sie war eine lauernde Gefahr, gegen die ich nichts ausrichten konnte. Unterm Boot wälzt sich der Wal. Meine Lanze richtet nichts aus gegen ihn, ich muß warten, bis er steigt und sich in den Himmel wirft. Dann bringe ich ihn zur Strecke oder er mich. Vater, worauf wartest du noch? Kürz mir den Wasseratem, zerr mich an meinen Wasserhaaren durchs Zimmer, schlag mich mit der Knute des Wassers, laß den Wirtssohn dabeisein, er wird dir helfen, wenn du müde wirst, er ist ja dein Verbündeter, ich weiß es, dann habe ich noch mehr Grund, in verbotener Ehe mit den Elementen zu leben. Diese Angst vor dem Versagen hat mich mehr erschöpft als ganze Tage Arbeit. Ich denke dabei besonders an die Vorbereitung zu meiner Abiturprüfung. Auch hier war es die Angst, die mich erschöpfte. Einmal wird es die Angst vor dem Sterben sein, die mich zu Tode bringen wird. Angst vor dem Leben war meine Geburt. Bevor ich auf einem Friedhof das Grab des unbekannten Kindes besuche, habe ich zu Hause alle Spiegel mit dem Gesicht zur Wand gedreht.

Mutter, immer wenn wir uns im Traum begegnen, sind wir uns Fremde, wie wir es auch zu Lebzeiten gewesen sind. Ich sage nicht, zu deinen Lebzeiten, denn im Traum bin ich auch eine Tote, mit den Puppenkleidern des Lebens behängt. Ich erinnere mich, einmal gehört zu haben, daß der Vater eine Seance besucht hatte und mir erzählte, daß du dich gegenwärtig in London aufhieltest. Oder habe ich das auch geträumt? Nein, ich bin nicht dein Kind, ich bin das Kind einer Zigeunerin und eines in diese Welt Verstoßenen. In meiner Prosa seid ihr längst Kunstfiguren. Während ich über euch schrieb, versuchte ich euch nahezukommen, aber ihr gebt mir Wort um Wort wie abgetragene Kleider zurück. Keinen Abstand habe ich gewonnen, neuerlich bin ich euch ins Netz gegangen, das ihr aus meinen Haaren wirktet. Ihr habt die Tür zugesperrt, den Schlüssel nicht mir gegeben, sondern fortgeworfen.
Ich ging nicht gern hinaus, draußen konnte ich meinen Romangestalten nicht begegnen. Oder ich ging gern hinaus, dann verabredeten wir uns an der Blockhütte eines Trappers oder an den versumpfenden Ufern des trübwäßrigen Mississippi oder am Hafen von New Bedford oder in Zazamanc. Ich kann auch sagen, daß meine Geburt stattgefunden hat, während ich die Bücher in die Hand nahm. Scheherezade versteckt sich vorm Vater hinter der Gardine des Kinderzimmers. Es hilft ihr nichts, ich bin ertappt, ich habe meine Hausaufgaben immer noch nicht gemacht. Schreibend versuche ich nicht nur die Toten aus den Gräbern zu holen, sondern auch die zu sein, die ich war, obwohl ich mich vor dem Anblick fürchte, die Zeit ist vorbei, wo du mit deinem Gesicht und mit deinem Charme die Leute glatt an die Wand gespielt hast, sagte mein Vater einmal. Vielleicht machte mein Anblick verlegen. Mein Ruf nach Überre-

denkönnen ist der Ruf nach der rettenden Hand der Feuerwehr oder des Arztes, der mich von dieser Hypothek befreit, dem Ekel gärender Säfte, die mich als Fremdheit des eigenen Körpers überschwemmen. Ich rieche plötzlich nach Schweiß, ohne mich angestrengt zu haben. Aus Resignation, täglich der Beobachter der Aussonderungen meines Körpers sein zu müssen, wechsele ich meine Kleidung nicht. Alles Wiederholbare ermüdet mich. Ich versuche den Kreislauf zu durchbrechen, indem ich ihn ignoriere. Es ist ein Totstelleffekt; es gibt mich nicht, wie kann mein Körper mich dann überlisten? Auf meiner Stirn, nicht nur gedankenwund, stehen Krater. Sie sind die Krankheit meiner beginnenden Jugend, die mit der Niederlage meines Körpers begann. Ich habe meine Jugend als Erkrankung, als schwärende Wunde erlebt, nachdem meine Kindheit eine Verletzung war. In Wehen geboren, in Schmerzen gelebt, in Ängsten gestorben. Ich mumifiziere mich, um meinen tatsächlichen Gesichtszügen zu entkommen. Mein ängstlich flackernder Blick ist nur der mutmaßliche der Mutter, ich kann nicht ihre Tochter sein, es ist ein Irrtum, wir sind uns zu wenig ähnlich. Ich bin häßlich, und sie ist schön. Glücksmarie und Pechmarie. Pechmarie wartet am Rockzipfel der Mutter, sieht ihr beim Essenbereiten zu, ohne ihr zu helfen. Es war beruhigend und angenehm einschläfernd für mich, der Mutter beim Essenbereiten zuzusehen. Nein, ich habe mir Pechmariesein nicht ausgesucht, aber wenn es so ist, wenn ich beleidigt werden soll, dann will ich es, daß man mich beleidigt, um meinen Beleidiger zu beleidigen, beleidigter Beleidiger, der ich bin. Ich beleidige die Beleidigungen, und sie geben mir Schrei um Schrei zurück. Ich blasphemiere, bis man mich für heilig erklärt. Kränke, bevor man dich kränkt, denn die Kränkung behältst du doch. Vielleicht denkt die Mutter an ihre eigene Kindheit, an die beginnende Reife, denkt sie vielleicht an ihre eigene Mutter. Als sie ihre erste Periode bekam, Blut rann zwischen ihren Schenkeln hervor, und sie glaubte sterben zu müssen, ging ihre Mutter gleichgültig über den Vorfall hinweg. Das wirst du nun jeden Monat erleben, diesen Schock, der ihren Körper erbeben macht. Ich sog das Entsetzen vor dem Körper mit der Muttermilch ein.

Während ich schreibe, wartet das Meer eingeschlossen in meinem Zimmer, wütende Gischtwogen schäumen gegen das Fenster, wo sich das Glas wehrt, es ist grün wie die Buddeln, in denen die Schiffe eingesperrt auf den Ankerfall warten, ohne den leisesten Laut. Es ist dasselbe Meer wie jenes, in dem mein Körper den Wellen ausgeliefert war. Die grünen und blauen, die schwarzen oder weißen Lippen der Wasser löschen die Verschiedenheit, die zwischen Bild und Papier bestand. Ich muß achtgeben, daß ein hereinwehender Windstoß mir meine Manuskriptblätter nicht durcheinanderwirft, ich werde nicht die Kraft haben, meine versandeten Worte noch einmal zu ordnen.

Lange Zeit habe ich das Meer nicht beachtet, das am Ende wieder Macht über mich gewinnen wird. Jahre hindurch, als ich nicht bei den Eltern, sondern nach der zweiten Ehe des Vaters bei mir zuerst fremden Menschen aufwuchs, die das Band der Blutsbindung, die nie bestand, zu ersetzen verstanden, habe ich den Sog des Wassers vergessen. Jetzt, wo ich mich schreibend zu erinnern versuche, würde ich gern ans Meer fahren, um zu erfahren, ob ich damals recht hatte. Oder ich würde schreiben müssen, daß meine Formulierungen ein Irr-

tum waren, und ich würde anschreiben müssen gegen das, was ich war. Und ich liege an den ewigen Ufern, die meine Sprache verschlingt; eine schaumige Wasserwalze kommt auf mich zu. Sand in meinen Haaren und im Geschlecht. Mein Leib wird versanden. Mich peinigt mein Badeanzug. Nackt werde ich sein, wenn ich sterbe, die Wellen eines anderen Pazifik oder Atlantik in meinem Haar. Ein triefender Meergott werde ich sein, die Weisheit der Menschen brüllend verhöhnen. *Keep the ship round off the world!* Ich verliere mich in erblauender Ferne. Es war die Wirklichkeit, die ich lebte und deren Überrest ich sehen möchte, ich möchte wissen, wieviel von meinem damaligen Ich an den Deichen hängengeblieben ist. Aber während meine Träume einen blauen Geschmack bekommen, löschen die Lippen des Wassers alle Verschiedenheit.
Der Vater fuhr durch den Regen. Wir kamen an einem Bauernhaus vorbei. Würden wir hier eine Unterkunft bekommen? Die Zaunlatten waren aus Meerelfenbein. Wir ahnten, daß dieser Bauernhof eine gute Unterkunft sein könnte. Aber der Bauer wies uns ab, er vermietete nicht an Fremde. Durch nasse Fußwege fuhren wir weiter. Es war eine heimliche Niederlage. Das Bauernhaus mit seinen rissigen Mauern, mit seinen barocken Zierkugeln darauf, verschwand. Der Geschmack des Abenteuers wurde fad. In einen Spiegel verwandelt, flog das Meer auf, und der Himmel versank, so daß wir nichts sehen konnten vor Nässe. Der Regen schien die Erde ertränken zu wollen. Miteinander verfeindet, sahen wir die Gesichter, die sich auf dem glatten Sand küßten und die Form von Muscheln gewannen, paarig verschlossen. In sein Notizbuch schreibt der Vater, Wenn das Kind unausgeschlafen ist, gleichen seine Augen denen der Mutter. Bleierne Bläue! Sie wird mich blenden und mit

einer Angelrute zur Strecke bringen. Die gläserne Scheibe, die vor uns lag, trank die Dürre der Wüste. Eingezwängt in unsere undichten Schuhe war das Wasser, das rauschend erzürnte; verzagt brachten wir unsere verdorbenen Schuhe den gierenden Mülltonnen dar, während das Meer als Seufzer aus unserer Brust entwich. In den Gedichten, die wir beim Schein einer Taschenlampe oder bei schlechtem Wetter schrieben, erzitterte das Meer, während wir den Stift übers Papier führten: meerblaue Tinte entfloß ihm.

Meerblaue Tinte! Von neuem verliebte sich das unberührte Papier in das Blau seiner Augen, die wir ihm eintätowierten, damit es unsere Blindheit besser erkenne, während wir die Kälte des Wassers zu spüren begannen, als lägen wir schon modernd am Grunde, uns nährend von Algen und Tang, die die Sonne vergoldet, vielfach vereinigte Haut unserer Tode.

Ich habe in einem Alter das Meer entdeckt (als kleines Kind schon war ich von meinen Eltern zur See mitgenommen worden), über das Melville sagte, daß es normal für einen Jungen sei, den Wunsch zu haben, zur See zu fahren, und daß er aufbrechen soll. Aber das war vor hundert Jahren. Das Abenteuer ist ausverkauft. Ich hatte das Glück oder Unglück, das letzte Walfangsegelschiff zu sehen. So könnte die Pequod ausgesehen haben. Auch die Barba Negra war ein wunderliches altes Schiff, ein Schiff von der alten Schule, für uns um so mehr, weil wir sonst nur Dampfer sahen; auch sie war gebräunt und verwittert wie ein altgedienter Grenadier in den Stürmen und Kalmen der Meere. Auch sie trug die Zeichen ihres wilden Gewerbes. Auch von ihr konnte man sagen, daß Schönheit nur das andere Antlitz der Schwermut war. Aber das zählte nicht. Ich starrte sie an.

Vielleicht kann nicht nur Erde, sondern auch Wasser den Feind begraben. Nirgendwo als am Rande eines Abgrunds ist die Umarmung schwerer. Einer von den beiden wird stürzen und zerschellen. Rufst du mich? Ich kann dir nur mein jämmerliches Schweigen erwidern. Vater, es könnte sein, daß du des Nachts während der Hundewache von der Rah stürzt, während ich schlafe und nichts merke, ein Harpunier oder der Steward weckt mich, Dein Vater ist vom Rah gefallen. Drei Tage vorher hattest du mich gefragt, wann ich schreibe, ob ich überhaupt noch schreibe? Ja, wenn ich an Land bin, werde ich ein Epos über das Wasser schreiben, hier verschwimmen mir Zeitwort und Dingwort. Siehst du den blauen Schatten da unten? Das ist meine Prosa, die ich umsonst wie ein Sturmsegel setzen lassen werde.
Zu zweien angetreten! Wir wollen meinen Vater zum General machen! Riggedig, dig, dig! hurra!, rufe ich und schlage das Tamburin. Der Vater starb als ein Kämpfer und ein Held, auch wenn er eine Landratte war, sein Tod ist so gut wie jeder andere. Alle Feiglinge schämen sich; schämt euch, daß ihr ihm die Totenwache verweigert und aus dem Buchstaben seines Namens Harpunenholz macht, ihr werdet keinen Wal damit treffen! Ach, ich will ihn zum General ausrufen, wenn er noch einmal in meiner Prosa stürbe. Vater, wäre dies ein Tod nach deinem Wunsch? Das Blut der Verbrüderung fließt mit dem Tod unentschieden von uns, während unsere Worte sich anfielen mit Menschenzähnen. Ich aber schlage die Wunde, die du mir heilst.

Geschriebenwerdend werden meine Worte zu einer uneinlösbaren Hypothek, jedes meiner Worte widerlegt mich, weil es mich einmal bestätigte. Während ich male,

fallen mir Schatten ins Bild. Ich vergesse die Zähne hinter den Lippen, aber die Liebe ist eine geschliffene Axt. Jede Minute wird das Gesicht der Erde anders, wie das Gesicht eines Sterbenden unter der Totenmaske. Aber die Erde brüllt ohne Schicksal. Nach der Zerstörung der Wörter, dem letzten, was man zerstören wird, werde ich in einer säkularisierten Welt leben.
Unsere Worte überschnitten sich. Es kann sein, daß ich vieles überhörte. Einmal mußtest du zu einem Zahnarzt gehen, du hattest Schmerzen. Du beschriebst mir das Wartezimmer. Überall waren Bilder von Segelschiffen angebracht, von der Mitte der Decke hing eine gewaltige Ruderpinne herunter, im Schlafzimmer hing eine Galionsfigur. Strotzte die Sprache des Zahnarztes von seemännischen Ausdrücken? Aber deine Furcht ist es, die alle Reisenden zusammenzucken läßt. Du wirst nicht schreien, um deinen Tod anzukündigen, sondern weil ein Feind mit dir auf der Welt ist. Der Tod ist schuld daran, wenn du bösartig bist. Aber der Tod hält uns am Leben. Nimm die Ruderpinne auf den Rücken, ziehe von Land zu Land, bis du jemanden triffst, der kein Ruder kennt. Verkörpert sich der Tod in einer Galionsfigur, die am Strand geborsten liegt? Ich tanze mit im Gespensterreigen, sagt mir jemand. Ich bin ein Gespenst. Der Friedhof wächst. Weh dem, der Friedhöfe birgt. Jedes meiner Worte birgt einen Toten. Die Toten sind es, die gegen mich zu Felde ziehen. Warum sehe ich in meinen Träumen die Lebenden intensiver als die Toten, wobei doch der Traum der einzige Überlebensraum der Toten ist? Ich stecke eine traurige Alge in eine Flasche, verschließe sie und werfe sie ins Wasser. Ob du mich in dem Fisch, der auf dem Markt zerteilt wurde, liebgewonnen hast? Es könnte sein, daß dich manchmal nicht der Blick eines Kindes, sondern eines Insekts oder

anderen Tieres streift. Deine Augen sind Zauberspiegel. In welches Scheusal verwandeln sie mich?
Meine Niederlage ist die Niederlage dessen, der es wagt, sich von der Gebundenheit befreien zu wollen. Der mißglückte Kampf um mein Ich hatte in mir den Autismus freigesetzt. Er war eine mißbrauchte, falsch eingesetzte Energie. Ich führte mein Leben in einer Dunkelkammer aus. Ich hatte Stellung genommen zu dem Konflikt des In-der-Welt-Seins, indem ich selber Welt schuf. Die Ärzte versuchten sie mir auszutreiben. Ich hoffe, es ist ihnen nicht gelungen. Indem ich diese Prosa schreibe, hole ich mir das, was sie Krankheit nannten, die Krankheit, daß ich ein Ich bin, das anders ist als die Welt, wieder zurück. Um das gelingen zu lassen, muß ich die Götter meiner Kindheit, muß ich das Kind, das ich war, töten. Aus den Trümmern meiner Worte wird vielleicht eine neue Sprache möglich sein. Aber sie zieht nur den Vorhang hoch, um die Hoffnung, diesen nicht eingelösten Überschuß in der Welt, sichtbar werden zu lassen. Dann werde ich meine Kindheit wieder erleben müssen. Ich werde wieder ein Kind sein. Ich werde die ersten Gehversuche machen, ich werde lallen, ich werde die ersten Worte, später Buchstaben lernen, ich werde meine Windeln durchnässen, und meine Mutter wird, um sie zu wechseln, aus ihrer Urne verjüngt steigen müssen. Ich werde ihr keine Ruhe lassen. Ich werde die ganze Nacht schreien, um ihr meine Liebe unter Beweis zu stellen.
Aber ich war ein ruhiges Kind, nachts schrie ich nicht. Ich kann mir denken, daß man mich schon im Krankenhaus genug belehrt hat, man hat mich einfach schreien lassen, ohne sich um mich zu kümmern. Ihr werdet diese Schreie nun einholen müssen, um mir zu beweisen, daß Rechthaben kein Verderben ist und Unrecht-

haben keine Demütigung. Wer sich rechtfertigen muß, so lernte ich früh, hat sein Unrecht schon unter Beweis gestellt. Da verzichtete ich auf Beweise. Was meine eigene Existenz anging, berührte mich nicht mehr. Wie eine Schuld, die man verschweigen muß, saß ich abends bei euch. Die Anstrengung, einen Ausdruck für mein Dasein zu finden, hatte keine andere Aufmerksamkeit zugelassen, schrieb Peter Weiss im ›Abschied von den Eltern‹. Wie eine blutige Hostie trage ich seine Worte vor mir her. Das letzte Symbol unserer Zusammengehörigkeit waren Worte. Jetzt benutze ich die Worte gegen euch, um euch einzuholen. Alles geschah vermittelt. Worte vermitteln Zärtlichkeit, verhinderte Liebe oder nackte Brutalität. Heute mußte ich daran denken. Ich war beim Friseur. Ich ließ mir die Haare schneiden. Während ich die Augen schloß, um nicht das geschnittene Haar in die Augen zu bekommen, erinnerte ich mich, daß ich es als Kind mochte, gekämmt zu werden, und ich spürte das kalte Metall der Schere an meiner Stirn oder am Nacken. Hörte meine Mutter mit der Haarpflege auf, war ich enttäuscht. Bitte, laß mich noch länger das kalte Metall an der Kehle spüren, bedrohe mich, aber fön mir das Haar trocken, nimm die Bürste, nicht den Kamm, streichel das Haar mir damit. Canetti hatte einmal behauptet, daß ein Dompteur seinen Tieren in die Nase bliese, um sie zu zähmen. Ich liebte es, deinen Atem in meinen Ohren zu haben. Die größte Zärtlichkeit, die mir einmal ein Mann erwies, war dieses Blasen ins Ohr, das mich zähmte wie die Bestien im Zirkus. Wenn du mich nicht kämmen und fönen, mir nicht das Haar waschen willst, gib mir Geld, ich werde meinen Wunsch nach deiner Berührung bei den Friseusinnen teuer erkaufen. Immer werde ich gepflegt aussehen wie aus einem Modejournal geschnitten, weil ich für

deine Zärtlichkeiten Geld ausgeben muß wie für einen Besuch in einem Bordell. Die Friseuse sagt, daß ich feines Haar habe, das Schneiden sei schwierig. Sie spritzt meine Haare mit einer Wasserflasche naß. Sie kämmt mir das Haar mit einem grobzinkigen Kamm und achtet darauf, daß es nicht ziept. Ich werde wohlig müde, ich muß ein Gähnen verkneifen, die Unterlippe hängt mir herunter, Speichel ist in meinem Mundwinkel, ängstlich schaue ich auf, ich fühle mich beobachtet, Hingabe an diesen verschwiegenen Moment ist mir nicht möglich. Dir kann ich das Haar auch nicht trocken genug machen, was? scherzt die Pflegemutter, bei der ich seit meinem sechzehnten Lebensjahr untergekommen war. Alle meine Kinder mögen es, das Haar gefönt zu kriegen. Bürste mein Haar, kämm es mir, blas mir die Ohren aus, nimmt die Bürste und dreh mir das spaghettidünne Haar zu Locken. Das Symbol unserer Zusammengehörigkeit schwand. Kalt spürte ich die Schere an meinem Hals entlanggleiten. Mein Haar ist dünn. Was meinen Sie: Soll ich eine Kurzhaarfrisur tragen, das Haar hängt ja nur schlaff herum. – Wenn Sie meinen …, aber wenn Sie sich in kurzen Haaren nicht wohl fühlen werden, hat es wenig Sinn. Nehmen Sie Kurpackungen? Ja, das spürt man, das Haar ist sehr weich. – Aber das ist es doch immer; es ist ja viel zu dünn! Keine Frisur hält. Sie müssen es jeden Tag waschen. Wenn Sie es oft waschen und fönen, sitzt es besser.
Wer tut mir die Zärtlichkeit an? Ich werde mich nun jeden Tag selbst befriedigen, mit einem melancholischen und reuigen Gefühl. Als meine Mutter mir einmal das Haar bürsten wollte und meine Gedanken woanders waren, ich wollte nicht zu ihr kommen, packte sie mich und klemmte mich zwischen ihre Knie. Entschlossen und brutal tat sie mir ihre Liebe an. Ich bin gedemütigt

und fühle doch das angenehme Gefühl in den Haaren. Ich bin empfindlich bis in die Haarspitzen, die Haare laden sich elektrisch auf wie das Fell einer Katze und sträuben sich. Es ist ein Bild aus einem Märchenbuch. Aber ich bin den Märchen entwachsen. Oder die Mutter will es. Du bist nun alt genug, kämm dir dein Haar selbst, flechte dir selbst die Zöpfe. Wenn es dir zuviel Mühe macht, gehen wir zum Friseur und lassen dir das Haar schneiden, dann hast du weniger Arbeit damit. Ich ging zum Friseur in neugieriger Erwartung größerer, der lang entbehrten Zärtlichkeit. Klick! machte die Schere, Klick! Ophelias Gezottel, die langen Locken kamen mir abhanden. Es war wie ein Diebstahl. Seit diesem Friseurbesuch ist mir das Haar nie wieder so lang gewachsen, wie ich es einmal, mit acht Jahren, hatte. Es reichte mir fast bis zur Taille. Alle kleinen Mädchen sind stolz auf ihr langes Haar. Je länger das Haar ist, desto mehr Sorgfalt und Zartheit fordert es den Händen der besorgten Mütter ab. Einmal waren wir im Schwarzwald bei einer Familie als Urlaubsgäste. Ihre beiden Töchter, einige Jahre älter als ich, hatten Zöpfe, die bis zu den Knien reichten. Neidig stelle ich mir die Zärtlichkeiten der Mutter vor; Nein, das Haar darf nicht ziepen, Vorsicht, wir wollen es ganz behutsam kämmen, halt still! Und wie Rapunzel fesseln die beiden Töchter ihre Eltern mit ihrem langen Haar. Sie liegen in ihren widerspenstigen Locken gefesselt. Noch das Haar in der Waschschüssel erinnert die stolzen Mütter, daß es eine Leistung ist, langes Haar zu haben; stark wie Simsons Locken bändigen die sanften Haare der Töchter die Eltern. Mit einer Freundin schließe ich eine Wette ab. Wer hat das längste Haar in diesem Land, Ich, nein, ich, sieh doch, mein Haar reicht über die Schultern hinaus. Ist ja gar nicht wahr! Du lügst. Nein, ich lüge, und mein

Haar spricht die Wahrheit, je länger es ist, um so stärker kann ich meine Mutter an mich binden, sie muß zärtlich sein zu dem empfindlichen, ziependen Haar, aber meine Rechnung ging nicht auf, ich wurde zum Friseur geschickt. Na, werden deine Klassenkameraden dich auch wiedererkennen? Das ist mir egal, die kennen mich ohnehin nicht. Der Friseur verführt mich, daß ich ihm die Erstlinge meiner Mutterbindung opfere. Simsons Haar fällt. Nun wird er schwach sein und sich die Zärtlichkeit der Friseure erbetteln müssen ein Leben lang.
Vater, bis heute dringt die Furcht zu mir, daß die Worte tot sein können, auch wenn sie der Atem eines Lebenden durchpulst. Erinnere dich: auch tote Dinge leben, bisweilen länger als derjenige, der sie hergestellt hat. Erinnere dich, wir sind einmal auf einem Volksfest gewesen. Lärm schlug uns um die Ohren. Vor dem Festplatz war ein Baum gespenstisch erleuchtet. Eine alte Göttin nannte ich ihn. Du hörtest mich voll Bewunderung. Später sagte ich im Scherz, und um dich an unsere Gemeinsamkeit, das Aufspüren des Mythos, zu erinnern, lachend alte Göttin zu dem Baum. Du wiesest mich zornig zurecht. Ich war erschrocken und sprach in deiner Gegenwart nie wieder mit Bäumen. Hör auf damit, sag nicht in dieser Weise alte Göttin zu dem Baum! Er wird sich nach meinem Tode nähren von meinem Mark, bis ich meinen Fehler abgebüßt habe. Dann ist der Baum satt. Er wird mich ins nächste Karussell werfen, wo ich, hängend in den Armen des Vaters und euphorisch gemacht durch das Herumgewirbeltwerden in der Luft, davon erzählen werde, daß es nötiger sei, sich selbst zu überwinden als die Welt, in der man lebt. Vater, nur im Moment der Euphorie liebten wir uns, am nächsten Tag verrieten wir uns. Es war das Versteckt-sein in mir selbst, das euch mich widerlegen ließ. Einmal

hatte ich Kieselsteine in den Mund genommen, um die Wärme der Sonne zu essen. Entsetzt nahm mir die Mutter die Kiesel aus dem Mund. Die Sonne forderte mich auf, mit ihr zu spielen. Der Kiesel war ihr Versteck. Die Trauer um den Tod meiner Mutter galt nicht ihrer Person, sondern der Erinnerung, die mich mit ihr hätte verbinden können, hätte sie nur länger gelebt. Meine Trauer galt einem gänzlich mißglückten Versuch von Annäherung, die meine Kindheit mit Schuld umgeben hatte. Als die Mutter starb, blieben meine Augen trocken. Sand knirschte zwischen den Wimpern. Ich spürte, wie die Wüste als schaumige Welle näher kam, mich zu ertränken drohte: das Meer ist aus den Tränen Ertrunkener gemacht. Schiffbrüchige haben in ihm geweint und in seinem Salz ihre Spur bewahrt. Blau ist die Farbe der Trauer, euphorischen Schluchzens.
Einige Jahre hatten wir miteinander ausgeharrt. Vor euch war mein Leben verschlossen, weil es bereits früh abgeschlossen war. Unbemerkt alterte ich, schon bevor ich herangewachsen war. Ich war vielleicht altklug. Heute mag ich in manchem kindisch erscheinen. Meine Entwicklung hielt nicht mit mir stand. Unausgeglichen, reizbar, empfindlich. Vollkommenheitswahn. Ist nicht die Welt vollkommen, dieser Abschaum, wie soll es mein Gestammel sein, aus dem ich Worte hacke mit Schreibmaschine, Messer und Axt. Ich werde trojanische Pferde satteln. Hammer und Amboß sind gut für den Wind. Beklommen beschreite ich den Weg, den ihr Zukunft nennt und ich Tod. Einmal fragte mich jemand, Wenn Sie so wenig Gutes vom Leben erwarten, es, wenn überhaupt, nur als Zeichen und Bild dessen sehen, was dahintersteckt – wenn etwas dahintersteckt –, was kann man in einem solchen Leben noch tun? Und ich erwiderte frivol, Sterben, was sonst?

Alles, was am Horizont ertrank, wird noch einmal sichtbar werden. Ich sehe Bilder der Kindheit. Es ist ein Fotoalbum, das ich manchmal in die Hand nehme. Als Kind war ich schön. *Mit deinem Charme spieltest du glatt alle an die Wand.* Heute würde ich das nicht mehr wagen, mein Anblick überredet nicht. Überzeugen, nicht überreden muß der Angeklagte, schrieb ich einmal. Doch überzeugen soll mit dem Äußeren nichts zu tun haben. Höhnisch weise ich mich darauf hin, daß ich heute immer ein klein wenig schöner bin als die Fotos, die man von mir macht. Es sind immer nur die winzigen Augenblicke, in denen man schön ist, und ich glaube, darauf hat Goethe einmal hingewiesen. Ich habe es selbst an mir erfahren. Meine Schönheit verflüchtigt sich gleichsam hinter jedes Bild, oder hinter den Fotografen, der sich nicht umdrehen wird, um mich zu ertappen. Ich sehe mir hilflos zu, wie ich vergänglicher werde, während gleichzeitig mein Abbild immer verfügbar sein wird. Es wird über mich verfügen. Ich kann altern, soviel und so schnell ich will, immer wird es ein Bild sein, das mich widerlegt. Es gibt mich nur noch als Abklatsch. Bald wird mein Leichnam den Bildern als Unterlage dienen, mein Sarg als Schachtel, der die Namen all der Verstorbenen in mir den Fotografen einflüstern wird. Die Unwiderlegbarkeit der Bilder wird meinen von Zeugen und Worten umgebenen Tod vollenden. Wenn ich nicht mehr bin, wird man mit meinen Bildern einen Homunkulus zeugen.
Oft fand ich in den Gesichtszügen der Toten mein eigenes Gesicht wieder. Eine Zeitlang sammelte ich Bilder. Es waren auch Fotografien dabei. Ich erinnere mich, daß ich diese Leute anders gesehen habe, ihre Energien, die sie an den Fotografen verschwenden, sind inzwischen zu nichts zerflossen wie ihr eigenes Leben.

Die Bilder haben etwas Papageienhaftes, womit ich, gegen meinen Willen gleichsam, meine Umwelt verhöhne, wie auch die ersten gelernten Worte etwas Instinkthaftes, Nachgeahmtes sind. Mein Anblick verhöhnt den Fotografen. Meine Worte verhöhnen die Sprache. Das Abgeschiedene und Heimliche meiner Kindheit ist jetzt noch in meinen Worten zu spüren. Die Worte holen mich zurück und erdrosseln mich. Als Kind machte ich es mir heimisch im Schweigen, im großen Mangel, den die Sprache nicht aufzuheben vermag, in der Krankheit der Enttäuschung, wie es Peter Weiss nannte; kamen meine Eltern nachts an mein Bett, und sie taten es selten, bannten sie das Unheimliche, zu dem sie selbst beigetragen hatten. Peter Weiss erzählt auch davon, daß ein schlechtes Schulzeugnis in ihm den Wunsch weckte, als Schiffsjunge nach Amerika zu fahren. Aber er fand den Trost, daß alle begabten Männer in der Schule sitzengeblieben sind.

Wir ermöglichen es dir, daß du aufs Gymnasium kannst, und du bringst nichts als blaue Briefe heim, rief der Vater. Er sperrte mich mit meinen Schulsachen in mein Zimmer ein. Hast du deine Hausaufgaben gemacht? Nein, ich mache sie später. Nein, sie werden jetzt gemacht, rief der Vater, später machst du sie ja doch nicht, ich kenne dich. Nein, du kennst mich nicht, niemand kennt mich, aber ich schwieg. Ich mache sie gleich, sagte ich im schwachen Versuch eines Widerstands. Nicht gleich, sondern jetzt! Jetzt sofort. In zehn Minuten komme ich wieder und sehe mir deine Hefte an, schreib leserlich. Wie ein undurchdringlicher Wappenschild zeigte er mir sein Gesicht. Mein Gesicht nannte er oft das Zifferblatt, und lange dachte ich, daß sich diese Bezeichnung auf meine Pickel bezöge, aber sie bezog sich auf den Ausdruck meines Gesichts, der oft grämlich und leidend war. Wasch dir das Zifferblatt. Mach kein Zifferblatt. Ich würde mich beim Fasching nicht als Prinzessin verkleiden, nimm was anderes, riet mir einmal der Vater. Ich will nicht, daß du mir widersprichst, mach deine Aufgaben sofort, das Leben ist kein Phlegma und kein Spiel. Wie willst du später einmal leben. Bestimmt nicht mit Hausaufgaben, aber diese Antwort unterdrückte ich. Du hast diese Jahre, um dich aufs Leben vorzubereiten. Nutze sie. Dann ließ er mich allein. Ich öffnete mein Pult und ergriff eine Segelschiffsmodellbeschreibung. Über mir im Bücherregal stand das Modell der Cutty Sark. Es war zur Hälfte fertig und teilweise bemalt. Segel, Spieren, Wanten, Kajüte, Ruderpinne, Fockmast, Kompaß, Leine und Log. Fingernagelgroße Anker. *Wir werden um und um gewirbelt in dieser Welt wie das Gangspill dort, und das Schicksal ist die Spake.* Ich bin wieder auf See. Macht ein Schiffsjunge Hausaufgaben? Lieber lasse ich mich vom Kapitän jagen, wie das Heupferd über eine Maienwiese, dachte ich. *Das nie zu fassende Trugbild des Lebens schaute mich an:* das Modell war eine Utopie, doch sie war noch unvollendet, ich mußte sie fertigstellen, Segel setzen, um in See stechen zu können. Das Schiff lag noch in der Werft. Der Traum war erst zur Hälfte geboren. Aber einmal wußte ich, daß ich nicht mehr an dem Modell weiterarbeiten würde, ich sah nur noch die zerrissenen Taue, leimverklebtes Plastik, alles war in seiner Verbogenheit und Zerbrechlichkeit deutlich geworden, ich konnte den Staub fortblasen. Ich mußte nach anderen Fluchtmöglichkeiten Ausschau halten. Während ich das Schiff betrachtete und mit der Bastelanleitung verglich, trat unbemerkt mein Vater ein. Was machst du, fragte er. Ich mache meine Schularbeiten, sagte ich, ich suche bloß nach einem anderen Stift, der letzte ist mir

kaputtgegangen. Vater, als du hinausgingst, habe ich aber noch lange dem davonsegelnden Schiff nachgestarrt, es war *sinnlos wie ein gemaltes Schiff auf nur gemalter See.*
Du hast mir auch, als ich in der Schule schlecht stand, das Malen verboten. Du wolltest einen guten Bürger aus mir machen, keinen Maler, der, wie du fürchtetest, in seiner Kunst verkommt und zum Sozialfall wird. Das fürchtetest du. Mein späteres Schicksal zeichnete sich bereits in meinen schlechten Schulnoten ab, meintest du. Es wird kommen, wie es kommen muß, dachtest du in deinem Fatalismus, mit dem du mich infiziertest, damals und auch früher schon, und zugleich wehrtest du dich gegen die schon zu jener Zeit so deutliche Konsequenz meines Schicksals. Mach wenigstens den Doktor, studier, oder du wirst als Schriftsteller bloß verkommen, sagte mir später jemand. Du mußt nebenher einen Beruf haben, der dich trägt. Aber ich bin schon untergegangen. Du bist nichts, und aus dir wird nichts. Ich starre die halbbemalte Leinwand an, eine Frau in einem Seidenkleid zeigend. Alles, was ich tat, tat ich nur halb. Ich fing das Bild wieder an. Jedesmal, wenn ich auf das Bild schaute, erinnerte ich mich, daß du mir das Malen verboten hattest. Bisher sind alle deine Verbote als Prophetien eingetreten. Ich male jetzt nicht mehr, Vater. Alle deine Vernichtungswünsche erfüllten sich. Es fehlt nur noch, daß du mir wieder die Worte nimmst, nachdem du sie mir gegeben hast. Ich sehe mir das Bild an, und ich erinnere mich, daß du mir im Zorn meine Jacke, die unordentlich auf der Stuhllehne hing, ins Gesicht geworfen hast, um mich zur Ordnung zu zwingen. Sie war eine Repressalie, die man dir eingegeben hat und die du mir weitergabst. Mach mich nicht zum Sklaven deiner Unordnung, Vater. Der Schlag der Jacke schmerzte,

ein Knopf traf mein Auge. Da schlug ich zurück. Du fordertest mich auf, ruhig weiterzuschlagen, Bitte, in der Küche ist ein Messer, nimm es, erstich mich. Deine Worte streuten Salz in meine Wunden. Wenn du willst, werde ich es dir aus den Händen lecken, ich lecke dir das Salzwasser meiner Tränen aus der Hand, ich trinke es bis zum Rausch.
Dein eigener Schmerz hat dich gereizt, zärtlich mit mir umzugehen. Du schlugst meinen Kopf, weil du nicht die Gedanken darin schlagen konntest, meine Beine, weil ich schon immer ein guter Läufer war, meine Arme, weil ich Stift und Pinsel benutzte, um ich zu sein, meinen Hintern, weil ich es mir gern bequem machte und oft phlegmatisch war, während du arbeiten mußtest, meine Ohren schlugst du, denn du sahst es als Kränkung an, daß ich das Radio ausschaltete, wenn du zu mir ins Zimmer kamst. Meine Wirbelsäule hast du geschlagen, weil sie einen hochmütigen Kopf trug. Vieles hast du an mir gehaßt: meinen Trotz, der dir deinen gebrochenen zeigte, meinen Willen, der wie eine tote Ratte das Maul spreizen wird. Bei deinen Zärtlichkeiten wäre alles möglich, alles hätte eintreffen können. Mit einer Freundin spielte ich im Garten Fangen. Du warst der Jäger. Wir liefen davon, du stolpertest, verfingst dich an dem kleinen Busch, den du selber gepflanzt hattest, der Busch brach, er war nicht mehr zu retten gewesen, und du lagst neben ihm im Dunkeln und weintest. Ich hätte geweint, aus Glück, dich weinen zu sehen. Wäre ich allein gewesen, ich hätte unter Tränen der Erleichterung und der Reue dir einen neuen Busch versprochen, aber du hättest das Angebot wahrscheinlich nicht angenommen, es gibt keinen Ersatz für diesen Busch, keine Wiedergutmachung für ein einmal geschehenes Versagen. Der Tod des Buschs war für mich aus

vielen Gründen schlimmer als das Warten auf den eigenen Tod. Du hast aus dem Busch keine Rute geschnitten, um mich damit zu strafen. Du hast neben dem so unerwartet Gefällten gelegen, ins Dunkel weinend. Deine so offen gezeigte Schwäche machte mich verlegen und deshalb wütend. Aber du hast mich auch einmal, keine Gegenwehr duldend, vor der Freundin geschlagen, um mir den Herrn zu zeigen. Den Herrn? Es gibt keinen Herrn, ich habe gelernt, Tierstimmen nachzuahmen, vielleicht nähmest du mich dann eines Tages gar nicht mehr wahr; Das ist nicht meine Tochter, das ist ein blökendes Schaf, das ist ein Pferd, das ist ein Insekt. Du hast mich beobachtet, wenn ich wie ein Pferd durch die Wiesen gelaufen bin, ich schirrte mich sogar selbst an. Ich war ein Pferd, und meine Nüstern spürten den Odem der freien Prärie. Ich wollte ein Tier sein, um die Sprache der Menschen nicht sprechen zu müssen. Und doch hoffte ich, daß du mein Tiersein beenden würdest. Wie ein Tier setzte ich an zum Sprung und fiel in die Weide, die mich vor dir verbarg. Du hättest mich auch in einem Fliegenglas halten können. Wirst du um mich einmal so weinen wie um den gebrochenen Busch? Wenn du vom Leben sprachst, war dein Gesicht grau und vergrämt. Verhärmt und leidend habe ich dich gemacht, wie eine alternde Frau, während ich zur Schule ging, wo in den unendlich dauernden Stunden meine Sinne abgestumpft wurden, damit ich dereinst tragbar für diese Gesellschaft bin. Was meinst du wohl, warum ich in der Schule die Kinder nicht mochte; sie waren oft taube Kopien ihrer Lehrer und hießen deren Grausamkeiten gut. Und sie waren selbst grausam und erwählten mich als ihr Opfer. Oder ich war der Jäger. Es war meine Rache. Ich habe mir edleres Wild gewünscht.

It's so funny why we don't talk any more … sang die dunkelhaarige Klassenkameradin, sie fuhr mich in ihrem kleinen Fiat zum Ruderkurs, den wir nachmittags zusammen besuchten. Der Song paßte zum privaten Kummer der Freundin, die ich um ihre Fähigkeit, Banjo zu spielen, beneidete. Ihr teilte ich meine Entdeckung mit, die Entdeckung der Dichtung; während sie fuhr und sich gleichzeitig halb um Aufmerksamkeit bemühte, las ich ihr Gedichte von Enzensberger vor, in dreiunddreißig Gesängen hatte er eine Katastrophe besungen, er hat sie neu erzählt und bewiesen, halluziniert und untersucht; als Geisterschiff ist die Titanic genau wie die Pequod für mich immer noch unterwegs. Riesenschiff. Totenbild. Weltwunder. Ungeheuer. Während ich laut der Freundin vorlas, vollzog ich den Untergang im Kopf; Floß der Medusa, Ich schwimme und heule. Ich sammle sie auf, die Wasserleichen, aus der schwarzen, eisigen Flüssigkeit der verlorenen Zeit. *Geborstene Verse, Rettungsringe, wirbelnde Souvenirs,* Anker aus Luft. Das waren nicht die hölzernen Abenteuer der Buddelschiffe in den Museen. Mast- und Schotbruch! Mit der Freundin stoße ich von Land ab, wir rudern zur Eisenbrücke, bis zum Bersten war ich von Worten erfüllt, ich hätte sie singen können. Ich hörte die Lieder, die meine Klassenkameradin rudernd sang. Wenn ich heute die frühen Lieder der Joan Baez höre, muß ich an dieses singende Mädchen auf dem Fluß denken. Ihre Stimme ähnelte der der Sängerin. Das Mädchen spielte mehrere Instrumente, es war zum Beneiden, wie scheinbar mühelos sie sich ihr Können aneignete, im Englisch-Unterricht hörten wir voller Neid ihren amerikanischen Akzent. Wie Schiffbrüchige in einem Boot trieben wir durch das leise Getöse der Stadt. Sie war uns entrückt, wir hatten mit ihr nichts mehr zu tun. In Gedanken sang ich dem Sturm entgegen, aber ich kann nicht singen. Gischt überstäubt mein Gesicht. Unter einem Seestern wurde ich geboren. Und ich spüre das Meer, das seine Kinder dereinst verschlingen wird. Unser tägliches Brot, friß uns heute.

Der Mythos ist Gegenwart. Und die Gegenwart wird ein Mythos von vielen. Er lebt in den Büchern, und durch die Bücher war es dem Vater möglich zu leben. Er hatte mir verboten, seine Bücher zu lesen, denen ich manchmal mit Unverständnis, oft aber auch mit brennender Neugierde begegnete und sie aufschlug und irgendwo zu lesen begann. Ich mußte geschickt vorgehen; die Bücher standen wie Soldaten, Rücken an Rükken auf den Zentimeter genau nebeneinander; es war nicht nur die Ordnung des Geistes, die den Vater peinigte. Die Bücher waren nach oft nur meinem Vater verständlichen Gesichtspunkten nebeneinandergestellt; ich nahm das Buch vorsichtig heraus, rückte die anderen dicht zusammen, um mein leihweises Stehlen zu verbergen. Aber ich war zu ungeschickt, meistens fielen die in sich zusammengesunkenen Reihen auf, sie verrieten mich, sie lieferten mich dem Vater aus; oder der Vater suchte das Buch, das ich gerade las. Seltener geschah es, daß mir der Vater von sich aus ein Buch anbot, das kam mir vor wie eine Aufforderung, eine Verpflichtung. Manchmal haßte ich die Bücher, weil sie mich der Strafe des Vaters auslieferten. Einmal bot er mir die Madame Bovary zum Lesen an, aber sie langweilte mich. Später kam ich mit jenem entlassenen Referendar ins Gespräch, den wir als Schüler Jahre vorher gequält hatten. Er hatte Romanistik und Geschichte studiert, las Proust, Gide, Mallarmé und Flaubert. Er wies mich auch auf Madame Bovary hin. Ich war inzwischen neunzehn, begriff immer noch nicht. Als ich mich auf die Abiturprüfung vorbereitete, hatte ich mich als Pensionsgast in ein Kloster zurückgezogen, vormittags paukte ich den Prüfungsstoff, nachmittags stöberte ich in Buchgeschäften, abends und oft noch nachts schrieb ich meine ersten längeren Prosaversuche. Einen ersten Roman, dessen Anfang ich später abtippte und den ich dann aufgab, hatte ich lange in einer Schublade liegen. Es war die unbewältigte Form, die mich scheitern ließ. Da waren auch die Bücher, die Temperamentsausbrüche Flauberts in seinen Briefen, da war die Madame Bovary, die Lehrjahre des Gefühls; Wittgensteins Sprachbesessenheit trieb mich in den Park, Notizen formulierend. Es waren Tage des Aufbruchs, ich gierte nach mehr.

Doch ich war lange an die Kinderbücher gebunden, weil ich den Mut verloren hatte. Das heimliche Lesen, den Diebstahl der Wörter, tat ich mit Lust, aber es war auch viel Gequältes und Angst dabei. In der vom Vater befohlenen militärischen Ordnung standen die Bücher, Rücken neben Rücken, mit vorgehaltenem Gewehr, bereit, mich zu exekutieren. Die Silbersäule meines Schreis wandert von Berg zu Berg.

Geburt geschieht nicht; jedes Leben, das man selbst ist, muß erst abgerungen werden. Loslösung ist eigenes Leben. Das Kind, das sich die Erlaubnis gibt, geboren zu werden, lebt den Versuch, das eigene Ich zu verwirklichen, den täglich geübten Wunsch, den Zarathustra zu inszenieren. Der Versuch, sich von Vater und Mutter zu lösen, ist die Geburt, die gewagt und abgerungen werden muß. *Kind, du hast die Wahl, das zu sein, was du bist.* Nein, ich gebe kein Almosen, dazu bin ich nicht arm genug. Eine junge Tote wirft die Erde auf den Friedhofshügel zurück, der ihre verschollene Mutter ist. Zwischen zwei Sätzen suche ich in der büchernen Karawanserei meines Zimmers nach einer Formulierung, ungeduldig schlage ich mit der Hand auf ein Glas und sehe, daß darunter das Bild meiner Mutter ist. Ich gerate in Verzweiflung, gehe kurzentschlossen auf mein begrabenes Gesicht zu, verweise mich an den Totengräber, nehme ihm die Schaufel weg, Geh schreiben.

Wenn ich tot bin, werde ich wie Elpenor, der jüngste Gefährte des Odysseus, euch wieder zu Kirke zurückschicken. Ihr müßt das Abenteuer neu bestehen und meine Verwandlung rückgängig machen. Indem ich eine angemessene Bestattung von euch verlange, werdet ihr nochmals geboren werden. Ihr werdet mich suchen. Ihr werdet die Elemente befragen. Auf den Fotos, die die Eltern von mir machten, als ich ein Kind war, bettel ich lachend um ein Almosen. Schielend vereinigen sich die Blicke Elpenors mit den Blicken der Eltern. *Undurchdringlich erhebt sich rings um das schwimmende Eiland eine Mauer von Erz und ein glattes Felsengestade.* Ich baute eine labyrinthisch entfremdete Burg, lauter Mauern um einen Innenraum, wie man es von Bildern Hundertwassers kennt. Auch das Märchen war für mich eine Sicherheit, die das Kindsein bedeutet. Aber das Fischermädchen, das den Fischer verlassen muß, weil er sie heimlich beim Essenbereiten beobachtet hatte, steht vor meinen Augen.

Ein Mädchen verspricht bei dem armen Fischer zu bleiben, wenn er ihr verspricht, ihr nicht beim Bereiten der Mahlzeiten zuzusehen. Er hält sein Versprechen nicht, und sie muß ihn verlassen. In der Verzweiflung bietet er ihr die letzte Schale Reis, die er noch hat, als Abschiedsessen an. Da ist sie erlöst und kann bei ihm bleiben. Aber der König des Landes sieht ihre Schönheit und begehrt sie zur Frau. Um den lästigen Nebenbuhler loszuwerden, stellt der König dem Fischer schwere Aufgaben. Er muß einen Palast über Nacht errichten. Da nimmt das Mädchen die Nadeln aus ihrem Haar und zeichnet den Grundriß eines Palastes in den Sand, und ein Palast entsteht. Der König sieht, daß er eine Niederlage erlitten hat. Aber er hofft immer noch, das Mädchen zu bekommen. Er beauftragt den Fischer, über Nacht den Park des Palastes mit Vögeln und Fischen zu bevölkern. Das Mädchen spuckt in den Sand, und ein weiter Fluß umgibt den Palast. Aus Papier schneidet sie Bäume und Vögel, die den Park bevölkern. Aber der König gibt immer noch nicht auf. Da berührt ihn das Mädchen mit ihrem kleinen Finger, und er wird immer kleiner, zuletzt ist er so winzig wie ein Ölgötze. Nun bleiben der Fischer und seine Frau in dem Palast.

Im gleichen Buch stand noch ein anderes Märchen, Fanta Giro mit dem lieben Gesicht. Sie war die jüngste Tochter des Königs, der noch zwei weitere Töchter hatte. Der Vater war in Sorgen, denn er hatte keinen Sohn, der mit dem König des Nachbarreiches kämpfen könnte, denn der Nachbarkönig wollte Krieg. So schickte er erst die älteste Tochter ins Feld, aber er ließ sie unterwegs prüfen, keinen weiblichen Gedanken durfte sie haben. Ach, der schöne Flachs, rief die Älteste, daraus läßt sich schönes Garn spinnen. Prinzessin, Ihr müßt nach Hause zurück, Ihr habt einen weiblichen Gedanken gehabt. Ach, die schöne Rose, ich möchte sie pflükken, rief die zweite Tochter. Prinzessin, Ihr müßt nach Hause zurück, Ihr habt einen weiblichen Gedanken gedacht. Die jüngste Tochter führte man in einen Garten. Sie sah Rosen und Flachs. Aber Fanta Giro war klug, sie pflückte ein Sträußchen duftenden Jasmin und steckte es ans Wams. Da wußte der Vater, daß sie den feindlichen Königssohn besiegen würde.

Und sie zogen ins Feld. Unterwegs begegnete die Prinzessin einem Jüngling, der sie zum Baden einlud. Doch Fanta Giro war klug, sie verbarg sich am Ufer. Der Jüngling aber war der Königssohn und folgte ihr heimlich. Fanta Giro war klug: im Krieg ging sie mit Degen und Pistole um wie ein Mann.
Als der Königssohn sicher war, daß er statt eines Kriegers die Tochter des Königs vor sich hatte, beschloß er den Frieden und hielt um die Hand der Königstochter an. Und solange sie lebten, würde es keinen Krieg mehr geben.

Mutter, ich habe dein Grab selten besucht. Wenn ich zu dir kam, kleidete ich mich in meinen schönsten Sarg, der aber dem Vergleich mit deiner Urne nicht standhalten würde. Einmal war ich spätabends gekommen, an deinem Grab beklagte ich mich über den Vater. Damals war die Stelle, wo du liegst, noch nicht gekennzeichnet, kein Stein, keine Blume, nichts wies mich zu dir. Später merkte ich, daß ich damals mit dem Rücken zu dir stehend gesprochen hatte, und das erinnerte mich peinvoll an dein Leben mit mir. Nichts hatte sich geändert, wir waren immer noch eine Familie, wie zu Lebzeiten, jemand hatte über uns gesagt, Der eine von euch lebt im Kinderzimmer, der andere in seinem Zimmer, der Vater im Wohnzimmer für sich. So waren wir uns einig. Einigkeit macht stark, das erlebten wir täglich, wir waren uns in unserer Trennung so einig, daß wir uns dessen nicht zu vergewissern brauchten.
Fiel mir beim Essen ein Krümel zu Boden, blieb ich wie gelähmt sitzen, ich hatte nicht mehr die Kraft, mich zu wehren oder zu bewegen. Alle Dinge verrieten mich. Aß ich zu langsam, schlug der Vater klirrend mit der Gabel an den Tellerrand, so daß ich zu Tode erschrak

und erstarrte wie ein ertapptes Tier in Schreckstellung. Tolstoi erzählte, daß sein Vater ihn mittags zum Essen gezwungen habe, so daß seine bloße Gegenwart ihm schließlich Magenkrämpfe bereitete; seine lebenslänglichen Verdauungsbeschwerden führte er auf die Erziehungsmethoden seines Vaters zurück. Wenn meine Gabel auf dem Porzellan des Tellers kratzte, zuckte ich noch zusammen, lange Zeit, nachdem ich das Elternhaus verlassen hatte, und Schweiß stand mir auf der Stirn. Oft konnte ich nicht aus Tellern essen und löffelte das Essen aus dem Topf. Auf Zehenspitzen stehe ich und horche, ob jemand mit klirrenden Messern zum Essen ruft.

Gehen wir in die Aue hinunter, Vater, füttern wir den Igel im Gebüsch mit den Resten des Mittagessens, das ich nicht haben wollte, beim Igel sind wir allein mit unserem Mittagessen, die Bäume sehen uns zu, während du mich zum Menschsein zwingst, zum Essen, damit ich lebe und mich und euch überlebe. Du kannst froh sein, daß du noch lebst, wie konntest du nur so leichtsinnig sein, ohne nach rechts und nach links zu sehen, auf die Straße zu rennen, sagte der Vater. Einige Stunden vorher war ich draußen gewesen und hatte Heuschrecken gefangen. Als ich über die Straße lief, erfaßte mich ein Auto, ich lag unter ihm. Ist dir wirklich nichts passiert, hast du dir nicht weh getan, ist wirklich alles in Ordnung, fragte zitternd und fast schluchzend der Autofahrer, als er mir aufhalf. Nein, es ist alles in Ordnung, es ist mir nichts passiert, danke. Ich gehe jetzt nach Hause. Ich begriff nun, daß ich bereits dem Tod unerreichbar fern geworden war und ohne Schmerz nicht wieder in ihn zurück konnte: Ein Glück, daß ich nicht gestorben bin, ein Glück, daß ich nicht gestorben bin, flüsterte ich; während ich nach Hause lief, leierte ich die Worte wie eine magische Litanei, um mich vor dem bösen Geist zu schützen, den ich zum ersten Mal deutlich vor mir gesehen hatte.

Du versuchst dein rinnendes und davonschwimmendes Leben mit Worten festzuhalten, wobei du jeden Tag getötet werden kannst. Wer ist schneller, du oder das Wasser? Blut, das wie Salzwasser schmeckt, rollt in meinen Adern. Wasser fließt um mich, das wie Blut schmeckt. Mehr als einmal ist das Blut meiner Wunden, meines zerrissenen, zerstückelten und mühsam wieder zusammengeflickten Leibes ins Meer geströmt, mehr als einmal hat sich der Salzgeschmack meines Blutes mit dem Salzgeschmack der Fluten vermengt. Trink Meerwasser, Mann, und du trinkst meinen Schmerz!
Ich verliere Blut; Wasser dringt mir durch den Mund in den Leib. Wir strömen ineinander, und ich halte ertrinkend ein Skript in den Händen, aus denen erschrockene Möwen Buchstaben hacken. Oft denke ich, daß ich durch Wände gehen könnte, wie durch ein Zimmer, durch hüfttiefes Gras waten, um plötzlich in hüfttiefem Wasser zu stehen. Und mein Meeratem verlangt nach Meer. Vielleicht bin ich wirklich eine verwitterte Wassergestalt. Einer nannte mich Robinson im Seminar, ohne zu wissen, daß ich dort wirklich ein Überbleibsel war, ein Fossil, einer, der die falsche Insel gewählt hatte, der auf dem falschen Dampfer lebte. Einmal durchfuhr es mich, daß ich aus meinem Zimmer heraus ans Meer gehen kann. Die Spannung war so groß gewesen, daß ich wie hinter einer Bühne hockte und auf das Hochgehen des Vorhangs wartete, der sich nicht hob. Ich blickte hinter die Kulissen, erwartete, was ich selber war, ohne es zu wissen; diesen Überschuß in der Seele, den die Welt nicht einlösen wird. Und ich wünschte,

mein Schiff wäre imstande, durch rauschendes Laub zu fahren, aber der langsam undeutlich werdende Horizont verdünnte sich zu einer bleichen Meersalz-Braue, während ich immer noch überlegte, wie es mir gelingen könnte, durch die Mauer zu stoßen, die mich von Freitag trennt. Freitag, hörst du mich? Die Dichtungen sind mir gegenwärtiger, als es mir Personen sein können. Im Schoß des Pazifik oder Atlantik ruhend, habe ich die schwarzen Gestade der Schiffbrüchigen und Flüchtigen gemalt, um ihrer Vergeßlichkeit ein Denkmal zu setzen. Ich weiß, daß sie ein Bild der in sicherer Behaglichkeit Wohnenden sind und der Seßhaften. Möchtest du sein wie dieser? *Sage mir, Muse, die Taten des Vielgewanderten.* Während ich meinen Eltern das Märchen von Leben und Tod erzähle, stirbt meine Mutter. Morgen und übermorgen und immer wieder vollziehe ich mich, mich vom Leben der Eltern nährend. Als Einzelkind war ich zugleich mut- oder feigheitsbeflügelter Einzelfall im Schoß der Familie. Ich führte mein Leben in einer Dunkelkammer aus. Ich schrieb, ich sagte, es war eine mißbrauchte Energie. Ich war gezwungen, eine Rolle anzunehmen, die ich nicht war. Der Vater schrieb dem Kind einmal einen Brief an die Tochter, und das war kafkaesk. Aber Kafka klagte seinen Vater an: *Mein Schreiben handelte von Dir, ich klagte dort ja nur, was ich an Deiner Brust nicht klagen konnte.* Eine Prosa verschlüsselt die Möglichkeit dessen, was außerhalb des Papiers geschieht. Nie werde ich bei meinen Worten stehenbleiben. Als Kind dachte ich einmal, daß alles sichtbar sein muß. Welt, das ist Gesehen-Sein. Es darf keinen Gedanken dieser Welt geben, der nicht sichtbar ist. Warum, fragt jemand halb im Spaß, müssen denn alle im Ruhrgebiet leben, warum gehen sie nicht nach Polynesien oder in die Wüste Gobi oder in die Antarktis; dort wird es ein Tal geben, einen Ort, der erst gesehen werden muß, der darauf wartet, Welt zu sein, weil wir die Welt zu dem machen, was sie ist. Sähen wir die Welt nicht, nennten wir sie nicht, sie wäre zwar Welt, aber nicht als Welt. Wir schaffen die Welt, die wir sind. Alle Menschen, die ich im Traum gebäre, sind meine Ahnen.

Es gibt Leute, sagte man mir, die die Trauer mögen. Böcklin, Trakl. Catull. Die vom Lächeln verschleierte Trauer des archaischen griechischen Marmors. Es gibt Menschen, die mögen die Freude nicht. Das Glück soll ihnen feindlich sein: dieses Urteil leben sie. Man würde sie mit Freude erfreuen wie den Fakir mit der Luftmatratze. Das Leid bestimmt die Qualität ihres Lebens. Leben nehmen wir noch als Weltbild mit in den Schlaf. Aber während wir einschlafen, fällt langsam die Welt, die wir sind, zusammen; Lyrik, Kunsterleben, verlassen uns zuerst, sagte mir jemand.

Nein: Die Worte halten mich wach. Mit aller Kraft halte ich mich am Rand des Schlafes fest. Manchmal erlebe ich im Halbschlaf eine Formulierung; entweder ich habe die Kraft, aufzutauchen, oder ich nehme den Satz als Unruhe in meinen Traum, dort geschieht er dann als eine Folge von Bildern, bevor ich es will, wird Bild um Bild aus meinem Satz, bis ich ihn nicht mehr erkenne. *Traumbilder waren viele Jahre lang/ Genossen statt der Frau'n und Männer mir;/Die besten Kameraden seid doch ihr,/Kein süßer Lied ein andrer je mir sang.* Ich war vierzehn Jahre alt, als ich diese Verse der Elizabeth Barret-Browning las. Als Rhythmus, als eine Schwingung, die von den Worten ausgeht, blieb das Gedicht lange Zeit in meinem Bewußtsein. Es bezeichnete einen Zustand, der mein Leben ist. Alpträume waren viele Leben lang / Gelitten statt der Worte und Zeilen mir; / Die

größten Gespenster seid doch ihr, / Kein' schlimm'ren Tod ein andres je mir gab.
Wenn ich über den belebten Residenzplatz gehe, durchlebe ich noch einmal die Stadien meines Lebens von der Geburt bis zum fiktiven Tod unter irgendeinem Baum, wie ich es mir, mit der Mutter durch den Schwarzwald reisend, schon einmal vorgestellt hatte. Ich war zehn oder elf Jahre alt.
Während wir über die Felder gehen – das Schwimmbad, das wir besuchen wollen, liegt hinter einem Wald –, entdecke ich auf einem Abfallhaufen neben einem Friedhof Plastiklilien. Ich hebe eine auf und nehme sie mit. Die Zimmerwirtin, mit der sich die Mutter angefreundet hat, schüttelt den Kopf. Wie pietätlos! Auch die Mutter schüttelt den Kopf. Nein, Mutter, die Toten achte ich nicht, laß die Toten ihre Toten begraben. Plastiklilien oder auch echte Lilien brauchen sie nicht, laß die Blumen mir, Mutter, ich kann sie sehen, ich kann die echten von den Plastiklilien unterscheiden, die Toten lassen sich gut mit der luftigen Kühle der Erde, die ihnen in den offenen Mund fällt, betrügen. Den Toten reiße ich die Blumen aus den Händen, bevor ihre Nasen den Duft eingesogen haben, so daß von den Blumen nichts mehr für mich übrigbleibt. Nur was durch meine Schuld starb, soll aufwendig bestattet werden, es soll mich Opfer kosten, um mich an mein Versagen zu erinnern.
Als ich die beiden Nachtigallen unterm Rosenbeet des Gartens begrub, gab ich ihnen meine Perlensammlung und Kinderschmuck mit. Echnaton und Nofretete. Piepchen und Tsching. Doch Herr und Frau Hong hüten nicht länger mein Haus. Wenn der Nebel steigt, werden Einbrecher es in Brand und Asche hüllen.
Mich aus dem Leben schreibend, begebe ich mich wie-

der hinein. Statt zu reden, spucke ich Buchstaben. Man fordert mich heraus, und ich erwidere mein Schweigen. Lächelnd ziehe ich mich in meine Unverbindlichkeit zurück. Ich zähle nicht. Schweigend habe ich Unruhe gestiftet und die mißglückten Liebeserklärungen der Hasser auf mich gezogen. Sie schildern ein Kind, das am Vater scheitert, der Vater scheitert am Kind, in einem Heim scheitert das Kind; es scheitert und will nicht scheitern, und Sie wollen es auch nicht, sagt mir jemand. Ihre Prosa zieht immer engere Kreise um Sie selbst.
Immer werde ich Unruhe stiften. Auch wenn ich schweige, werden sich die Linien immer enger um mich ziehen, bis ich ersticke. Ich werde nicht weitergehen, ich werde mich immer enger im Kreise drehen, wie eine Maus in der Falle sitze ich, aber der Esel, den man angebunden hat, damit er seine Runden drehe, drischt das Korn aus den Hülsen.
Während ich Fremden gegenüber kein Wort über die Lippen bringe, werden meine Buchstaben dem weißen Papier, das rein ist wie frischgefallener Schnee, Gewalt antun. Ich bin die Rache an meinem Verstummen. Sie interessieren sich nicht für den wirklichen Menschen, es gibt ihn nicht, es gibt nur Märchen, Mythen und Sagen. Man meint meine erste Prosa. Aber ich werde mich nie zu dieser Welt bekehren lassen. Die Märchen zeigen den Menschen, wie er wirklich ist. Der Mythos ist wahrer, weil das Menschenzuchthaus einen Lügner aus mir gemacht hat. Ich aber kann nicht antworten, wenn man mich anklagt, weil ich in Gedanken ständig damit beschäftigt bin, mich zu rechtfertigen. Ich habe diese Welt im Kopf, das Weltgericht. Und während ich Unrecht erleide, fordere ich mich auf, Unrecht zu leiden. Die Sprache ist der beste Tod. *Rede oder kotz Buchstaben,*

und ich weiß, daß mir diese Worte die Abwesenheit von Menschen täglich zuschreit.
Bei einer Reise fordert die im Zugabteil mir gegenüber sitzende Italienerin ihr Kind auf, sich schlafen zu legen, und bietet ihren Schoß als Kopfkissen an. Viva la mamma! Ich sehe zu, wie das Kind schläft, erschöpft den eigenen Tod vorwegnehmend, die Mutter legt schützend oder bestätigend ihre Hand auf den Kinderleib. Aus dem offenen Mund des Kindes tropft Speichel auf den Schoß der Mutter. Ihr blauer Rock färbt sich dunkel zwischen den Beinen. Das Kind hat während des Schlafens ein angestrengtes Gesicht. Es ähnelt in seinem rosa Kleid und dem irgendwie alt wirkenden Gesicht einer Figur aus einem Film von Fellini. Mutter, aus deinem Leib bin ich gemacht wie Adam aus Erde. Hätte ich eine italienische Mama gehabt, hätte ich ein menschliches Muttertier gehabt! Sie hätte mir die Fingernägel lakkiert, sie hätte mir das Haar gebürstet, bis ich vor Lust und Behagen zu schreien begonnen hatte, sie hätte mich zum Götzen ihrer Affenliebe gemacht, sie hätte mich zu ihrer Puppe, zu ihrem süßen Alptraum hätte sie mich gemacht. Wie der heilige Franz von Assisi im Krippenwunder eine Puppe nahm und sie als den neugeborenen Heiland anbetete, bis das Ding zu leben begann und ein heiliges Licht auf die Erde sandte, so hättest du mich angebetet und mich von meiner angeborenen Niedrigkeit befreit.
Alt bin ich von Geburt an. Sterbe ich, bin ich jünger, als andere alt sein können; wollten sie alt sein, sie müßten tot sein auf der Stelle. Du hast dir deine Todesart gewählt als die dir entsprechende Form eines Unglücks. Jedes Unglück ist eine Aussage, denn diese Welt ist das Gericht, das man über uns verhängte. Jemand fragte mich, ob ich das Unglück wollte, da ich nur dieses sähe.

Aber ich wäre so geübt mit seinem Gegenteil wie der Fakir mit der Luftmatratze.
Die Italienerin, die mir im Bahnabteil gegenübersitzt, hat eine Flasche Orangensaft vor sich stehen. Und während mein Durst und mein Verlangen auf den Orangensaft zunehmen und ich einen Tropfen dieses Saftes mit dem Span vom Kreuze Christi vergleiche, der in einer Prozession durch Rom getragen wird, schmeckt mir mein Durst. Ich blasphemiere meinen Durst, bis Christus heilig geworden ist. Ich blasphemiere mit meinen Wörtern die Blasphemie, denn meine Wörter sind eine säkularisierte Welt.
Ist es die Sprache, vor der ich Ehrfurcht empfinde? Ich lebe in einer säkularisierten Welt. Darum kann ich keine Ehrfurcht empfinden. Oder ich blasphemiere, um die Ehrfurcht zu ermöglichen. Nur der Glaube macht Blasphemie möglich. Ich muß an einen Salamander denken, der durch Eis geht, damit ihn das Feuer nicht schreckt. Durch Kälte gehst du, und es brennt dich nichts. Haß brennt mich, Liebe macht mich erstarren; augenblicklich werde ich steif wie ein Toter.
Die gescheiterte Existenz ist wahrhaftiger als die geglückte. Aber die *frühen Geglückten, aber die Verwöhnten der Schöpfung* zeigen mir, daß das Unglück die einzige Form jeglichen Gelingens sein wird. Immer wird eine Ruine mehr von der Bewohnbarkeit der Welt mitteilen als ein Neubau. Die Ruine gibt mir den Trost, daß die Ausdauer des Todes größer ist als die des Lebens. Trete ich in ein Gebäude, stelle ich mir vor, daß die Decke über mir einstürzt und mich unter sich begräbt. So überrascht mich die Katastrophe nicht. Tritt sie nicht ein, bin ich durch meine Enttäuschung doppelt belohnt.
In der Sprache angekommen, martere ich mich, damit

mein bester Feind mich noch besser töten kann. Weil das Unglück die einzige Form zutreffender Erwartung sein kann, kann ich nur im Hinblick auf dieses reagieren; indem meine Feinde mich angreifen, geben sie mir recht. So wie das größte Wörterchaos den würdigsten Buchstabentod erzeugt, zeigt das Weltbild des Unglücks eine unglückliche Welt. Im Glück kann man sich untreu werden, im Unglück nicht, wenn man es vorausnimmt, weil man mit ihm rechnet. Wer im Zustand ständiger Idiotie lebt, kann keinen Fehler mehr machen, sagte jemand.
Ein Komiker starb auf offener Bühne an Herzversagen. Das war sein schlechtester Witz. Wasser trocknet, um mich verdursten zu lassen. Im Traum bin ich schlaflos. Das Kind wird geboren, daß es sich selber zeuge. Der Mörder erschießt seine eigene Waffe. Die Erde verweigert die Toten, um nicht länger zu sein und die Toten zu ewigem Selbstmord zu verdammen. Mit Messer und Gabel verspeise ich einen blonden Kannibalen. Arbor vitae: entlaubst du mich? Abel kniet vor Kain nieder und bittet ihn um den Todesstoß, damit er den Fluch des Bruders, der auf ihm lastet, tragen kann.
Jede Beleidigung fordert mich auf, ihr recht zu geben, bis sie stimmt. So hat auch Genet seine Beleidigung gerächt. Sagt mir jemand Übles nach, verhalte ich mich so, wie man es von mir gesagt hat. Meine zynische Seele bringt es nicht über sich, jemanden zu korrigieren.
Aus Angst vor dem Tod begeht jemand Selbstmord. Sylvia Plath beschreibt in ihrer Prosa, wie ein Japaner, um sich an einem Beleidiger zu rächen, vor diesen hintritt und sich selbst erdolcht; wie, wenn jemand eine Apfelsine schält, so habe er mit einem Ruck seinen Magen von den übrigen Organen getrennt und sei sofort tot gewesen.

Als ich einmal im Park saß, kam eine Polizeistreife vorüber. Ich erfuhr, daß sie jemanden suchte, der herumirrte und nicht nach Hause fand. Nun lief er ratlos im Park umher, denn er hatte sein Gedächtnis verloren. Einen Moment fürchtete ich, daß ich mit dieser Person gemeint wäre.

Statt den Verbrecher zu hängen, erhängt man seine Jakke und bringt ihn so zu Tode. Jemand zerreißt das Bild seiner Freundin und macht ihrer Nähe so ein Ende. Sei allem Abschied voran, damit du ihn nicht zu fühlen brauchst. Pavese wußte, der furchtsame Mörder tötet sich selbst. Ich lüge die Wahrheit. Um mich selbst zu preisen, speie ich mir ins Gesicht. Kannst du dir vorstellen, daß der Speichel, den ich mir als Ränder unter die Augen male, eine Kriegsbemalung ist? Aber ich bin ein kranker Indianer, und der Feind, den ich zur Strecke bringen werde, ist mein Gewehr, das die Kugel erschoß. Oft denke ich an jene Geschichte, die Proust seiner Haushälterin erzählte: Ein Mann geht ins Bordell und läßt sich blutig peitschen, nur dann fühlt er das Glück der Liebe. Die Liebe hat ihn so gründlich unglücklich gemacht, daß ihn nur weiteres Leid seiner Utopie des Glücks näherbringen kann. Für den gefällten Baum im Garten möchte ich *eine Messe lesen lassen.* Ich setze ihm *Todesanzeigen* auf in Form eines Liebesgedichts.

Ich schreibe, um das Scheitern wie einen gefräßigen Nilgott anzubeten. Bin ich unter Menschen, soll ich ihnen Rechenschaft ablegen über mein Schreiben, über das, was ich damit will und erhoffe, verstumme ich. Einer sagte, ich schreibe, weil ich nicht einverstanden sei mit der Welt, wie sie ist. Schweigen würde man für Einverständnis halten. Aber das ist ein Irrtum. Zu Hause angekommen, rechtfertige ich mich im Auge des Spiegels, es ist eine Wiedergutmachung an mir selbst. Wort um Wort hole ich mich zurück, wie einer, der seine Sachen im Pfandhaus einlösen geht. Ein Fakir bin ich: Immer höher hinab klettere ich an meinem von meinem Haar geknüpften Seil. Die Größe meiner Angst gibt mir den Mut, verwundbar zu sein. Endlich hatte ich ein Argument für das Leben gefunden, um dem Tod näher zu sein.

Stallgeruch in den Kleidern und auf der Haut. Während sich das Kind in der Nähe des galoppierenden Pferdes festzuhalten versucht, während es den wogenden Hals vor sich sieht, während es die mähnige Gischt einzuatmen bekommt, während es stürzt und stürzt und stürzt, aber langsam, im Rhythmus der Sprünge des Pferdes, während es zu einem ängstlichen Affen in einer gigantischen Manege schrumpft, merkt es, daß die Welt aus Hellsehern und Auguren besteht. Überall sind sie. Mit den Delawaren wäre es gern in die Wälder geritten. Wie das? Ach, die Wälder werden verbergen, daß ich nicht reiten kann.
Pferdegeruch im Pullover. Die Mähne des Pferdes ist voller Buchstaben. Mit welchem Striegel kämmt man sie heraus? Wartet, mein Cowboytod wird euch folgen, mit wiegender Hüfte knüpft er das Seil, wirbelt er das Lasso über den Todesanzeigen meiner Kindheit, die nie geboren wurde. Die Hellseher haben sie im Findelhaus abgegeben. Die Suche nach dem Elternhaus hielt meine Kindheit in Atem. Oder ich ging in Geschäfte, um es zu kaufen, um Schmuck und Bücher zu stehlen. Erst waren es Indianergeschichten, die ich mitgehen ließ. Später wurde ich dreister. Nur für Gedichte ging ich das Risiko ein. Wo ist denn diese Nachtigall, sie soll reiten lernen, wozu kam sie denn her, brüllt der Reitlehrer, nachdem

ich mich vor Scham im Heuschober versteckt hatte, weil ich gestürzt war. Der Wilde Westen schrumpfte zu einem mit Heu stechenden Utopia in meinem Kopf. Während ich dort oben im Heu hockte, dachte ich beiläufig über meinen Tod nach. Und ich erinnere mich an eine Schulstunde, in der wir über Camus sprachen und die Unmöglichkeit, ständig an den Tod zu denken, dies ginge über die Kräfte des Menschen, es würde ihn krank machen, sagten wir. Und doch habe ich in greifbarer Nähe des Todes gelebt. Als das Kind einmal am Strand das verrostete Namensschild eines Schiffes gefunden zu haben glaubte, Emma hieß es oder Emmaus, schrie das Kind, Das Meer ist von Trauerfarbe gemacht und schmeckt nach den Tränen Ertrunkener. Nein, es gibt den Mythos nicht im Wort: man kann ihn trinken.
Es riß das Schild aus seiner Bodenhalterung, las die Wege der Schiffsmuscheln, und es rief dem Vater zu: Ich danke dir, daß du mich scheitern lehrtest.

Steige ich morgens oder mittags oder manchmal auch erst abends aus dem Bett, um zu lesen oder zu schreiben, ist die Bettdecke verdreht und verknäuelt, das Kissen am Fußende gelandet. Der Schlaf war ein Kampf. In jedem Traum trug ich eine Niederlage davon. Jedes Wort wird zu einer Anklage, jede Antwort zu einer Verteidigung, die mich zugleich an den Pranger stellt. Das beste Mittel des Sich-Entziehens wäre der Tod. Oft habe ich über den Selbstmord nachgedacht. Sui caedere – das hat freilich etwas Strafendes: mit diesem Begriff strafen die immer Recht habenden Überlebenden den Einzelnen. Wer das letzte Wort hat, der hat Recht. Die Mehrheit hat Recht, weil sie als Mehrheit die Macht hat, und mächtig sind die Lebenden gegenüber den Toten, solange sie leben.

Bei Sylvia Plath genügte eine Physikstunde, *Ich habe praktisch erwogen, ob ich Schluß machen sollte.* Wie sieht das Ende aus? Wer Schlaftabletten nimmt, den holt man wieder ins Leben zurück und ist noch stolz darauf. Wer ins Feuer geht, kehrt nicht als flammengeborener Phönix zurück. Kehre um, kehre um! Im eisigen Wasser der Havel sterben zu können wie Heym ist nicht sicher. Einige Tage vorher, sagten Freunde über ihn, sei er besonders heiter gewesen. Es war die Heiterkeit dessen, der sich des Urteils sicher war. *Aber Sterben ist eine Kunst, wie alles. Ich kann es besonders schön.* Die Rettenden mit ihrem Missionsgeist, mit ihren Verhinderungsgemeinheiten soll man mit dem Leben des Selbstmörders strafen. Wenn ich vor dem Spiegel stand und mit dem Handschuh hineinschlug, habe ich auch die Kunst des Sterbens gekonnt. Wie weiter? Wie wäre es, sich vom zehnten Stockwerk eines Hochhauses zu werfen, wie wäre es mit einem anfahrenden Auto, vor das man sich wirft? Oder die Eisenbahnschiene, auf die man sich legt, um auf den Zug zu warten? Ich stelle mir meinen zerfetzten, zerstückelten, in alle Windrichtungen verstreuten Körper vor, dessen Reste ein Polizist aufklaubt; wenigstens sterben wollte ich in Schönheit.
In einer Kurzgeschichte lese ich, daß jedes Tier, das leidet, besser stirbt als ein Mensch; eine schwerkranke alte Frau, der der Arzt Sterbehilfe verweigerte, ging zum Tierarzt, um sich die Todesspritze geben zu lassen. Aber auch er weigert sich, ihr zu helfen. Daraufhin läuft die alte Frau in eine Straßenbahn, um sich von ihr zermalmen zu lassen, und dieser Tod gelingt ihr. Eine Freundin erzählt mir, daß es in Amerika spezielle Einrichtungen gäbe, wohin sich Todkranke zurückzögen, um dort mit Hilfe einer Spritze zu sterben; man zeigt ihnen Bilder der schönsten Landschaften, läßt sie ihre

Lieblingsmusik hören. Eine Frau, mit der ich mich auf der Straße über den Tod alter und kranker Menschen unterhielt, sagte mir, daß jedem Tier die Würde des Sterbens erhalten bleibt, während Menschen gezwungen würden, wie Vieh zu verrecken. Die Würde des Menschen aber im Tod ist der eigene Tod, der Tod, den er sich zu eigen macht.
Was gelang? Nichts geschieht. Es gibt immer solche, die beschwichtigen werden. Es glückte endlich, Pavese hatte mit dem Verschwinden à la Jean Amery Glück. *Um zu sterben, genügt ein kleines Geräusch.* Aber ich bleibe bei Amery, bei seinem Tod im Albergo Roma, Turin, in einem Zimmer im dritten Stockwerk – draußen war sogar Sonntag –, ich weiß nicht, wie beiläufig oder angestrengt, nur sechzehn Schlaftabletten. Andere starben anders. Sylvia Plaths Mutter, ohnehin auf Beschwichtigung aus, kommentiert im Briefband, *ein Tag, düsterer als gewöhnlich, ließ es vorübergehend unmöglich erscheinen, weiterzumachen.* Mich stört das ›vorübergehend‹ ebenso wie das ›weitermachen‹. Immer ist solche Disposition eine ständige Suche nach dem ›günstigen‹ Augenblick, dem raschen oder heimlichen Verschwindenkönnen, aus dem Zimmer, aus dem Gespräch, das nur Verheimlichung war.

In meiner Erzählung wäre die Mutter vergessen, sagte mir jemand, aber sie war ein Zeichen. Sie wäre immerhin als Gegenfigur zum Vater denkbar gewesen. Sie war es nicht. Ich sprach von der Kuh, dem schaukelnden Mutterbauch auf der Weide. Einmal bin ich mit den Eltern im Schwarzwald gewesen. In der Nähe der Pension, wo wir untergekommen waren, gab es einen Bauernhof. Ich freundete mich mit der Bäuerin an; bis mich die Kinder vertrieben, war ich im Stall bei den Kühen.

Eine war kaffeeblond und hieß Goldi. Kuhhaft nannte Sylvia Plath das Glück der Mütter, ein Kind zu haben. Einmal war ich gestürzt, die Lippe war mir aufgesprungen. Ich hockte mich unter die Kuh, sog ihre Muttermilch ein, langsam rann der Geschmack von Blut und Milch in meine Kehle. Mit dem Geschmack von Blut und Milch im Munde wuchs ich auf. Sagte jemand dumme Kuh zu mir, hätte ich nicht beleidigt sein müssen; die Kuh hat zu Unrecht einen schlechten Ruf, ähnlich wie Esel oder Schaf. Aber Gott hat das Schaf geliebt. Weiß wie eine Cumuluswolke oder schäumende Quelle war das Fell des Sohnes, als man das Kreuz um seine Klaue band ... *so kamen wir in Schuld und wußten nicht, wie wir sie hätten abwenden können.* Schuldig ist, der lebt. Daß ihr mich geboren habt, ist eure und meine Schuld. Ich bin das Opfer, weil ich der Täter bin. Ich begebe mich in die Wirklichkeit, um den Mythos zu ertragen. Geburt ist Mythos, weil man sich an sie nicht mehr erinnern kann. Jedes Bewußtsein ist Rekonstruktion. Es ist nicht so, daß ich in meiner Prosa die mythische Einkleidung wähle, weil meine zu hohen Erwartungen an die Wirklichkeit scheitern, sondern, weil ich noch meine kleinste Erwartung an den Mythos enttäuschen muß. Er sagt, was Wirklichkeit ist. Auch der Seiltänzer kann das Gehen auf dem Seil deutlicher darstellen als auf der Erde; dort wird er stolpern. Mutter, deine Liebe zeigst du mir, indem du mich allmorgendlich auf den Schutt wirfst, wo ich Welt erlebe, und mich abends wieder von den Toten erweckst. Sterben müßte ich, wäre ich so alt, wie ihr jung seid. Zwischen Aufruhr und Unterwerfung zog mich das Los, pilgerte ich zu den Eltern. Mit meinen Blicken versuchte ich die Strafe aufzuhalten, die mich erwartete. Schau mich nicht so an! Nein, Vater, bevor ich dich mit meinem bösen Blick verhexe, trinke ich mir Feigheit an, um das ertragen zu können, was ich dir antu. Angst. Süße! Süße! Der liebe Gott sammelt Heidelbeeren im Menschenwald. Ich bin der Märtyrer aller mißglückten Liebeserklärungen. Mit spitzen Pfeilen zielen sie nach mir. Welt ist eine Form von Leid. Leid ein Ausdruck von Welt. Während ich im Skiff sitzend der Schulkameradin zuhöre, wie sie Lieder singt, erfaßt mich der Wunsch, auch singen zu können. Er bleibt als verschwiegene Freude am Gehörten. Aber es war eine wilde, eine barbarische Freude, die Verzweiflung war ihr verwandt. Die Freude des Barbaren im Kopf, gehe ich oft zum Friedhof. Ich bin der Erbe des Vaters. Erben verderben. Einmal sah ich einen Film über einen italienischen Gastarbeiter, der in Deutschland gut verdiente, aber niedere Arbeit verrichten mußte. Bevor sein Weinberg in seiner Heimat verwüstet wurde, war er sein eigener Herr gewesen; er besaß sogar einen Karren und ein Pferd. Im Sommer war er oft mit der Familie aufs Land gefahren. Er war der Herr seiner Familie und Herr des Pferdes, er nahm schnalzend die Zügel in die Hand, das Tier zuckte und spielte mit den Ohren und setzte sich in Bewegung. Der Gedemütigte, Verächter aller Starken, weil er sich seine Verachtung nicht leisten kann, geht mit der Peitsche hinter sich her und schlägt sich mit der Peitsche auf den blutenden Rücken. Hand in Hand schliefen der Vater und ich im Bett ein, um einander am nächsten Tag nicht wiederzuerkennen. Lauernd umwanden wir unsere Brüderschaft mit Dornen. Mit dem Blut, das sie aus uns rissen, besiegeln wir unsere Brüderschaft. Ich war der Erbe, denn Väter sterben. Ich erbte das Blau zerfallener Mythen. Ich wollte, daß die Eltern auf mich aufmerksam würden, damit ich ihnen meine Aufmerksamkeit zeigen konnte. Mit dem Gehorsam glückte es nicht. Alles war falsch. Es war, als bewegte ich mich in einer Landschaft, deren Grenzen unberechenbar waren. In meinen Taschen sammelte ich Papiere für den Grenzübertritt, aber schon vor meiner Ankunft wechselten die Grenzen. Da verfiel ich auf die Idee, mir die Liebe zu kaufen. Mami, ich gehe zum Friseur, mein Haar stört mich, es ist zu lang. Wie ein Dieb kaufte ich mir die sachkundigen Zärtlichkeiten fremder Personen. Oder ich ging in Geschäfte, ich stahl Hemden, ich stahl Lippenstifte für die Mutter, aber die Farben gefielen ihr nicht, ich stahl Krawatten, ich stahl Bücher, Gedichte verschwanden in meiner Tasche, ich stahl Schokolade, ich stahl Eis und Bonbons. Manchmal wurde ich erwischt, manchmal nicht. All meine zusammengestohlene Liebe baute ich als unbesteigbaren Berg vor den Eltern auf.

Einmal sah ich ein Buch in der Bibliothek des deutschen Instituts, einen Bildband über einen tschechischen Dichter. Eine Abbildung zeigte den Blick aus dem Fenster seines Hauses. Vor der Straße stand ein Baum, eine alte eisgraue Platane. Vater, ich werde hingehen, sie um ein Stück ihrer Rinde bitten, die silbern abblättert von ihrem Leib, ich werde die Rinde auf jene Stelle legen, wo ich Blut verlor, als wir uns verbrüderten, aber nun werde ich unverwundbar sein, während unter der Rinde mein Blut strömt und pocht. Ich werde ein Baum sein. Steige an mir empor und ernte meinen süß schmeckenden Tod. Wär doch nicht schlecht, Vater, wenn jeder sieht, wie verletzbar und verletzt ich bin. Wär doch nicht schlecht, Vater, wenn ich, um mich für den Diebstahl, den ich tat, zu rächen, indem ich bei einem Strichjungen in die Schule ging. Wär doch nicht schlecht, wenn ich ihn bestehle, weil ich ihm seinen Samen bezahle, während ich selber der größte Bestohlene bin.

Schön ist es, Unruhe zu stiften. Schön ist es, brandschatzend und mordend an den Küsten entlangzusegeln, die See über Bord unsicher zu machen, während es unten die Haie tun, die den Gefangenen den Rest besorgen. Schön wäre es, die Schreibmaschine mit der Plastikhülle wie eine Leiche zuzudecken und einzuschließen. Statt über Menschen zu schreiben, müßte ich mich dann wie ein Vampir von ihrem Blut ernähren. Schön wäre es, schreibend das Leben einzuholen, es im Vorgriff ungültig zu machen, so daß man seines Schicksals Meister wird. Gelingt es mir nicht, die Wirklichkeit durch das Wort zu bannen, wird mich die Wirklichkeit bannen. Den Lebenden werde ich die Maske der Lebenden umbinden, um an ihnen den Tod zu studieren. Wie die Totenmaske eines Menschen aussieht, wissen wir. Wie die eines Tieres aussieht, ahnt man vielleicht. Wie sieht die Totenmaske eines Baumes aus, eines Grashalms oder Sandkorns? Immer mehr entfernten wir uns, um uns erst als Sandkorn wiederzuerkennen: mit gefalteten Händen sehe ich den Liebesversuchen meines Leichnams zu, feuere ihn zu Liebeserklärungen an, die alle mißglücken. Ich gerate aus den Fugen. Auf einmal gelingt alles. Ich speise die Klage der Rosen, die schon von meinen beiden Nachtigallen ernährt wurden. Ich werde Gesang unter der Erde. *Worauf wartest du noch? Stirb augenblicklich!* Quid moraris mori? was zögerst du zu sterben? fragte Catull in einem Gedicht, und Dieter Leisegang erwiderte: Ach, es ist die Hoffnung, doch noch wie Catull zu werden.
Deine und meine von Maulwürfen einbalsamierte Verbrüderung wird mit Salven von Erdbrocken bekrönt, die uns fremde Kinder und Väter ins Gesicht werfen. Ich kämme mir das grüne Haar. Tanz der Vokale und Konsonanten auf dem Seil: auf Erden werde ich stam-

meln. Ich bin so lebendig wie mein eigener Leichnam, um das Leben, das ich dem Tod erst abringen muß, zu eigenem Leben zu machen. Ich mache mir das Leben zu Sprache, um es als Sprache zu begreifen. Warum sollen nicht die Toten durch Worte ins Leben gerufen und noch einmal mit der Liebe bestraft werden? Warum soll der Tote nicht neu eingekleidet werden, *mein Kind, der Tod ist dunkel, mein Kind, das ist nur Schlaf.*

Aber ich stelle mir überhaupt nicht weiter vor, wie und womit der Tote eingekleidet wird, denn ich erzähle keine Geschichten, in denen ich mich auszukennen meine. Ich sehe statt dessen wieder die Mutter vor mir, die eines Tages über dauernde Müdigkeit klagte. Das fiel nicht auf. Oft war die Mutter müde, schon von den Kriegsjahren an, denke ich mir, wo sie durch das dauernde Hungern, durch die langen Nachtwachen als Funkerin geschwächt war. Es war an einem Nachmittag, die Eltern waren mit mir zu einem Ponyhof gefahren, wo ich reiten durfte. Indem ich dies schreibe, versuche ich mich zu erinnern, wie alt ich war. Immer gerate ich in Verlegenheit, wenn man mich fragt, wie alt ich gewesen war, als die Mutter starb. Einige Tage oder Wochen, nachdem die Mutter über Müdigkeit geklagt hatte, kam der Vater in mein Zimmer, ich lag wie immer im Bett und las, oder auch ich war müde und hatte zu schlafen versucht. Ich fahre jetzt Mami ins Krankenhaus, sie hat Krebs. Noch bevor der Vater mir sagte, und das war zwei Jahre später, daß sie sterben würde, wußte ich in diesem Moment, daß es zu spät war. Zwei Jahre lang hat mich keiner beim Weinen ertappt; als der Vater schließlich sagte, Deine Mutter wird sterben, lachte ich erschöpft auf. Das ist verrückt, das ist nicht wahr, das ist nicht möglich.

Man sagt mir, über die Toten spricht man nicht, über Todesarten spricht man nicht. Ich kann auch den Tod der Mutter als Mythos beschreiben. Als sie tot war, verbrannte man ihren Rest, und ihr Leib war wirklich nur noch ein Rest, nachdem die Ärzte ihr das meiste genommen hatten, nachdem sie nichts mehr essen konnte, nachdem ihre Knochen wurden wie Papier, nachdem sie die Morphiumspritze nicht mehr wollte; fünf Sanitäter mußten sie fesseln. Ihre Brust, die mich genährt hatte, ein Krankheitsherd; vom eigenen Körper wurde sie vergiftet. Ausgehend vom Tod der Mutter, schreibe ich gegen den Sog an, den der Tod für mich bedeutet und in den der Tod mich zu ziehen droht. Meine tatsächlichen Gesichtszüge sind die Todeszuckungen meiner Mutter. Ich weiß nicht, wie sie starb. Ich war nicht dabei. Als ich sie das letze Mal sah und ansprach, verzog sie beim Klang meiner Stimme ihr Gesicht und verscheuchte mich mit einer Geste, wie man eine Katze wegjagt. Sie wollte verbrannt werden, sie machte die Geste des Brennens, Feuer, Feu ..., ihre Hände fuchtelten. Wie ein Phönix möchte sie sterben, sagte der Vater später. Nie hat er den Mut gehabt, deutlich zu sein; auch jetzt behalf er sich mit dem lyrischen oder mythischen Dekor.

Über Todesarten spricht man nicht, heißt es. Ich werde nur noch über das sprechen, was andere verschweigen, ich werde ihnen das Angenehme scheußlich machen, ich werde mich an meinen Auftrag halten, das zu sein und das zu tun, was andere nicht sind und nicht tun, so war ich immer. Man hätte mir nie Verbote aufstellen dürfen. Die Toten werde ich nicht in Ruhe lassen, denn die Toten lassen mich nicht in Ruhe. Ich werde sie wieder ausgraben und neu bestatten. Ich werde an ihnen scheitern. Aber das ist aufrichtiger als Gelingen. Sie wollen nicht

scheitern, sagt jemand zu mir, und ich vergieße höhnische Tränen.
Das Tödliche ist mein Bereich. Die Umarmung, die ich mit meinem Vater austrage, kostet uns beide das Leben. Schreib nicht über das, was andere verschweigen. Ich schreie das hinaus, was andere mir verbieten zu flüstern. Ich muß sehen, wie ich in diesem Manuskript vom Tod erzähle, um das Leben nicht zu verschweigen. Ich betrauere das Leben nicht, weil ich über den Tod glücklich bin.

Wer Angst hat vor dem Tod, gefährdet sein Leben. Ich werde so lange über den Tod schreiben, bis ich furchtlos bin vor seinen Spionen. Ich stelle mich auf meines Messers Schneide und tanze darauf. Ich erhänge mich am seidenen Faden. Ich bin unbegrenzt verwundbar, um keine Probe mehr bestehen zu müssen. Ich erinnere mich an fremde Kinder im Treppenhaus und in der Schule: *lauter kleine Mörder.* Fanggruben. Doppelte Böden. Selbstschußanlagen, hinter Lächeln verborgen. Ich stolpere immer noch, auch wenn man mir boshafterweise kein Bein stellt. Der Vater und die Mutter schlafen. Die Mutter ist dem Tode näher als der Vater. Das Herz meiner Mutter klammert sich an den schmerzstillenden Inhalt der Worte, die auf dem Tablettenröhrchen stehen, *Austritt ist Leben, Eintritt ist Tod. Sinkt hin des Menschen Leib, ist er ohne Gefahren.* Die Mutter öffnet das Tor der leeren Tablettenschachtel. *Denn dem Geborenen ist der Tod gewiß, dem Toten ist die Geburt gewiß.* Wer den Schmerz durch sich hindurchläßt, spürt ihn nicht, sagte man mir. Wie das? Ich habe es nie lernen können. Ich widerstand dem Schmerz und spürte ihn. Solange ich zurückdenken kann, hat mich das von den Ärzten und Medizinen abhängig gemacht. Die Mutter war ein Netz, durchlässig den Wellen von Schmerz, die sie durchzogen. Das Netz hielt die Beute zerfetzter Todesanzeigen. Leichtfüßig wie eine indische Tänzerin holte sie das zappelnde Gewicht ein. Die Fische träumen vom Tod des Fischers. Die Handflächen meiner Mutter sind mit Linien und Zeichen beschrieben wie die Seiten eines Buchs. Was steht in dem Buch geschrieben? Lippenlos, blicklos und leer starrten sie die Mysterien an, die sie selbst nicht zu lesen wußte, so werden die Linien unentzifferbar bleiben. *Nichts ist Alles, du sein Schein.* Das Buch blieb ungelesen.

Ich erinnere mich, wie es in der Schule lange Zeit üblich war, sich gegenseitig Gedichte in Poesiealben zu schreiben. Ich fand das lächerlich und weigerte mich, mitzutun. Ich besaß kein Poesiealbum und war fest entschlossen, mir auch keines zuzulegen. Was soll denn das heißen, du blöde Gans, du willst nicht in mein Poesiealbum schreiben? fragte mich eine. Ich ließ sie stehen. Einmal nur erinnere ich mich, in ein Poesiealbum geschrieben zu haben. Lange stand ich ratlos vor dem Bücherschrank des Vaters. Da ich gerade Apollinaire las, nahm ich ein Gedichtbuch von ihm, fand ein Gedicht, das mir zusagte und an dessen Inhalt ich mich heute noch, mehr als zehn Jahre später, erinnere. Es handelte von einem Mann, der pfeifend vor einem Spiegel steht und sich rasiert. Es wird eine ganze Oper aus seiner Melodie, lautete der Schluß. Vier Zeilen. Ich konnte zufrieden sein. Das Mädchen, dem ich stolz das Album zurückgab, war ratlos.

Mutter, bis zuletzt werden wir an den Wassern warten, speiend Ratlosigkeit und Haß wider die Wellen. Sei froh, Mutter, daß du den Vater am Wasser nicht gese-

hen hast. Vielleicht hätte dich eine ratlose Ohrfeige getroffen, wie mich. Unter der Wucht der Vaterhand wird es mir leichtfallen, an Land zurückzukehren. Ich weiß, daß der Vater ratlos mit mir ist, wie mit einem Insekt. Manchmal bleibe ich unterwegs stehen und blicke lange einem blauen oder schwarzen Käfer in die Augen, bevor ich ihn aufhebe und ins Gras tragen werde. Als Kind stand ich vor den Tierleichen, an denen ich Schuld trug. Scheuer, leuchtender Pirol, so lautete der Refrain eines Liedes, das in einem Kinderbuch stand. Man hatte es mir zu Weihnachten geschenkt. In einem anderen Lied wurde die geflügelte Frucht der Linde mit einem Boot verglichen, das in der Erde eine weite Reise antritt bis zum fertigen Baum. Scheu waren die Tiere, die mich zu Gesicht bekamen; wie sollte es anders sein? Ich war weder Tier noch Mensch; dem Vater nicht genug Mensch, dem Tier nicht genug Tier. Vielleicht haben die Tiere den Menschen gegenüber Schuldgefühle, da sie sich zu leicht haben töten lassen: noch über meinem Grab wird die Lebendmaske eines ungeschminkten Schmetterlings hängen. Seine Totenmaske bekomme ich nie zu Gesicht. Als ich meine blutige Metamorphose zum Frausein durchmachte, hätte ich sie erahnen können.
Solange ich unter den Lebenden weile, werde ich den Wunsch haben, den Mutterleib der Erde zu verlassen und ein Mensch zu werden. Ich werde schreiben oder mich vom Blut der Menschen ernähren. Ich versuche den Schlag, der mir gegolten hat, aufzufangen. Mutter, du hast auf mich gewartet, als ich noch nicht war. Und in dir Vater, bin ich gescheitert, bevor ich war. Am Strand wartete ich und hielt Ausschau nach Wrackteilen. Ich weiß, daß sie älter sind als ich und daß sie mich überleben werden. Doch alle, die ich gebar, sind meine Ahnen. Das Wasser wird unsere Augen vertrocknen.

Ich habe den Tod meiner Mutter nicht erlebt. Ich habe jemand anderes sterben gesehen. Ich war bei anderen Menschen untergekommen. Es war auch eine Großmutter im Haus. Wir verstanden uns nicht immer gut, dann gingen wir uns aus dem Weg. Irgendwann alterte die Großmutter täglich. Sie lauerte hinter der Tür, wenn ich von der Schule nach Hause kam, sie schwieg. Oder ich schwieg. Oft betrachtete sie mich vorwurfsvoll. Ich bereitete mir mein Essen, verschwand wortlos verlegen in meinem Zimmer, schlief, erschöpft von den Schulstunden, bis ich abends meine Hausaufgaben machte. Wie eine Löwin hat diese alte Frau mit dem Tod gekämpft, und indem ich diesen Satz schreibe, weiß ich nicht, ob ich schreiben soll, sie habe gegen den Tod gekämpft, denn das weiß ich nicht, aber indem ich schreibe, sie kämpfte mit dem Tod, meine ich ganz sicher beides, ich brauche dann nicht zu schreiben, sie habe mit dem Tod gekämpft, um zu meinen, sie habe gegen ihn gekämpft, nein, es muß beides gewesen sein; sie hat mit ihm gekämpft, weil sie gegen ihn kämpfte; er war nicht ihr Waffengefährte, sondern ihr Feind, und so schreibe ich also, sie hat mit dem Tod gekämpft, und meine beides damit, mit dem Tod kämpfen ist ein Kampf, der zugleich Ja und Nein ist, es ist ein Kampf, dessen gegenseitige und gegenläufige Kräfte wir nicht auflösen können in eine Richtung; wer mit jemandem kämpft, wird gegen ihn kämpfen, und so kämpfte die Großmutter gegen den Tod, weil sie mit ihm kämpfte, und meine Pflegemutter, bei der ich untergekommen war, nahm der alten Frau das Gebiß aus dem Mund, das sie wie einen Kringel biß, Weg damit, es stört dich, und sie betete mit der alten Frau alle Gebete, die ihnen einfallen mochten, und zugleich schrie sie mir zu, So lauf doch, hol den Arzt, ruf ihn an, und ich sah, daß das Telefon abgeschlossen war, weil immer eines der Kinder Freunde oder Eltern anrief, und das wurde den Pflegeeltern zu teuer. So lief ich die Treppe hinunter und schrie zu meinem Pflegebruder, Rasch, Großmutter stirbt, hol den Arzt. Ich weiß heute nicht mehr, wie wir ihn dann erreichten, vielleicht hatte sich der Schlüssel zum Telefon doch noch gefunden, oder ich war nach oben gegangen ins Zimmer der Pflegemutter, wo ein zweites Telefon war, und hatte von dort angerufen. Und während ich vor der Tür stand, und die Pflegemutter brüllte und rief, wurde das Röcheln der Großmutter leiser. Wann kommt endlich der Arzt? Später lag die Großmutter nackt, die Spritze des Arztes hatte nicht geholfen, Großer Herzinfarkt, da ist alles umsonst. Ich kann nicht mehr, soll die Großmutter irgendwann gesagt haben. Weinend liebkoste die Pflegemutter die welke Brust ihrer Mutter. *Du Gefäß von Kindes Speise,* und wusch ihren entblößten Körper. Wieder zuckt der Schmerz einer Ohrfeige in meinem Gesicht. An den Pranger, an den Pranger mit ihr, sie hat der Großmutter nicht beigestanden. Aber ich bin immer noch kein Tier geworden. Aus unzähligen Toden bin ich gezeugt. Ich bin auch kein Mensch geworden. Wer wird mich strafen? Ich biete der Pflegemutter an, ihr bei der Wäsche der toten Großmutter zu helfen, aber sie lehnt ab, Danke, ich komm schon zurecht, und sie wäscht ihre Mutter mit Wasser und Seife und ihren Tränen, hätte sie langes Haar gehabt wie Maria Magdalena, sie hätte ihre Mutter mit ihm getrocknet.

Ich werde dich nicht eher an Land allein lassen, bis du imstande bist, selbst dein Lebensschiff bei jedem Unwetter zu steuern, rief ein seefahrender Vater seinem Kinde zu. Ich weiß nicht, was ich lernen sollte, bis man mich allein lassen würde, aber allein wollte ich schon immer gelassen werden. Ich war der mißglückte Messias des Vaters; doch Erlösung ist Hohn, und Hohn ist Schmerz. Mutter, ich kann deine Asche nicht bis aufs Blut lieben, das würde dich töten. Saubere und beschmutzte Wäsche liegen im Krankenzimmer der Mutter umher. Trug ich einmal mehrere Tage hintereinander dieselbe Wäsche, bekam ich Schelte. Man sagt, daß ich unsauber gewesen sei. Aber ich ekelte mich vor der Konfrontation mit der Verderblichkeit meines Körpers, der faulig riechende Säfte auszuscheiden schien; ich hatte nicht die Kraft, täglich neu den Kampf mit ihm aufzunehmen, darum veränderte ich sowenig wie möglich, übte den Toten; wenn ich nichts merke, dachte ich, wird er auch nichts merken. Aber mein Körper verriet mich. Mir wird es nicht wie jenem Mann ergehen, von dem der Vater einmal erzählte; der Mann war schon über dreißig, sah aber schmächtig aus und klein wie ein Knabe. Sein Bart sproß immer noch nicht. Einmal wollte er im Kino einen Film ansehen, für den aber nur Erwachsene zugelassen waren. Er ging hinein, die Kassenfrau hielt ihn fest. Dieser Film ist nicht für Kinder, sagte sie zu ihm, Geh nach Hause. Nein, ich sehe mir den Film an. Aber du bist doch nicht achtzehn, oder? Nein, ich bin nicht achtzehn, erwiderte er und setzte sich ins Kino. Die Polizei kam und verlangte seine Papiere. Man las darin, daß er schon über dreißig war. Mann, warum haben Sie denn das nicht gesagt, rief man ihn an. Man hat mich nicht danach gefragt, erwiderte er, man fragte mich nur, ob ich achtzehn wäre, was ich wahrheitsgemäß verneinte. So rächte er sich für die Niederlage, wie ein Kind behandelt zu werden. Wenn ich schreiend erwache, haben sich alle Kinder in die Nutzlosigkeit ihrer Bilder verflüchtigt. Ich will kein Kind sein, ich will nicht das sein, was folgt. Stets war ich festgelegt. Jedes

meiner Lebensalter ist ein Stück der durchs Leben abgewürgten Sprache. Alles, was ich beschreibe, nehme ich in Besitz, um es im Augenblick des Todes wie eine Krankheit auszuspeien. Oft sehe ich mir Totenmasken an. Die Totenmaske Flauberts, Beethovens und Chopins kenne ich. Manchmal sehe ich auch die Totenmaske der schönen Unbekannten vor mir, die man aus der Seine gezogen hatte und die Rilke beschrieb. Man weiß bis heute nicht, ob es diese Tote wirklich gab oder ob es sich nur um den geschickten Trick eines Galeristen handelte. Ich möchte die Totenmaske wegreißen und sehen, wie man die Frau darunter sucht. Den Toten gehört das Leben, nicht den Lebenden der Tod. Diese Frau hat durch ihren Tod mehr Aufmerksamkeit auf sich gezogen, als sie es als Lebende je getan hätte. Es gibt wenig schöne Leichen. Der Name manches Lebenden stand nie in der Zeitung, wenigstens als Toter ist er in aller Augen. Um und um geht sein Ruhm, gestorben zu sein; während ich im Geschäft eine Zucchini oder ein Bündel Rhabarber erbitte, sehe ich, wie die Verkäuferin das Gewünschte in eine Zeitung mit Todesanzeigen wickelt. Neben den Heiratsanzeigen sind die Todesanzeigen die wichtigsten Schlagzeilen. Noch einen Wunsch, bitte? Danke, mit der Rhabarberstange im Mund sterbe ich gern, um dereinst gelesen und dann von den Pflanzen auf meinem Grab verspeist zu werden. Einmal werden nicht meine letzten Worte in der Zeitung stehen, sondern mein Tod. Mit der Schönheit eines Druckfehlers wird er das weiße Papier berühren, und während sich die Hände der Verkäuferin schwarz färben, wird sie in das Papier, das meinen Tod trägt, einen Rhabarber oder Lauch wickeln, danke schön, der nächste, bitte.
Ich sterbe als ein Bündel Papier. Ich habe nicht mehr die

Kraft, mich beim Gärtner zu entschuldigen. Auf meinem Grab wächst das Kraut schlecht, Verzeihung, pflanzen Sie Mohn auf meinen Bauch, ein hoffnungslos Rauschgiftsüchtiger wird mich noch lieben in seiner Unschuld oder in seinem unbeschreiblichen Zustand. Meinc Welt im Kopf ist kopflose Welt. Der Süchtige, der die Pflanzen, Tiere und Menschen der Stadt berührt, überträgt seinen Totengeschmack auf sie. Die Stadt leert sich. Am Friedhof ist Andrang wie beim Kino. Durch die Häuser, durch die offenen Fenster, fährt endlich der Wind, führt den Menschengeruch weg, ein Radio plärrt Hochzeitsmusik, die Toten kleiden sich schwarz oder weiß, die einen heiraten den Tod, die anderen sind schwanger mit ihm. Schön ist das Lebenslänglich der Ehe mit dem Tod, schön und furchtbar. Da hilft nur Sterben, um ihm zu entkommen. Soll ich in mein Spiegelbild schlagen und mein Gesicht verlieren? Um mir den Selbstmord erträglich zu machen, nehme ich einen Handschuh. Oder ich schieße in den Spiegel, der Schuß zerfetzt nur mein Hemd, so daß das schwarze Fleisch des Spiegelbilds darunter sichtbar wird. Ihr Leben ist ganz schön suizidär, fallen mir die Worte eines Briefschreibers ein. Ich ziele nach der Schläfe meines Bildes, ich muß endlich entschlossen sein und das Bild zwischen den Augen zertrümmern. Die Unwiderlegbarkeit eines Spiegels wird meinen von Zeugen und Worten umgebenen Tod vollenden. Mit einem Handschuh ohrfeige ich mein Spiegelbild. Ich war nicht gesellschaftsfähig. Räche dich dafür, daß du mich auf die Welt brachtest, indem du meinen Sarg gesellschaftsfähig machst. Als Kind sah ich dich, Vater, sterben und wiedererstehen als eine der Romangestalten aus den Büchern, die du mir gabst. Du bekämpftest die Helden. Aber ich werde auch einen Kampf gegen mich selbst austragen. Als Held war ich nie gesellschaftsfähig. Aber noch in der Entfremdung war ich dir nah genug; du hättest nur die Hand nach dem Versinkenden ausstrecken müssen. Und ich war der Held, der scheiterte oder den man erschoß. Es war das Todesurteil, das ich über mich aussprach. Ich hatte mehr Phantasie, als es Welt gibt. In meiner Prosa ist die Welt eine Phrase geworden. Mein Sarg sieht aus wie ein grüner Seesack. Oder wie eine leere Bonbondose, die ich einmal fand und auf deren Dekkel ein Gerippe abgebildet war. Oder wie das Gewehr oder die Lanze des Jägers. Geschmack von Asche und von Fäulnis im Munde des Toten. Jede Anregung, ihn zur Welt zu bekehren, ihn zu ihr hinzubiegen, wird er von nun an ablehnen. Er wird die Gesetze zersetzen. Er wird dem Schweigen gehorchen und die Stimmen sagen, bis sie zerfallen. Er wird seine Nichtigkeit vernichten. Er wird die Kraft haben, das zu wählen, was er nicht ist und sein wird. Er wird stark genug sein, das zu ertragen, was ihm nicht zustößt.

Einmal bin ich eingeknickt und umgesunken, damit mich der Vater trug. Er tat es widerwillig. Ich hatte mir den Fuß verletzt. Nicht als ich umsank, sondern als der Vater unwillig wurde, war ich kein Held mehr. Getragen zu werden war nun eine Demütigung. Später in der Schule, wenn wir Reiter und Pferd spielten, war ich das Pferd. Ich wollte stark sein. Aber ich wäre viel lieber Reiter gewesen, andere Kraft ausnutzend und die Gerte schwingend. Gern hätte ich vom eigenen gebrochenen Fuß gehört. Gern wäre ich hilflos gewesen, ohne das Ansehen eines gescheiterten Helden zu verlieren. Ich wartete auf diesen Moment. Ich schleppte das ganze Gefolge meiner Freunde und Brüder an einem Strick, der wie eine Nabelschnur aussah, hinter mir her, Parzival und Amfortas, Ahab und Ismael, Unkas und Wildtöter, Harry und Chingachgook, Scheherezade und der Sultan, Santiago und das Gerippe, Odysseus und Polyphemos, Rapunzel und die Zauberin, Tom Sawyer und Indianer Joe, Huckleberry und Nigger Jim, Wolf Larsen und Humphrey van Weyden, Robin Hood und der Sheriff von Nottingham, Don Quichote und der Helm des Mambrin, Kain und Abel; hohnlachend zogen sie gegen meine Kindheit zu Felde, während ich mein Leben, das Leben eines Desperados und Jägers, wiedererschuf. In den leeren Augen der Mythen suchte ich nach einem Widerschein meiner selbst und fand nur mich. Wie ein Flaggenknopf, wie eine knopfähnliche dunkle Blase in einem sich schließenden Strudel ragt der Mythos im Mittelpunkt des rotierenden Kreises meiner Prosa, aber es ist nur ein Märchen, das ich erzählen werde. Das Märchen ist grausam; und ich werfe konzentrische Kreise in einen Teich, sie werden größer, entfernen sich; um wieder der Ruhe zuzustreben, bis das tragende Wasser keinen Schauder empfindet, der nicht aus seinem eigenen Widerschein bestünde, aus der Erfüllung, Wasser zu sein, um die Robinsone zu ertränken. Totengeschmack erfüllt meine Liebe, denn ich habe nur die geliebt, die an der realen Welt scheiterten, die zugleich ein Mythos ist. Einmal sagte jemand, daß derjenige, der ein falsches Weltbild hat, nie, in keinem Punkt dieser Welt, auf sich trifft. Es gibt aber Menschen, meinte er, die in der Welt sind, als wären sie bei sich, und sie sind bei sich.

Nicht mit der Muttermilch sog ich Welt in mich ein, sondern mit den Worten und dem Schweigen des Vaters. Von Fremdsprachen lebte ich. Als Jephta seinen Gott um Frieden bat, versprach er als Opfer das erste lebende Wesen, das ihm begegnen würde. Es war seine

Tochter, die er traf. Aber das kann für dich kein Trost sein, mein Vater, es ist auch für mich kein Trost, wenn ich daran denke, daß ich noch lebe. Nie habe ich gelernt, den Geier mit mir zu nähren, daß ich mit halbem Herzen und mit halber Lunge weiterzuleben vermochte. Als man mich anläßlich des Todes meiner Mutter in schwarze Kleider steckte, trauerte ich nicht. Ziehe ich bunte Kleider an, trauere ich der Toten nach, die ich selber war. Nein, glaub mir, ich habe nie getrauert, ich habe die Toten belacht, die mir das Sterben langweilig machten. Alle, die nach mir sterben, werden nur meine Ahnen sein. Als die Mutter starb, stieg das Fieber des Sommers. Delirien, wenn ein Mensch geboren wird. Jeden Tag stirbt unbemerkt jemand, und unbemerkt wird jemand geboren. Was geschieht zuerst, Geburt oder Tod? Weil wir geboren werden, sterben wir. Das Verstummen oder die Sprache der Toten züngelt im Feuer. Mein Leben, ein Zitat. Nimm die Flasche Bier oder Wein, ertränke die Blumen damit, Tränende Herzen hat die Mutter am liebsten gemocht, setz dich neben das Grab, keiner braucht mehr beerdigt zu werden, unser Leib ist schon das gitterlose Gefängnis: täglich haben wir unseren eigenen Tod zu begraben. Die Toten sollen endlich von den Lebenden auferstehen. Licht! Blende die Engel; sie sind geeignet, Weihnachten als Ministranten Dienst zu tun. Die Engel leben, solange es Tote gibt. Der Trotz des Vaters ist eine leidende Gebärde, und mein Kindergesicht nagelt seine Blicke an ein Kruzifix. Erschrocken bleibt die Mutter stehen, und ihr Herz schlägt wieder rückwärts, meiner Geburt entgegen. Der Regen, der mich heute berührt, verbindet mich mit unsichtbarer Nabelschnur wieder der Erde. Als meine Mutter tot war, beobachtete ich jede Bewegung derer, die mit ihrer Beerdigung zu tun hatten. Ein Freund des

Vaters hielt die Totenrede, die der Vater geschrieben hatte. Er wird nicht Schnaps oder Wein trinken, wie der Totengräber, er hat auch so Mut genug, etwas zu sagen, was nicht stimmt. Er reicht noch weniger an die Fremdheit der Mutter heran als ich. Seine Worte bestätigen, daß sie tot ist. Mein Schweigen würde bestätigen, daß sie lebt, wenn man es nur hörte. Ich stelle mir vor, wie meine Mutter diese Totenrede hört. Mit den Worten tätowiere ich meinen Bauch. Am nächsten Tag habe ich die Gesichtszüge der Mutter. In ihrer Abwesenheit werde ich mich wiederzuerkennen versuchen. Ich speie auf die Bilder der Toten und rufe ihnen zu: Freßt mich, galanos. Die Peitsche wider meine Kindheit erhebend, wallfahre ich durch jene Stadt, in der ich siebzehn Jahre meines Lebens zugebracht habe. Ich schwinge die Peitsche über der Zähigkeit einer Kindheit, die nicht aufhören will. Ich schwinge sie einmal und zweimal und noch einmal. Mit dem zersplitterten Ende des Griffs schlage ich auf ein Kind ein. Ich höre, wie sein Kopf birst wie eine reife Wassermelone und sich seine Welt in den Rinnstein ergießt. Ich fühle, wie sie eindringt in den Boden, und da wußte ich, daß es meine Welt war, die davonrollt.

Ich las auch die Seegeschichten Jack Londons, um meine Abwesenheit in vollen Zügen zu erleben. Ich legte mein Gesicht an die kalte Wand, um meinem eigenen Atem zuzuhören. Manchmal stellte ich mir vor, wie sie immer leiser würden, bis ich nicht mehr da wäre, um irgendwo auf einem Robbenfänger oder auf der Insel der Leprakranken wieder aufzutauchen. Mit dem Schrei einer Robbe schlief ich ein, Tierblut in meinen mißhandelten Händen. Wieder stand ich auf und ging zum Fenster meines Zimmers. Draußen die Wiese, von kundigen Händen kurz gehalten. Ich sah dem Sonnenuntergang zu. Ich hörte Kinder spielen, Ihr Doofen, schrieb ich auf einen Zettel und schickte ihn aus dem Fenster. Man entdeckte mich sofort. Ihr Langweiler. Verprügelt mich nur, einen Schwächeren findet ihr nicht. Die Kinder laufen ärgerlich weg, und kurze Zeit unterhält mich die Stille, die sie mir hinterlassen haben. Lauter wird mein Atem, wenn ich im Bett bin. Von meinem Herzschlag, den ich simultan mit dem Herzschlag der Mutter höre, gleitet meine Hand auf meine Brust. Ich verstecke mich im Bett, um mir die Kindheit auszutreiben. Blind findet die Hand Schoß und Geschlecht. Mein Atem, mein Herzschlag, Schweiß an den Schläfen. Es gelingt mir nicht, jemanden zu erfinden. Ich hebe mein Becken, ich streife meine eng gewordene Haut von mir, ich lege meinen Mund an das Ohr des lächelnden Toten. So leise wie möglich versuche ich zu atmen, um den Schläfer nicht zu stören. Ich versuche meinen Leib zu durchstoßen wie ein Spinnennetz oder wie eine Wand. In mein Notizbuch schrieb ich, Das Geschlecht ist reine Melancholie, Orgasmen aus Trauer. Als ich einmal die Stimme des Mannes hörte, den ich liebte, fiel mir der Zynismus ein, daß es besser wäre, das Gemüse oder Obst, das ich in Geschäften oder auf dem Markt kaufe, in Liebesgedichte einzuwickeln statt in Todesanzeigen oder Sportnachrichten. Einen Menschen, den ich liebe, kann ich nicht essen. Ich werde meine Gefühle zu ihm essen, bis ich mich vergessen habe; Liebesgedichte werde ich kaufen, um mich von meinen eigenen zu heilen, mein noch schlagendes Herz werde ich einwickeln in die Gedichte und dem Mann geben, wie es sich Flaubert als achtjähriger Junge vorgestellt hatte: er wollte sein Herz in einem Austernkörbchen der Freundin überreichen. Freßt mich, galanos. *Du tötest mich, aber dazu bist du berech-*

tigt. Komm nur und töte mich. Meine Sprachlosigkeit gebäre ich wieder, wenn ich am Telefon versuche, mich verständlich zu machen. Daß ich scheiterte, lag nicht nur am Lärm draußen, an Autos und schreienden Kindern. Ich sage das Gegenteil von dem, was ich sagen will, ich verheddere mich im Wörtergestrüpp. Meine Worte sind noch unerträglicher, als es mein Schweigen je sein wird, Verzeih mir, daß der Gedanke nie an die Oberfläche der Sprache tritt, sondern immer nur Worte. Niemand konnte meine sprachlose oder mit Worten um sich schlagende Liebe ertragen. Meine Worte, mit denen ich mich für meine Existenz entschuldige, sind so angemessen wie die Lateinstunde in einer Discothek. Jedes ausgerissene Auge setze ich wieder ein; blick in meinen Spiegel, und du wirst wieder sehend werden. *Oh, Heimkehr! alles wird vom Kinde eingeschlossen, alles wird ihm Musik,* und meine Arme werden sich wie Ströme breiten, die ringsum von Ebenen eingeschlossen sind. Jetzt werde ich mich an das Kreuz klammern, das ich selber war, Du sollst Vater und Mutter lieben, wenn sie dich lehren, in der gedeuteten Welt zu sein wie sie. Du sollst ihre Liebe kaufen, wenn du sie ihnen nicht stehlen kannst. Du sollst fliehen, wenn dich die Welt ringsum einschließt mir ihrer gelogenen Wirklichkeit.
Ich werde wieder ans Wasser gehen, ich werde versuchen zu erfahren, was es aus mir machen kann. Wahrscheinlich werde ich finden, was es nicht gibt. Oder ich werde das beschreiben, was andere schon vor mir geschrieben haben: den Mann, der, vom Alkohol trunken und vom Rausch des Segelns ergriffen, auf der Rahe reitet und mit dem brausenden Nordwest um die Wette sang, wie es Peter Gording beschrieb. Berauscht, berauscht vom Alkohol und vom harten Segeln, von der wilden Jagd, dem heulenden Sturm, berauscht von der

Weite und Leere des Raums, durch den er flog; er sang dem Sturm entgegen und drohte ihm mit der Faust. Erbarmungslose See; Schiffe tanzen wie Korken. Als ich einmal im Fernsehen einen Film mit einem alten Windjammer sah, habe ich zu heulen begonnen, weil ich eine an einen bestimmten Moment gebundene Melancholie von neuem erblickte. Die Augen der Toten strahlen von Traurigkeit. Die niederbrennende Kerze ist das Bild ihrer Ermattung. Einmal fand ich auf dem Sperrmüll einen alten hölzernen Kerzenhalter. Er wird meinen zweiten Tod niederbrennen.
Gräber werden schöngepflegt, bis sie schöner als die Lebenden sind. Die meisten Gräber sind schön und besagen darum nichts. Als ich einmal an einem Gasthaus vorbeikam, sah ich, daß die daneben stehenden alten Bäume gefällt wurden. Nur ein Ahorn und zwei Kastanienbäume standen noch. Später kam ich wieder an dem Grundstück vorbei; Planierraupen hatten die Erde ringsum aufgerissen, zwei oder drei weiße Baumstümpfe ragten aus der Erde, meines Gedankens Laubigkeit fällend.

Zeit verwest metallisch auf einem Zifferblatt, von den Messern der Zeiger zerschnitten. Manchmal habe ich Angst, wie ein Tier zu sterben; die Verwandlung ist mir immer nur zur Hälfte geglückt. Uhren gehen das Leben aus mir. Ziehe ich eine auf, müßte ich nochmals geboren werden. Die nächste Stunde ist meine letzte Sekunde. Tote Dinge werden länger leben als der, der sie schuf. Lange habe ich die Dinge darum beneidet und sie gehaßt deswegen. Ich besaß einen Spielzeugbauernhof mit Kühen, Pferden, Schweinen, Katzen, Hunden; nur keine Bauern oder Mägde. Später verschenkte ich den Bauernhof, nur meine Lieblingspferde behielt ich. Bis ich sie wegwarf. Aber vorher zerstörte ich sie. Ich beweine und verwünsche das leere Früher, das meine Kindheit war.

Mit meiner Cousine schlief ich zusammen in ihrem Zimmer. Ich war bei einem Onkel zu Besuch. Die Cousine verstand mich nicht. Ich verstand die Cousine nicht. Ich war auf dem Weg, auf der Suche nach einem eigenen Leben, schreibt Peter Weiss, indem er von den Eltern Abschied nimmt und durch seine Worte den Abschied ritualisiert. Auch ich habe mit jedem Wort oder Verschweigen einer Antwort meinen Abschied gelebt. Mein Haß war ein Ritus. Die Nabelschnur trennte. Die Wunde am Bauch trage ich immer noch, wie jeder.

Die Eltern begriffen nicht, warum ihr Kind undankbar war. Zu Weihnachten gierten die kleinen Tierblicke des Kindes nach mehr, aber es wußte nicht, was das war, und so blieb es unzufrieden. Du bist undankbar, du willst immer noch mehr haben, als wir dir geben können, nie bedankst du dich bei uns, du willst immer nur haben. Der rotierende Kreisel, die Puppe, das Reh. Das blaue Kleid, die Mütze, die Handschuhe. *Schreckhaft verwandelte Wirklichkeit:* da lagen die Dinge, um aufgenommen, zerstört und weggeworfen zu werden. In den Dingen war die Liebe der Eltern verborgen wie im Stottern eines Verlegenen sein ungesagter Rest. Und ich stotterte auch, ich war unzufrieden und schaute nach mehr.

Auf Wunsch der Mutter machte der Vater sich oft zu einer strafenden Instanz, hatte das Kind morgens etwas falsch gemacht, hatte es Wäsche aus dem Schrank geworfen, hatte es Milch umgestoßen oder vom Nachtisch genascht, zitterte es dem abendlichen Kommen des Vaters entgegen. Oft erwartete die Mutter den Vater schon an der Tür, Deine Tochter war unartig, sie hat versagt, sie gehorchte mir nicht. Einmal, beim Mittagessen, sagte ich, Ich will nicht essen. – Nun sei kein Böckchen. Und ich erinnerte mich bei den Worten der Mutter an das Bild, das ich im Treppenhaus beim Großvater gesehen hatte, Kinder tanzten Ringelreihen um eine Birke, ein weißes und ein schwarzes Böckchen tanzen auch um den Baum. – Eines von denen, das schwarze, bist du. – Bist du sicher, Das will ich nicht sein. Ich sehe das Böckchen; aber, sieh dort, beim Regal hat es sich versteckt! Und es gelingt mir, mich mit meiner Mutter zu verständigen. Wir wollen beide den garstigen schwarzen Ziegenbock vertreiben. Es war ein Spiel, von dem einiges abhing. Meine Mutter wollte, daß ich esse, ich wollte mir keine Blöße geben. Sie wußte, daß man auch mit dem Stolz eines Kindes behutsam umgehen muß. Oft öffnete sich mir eine Tür, wie von Geisterhand bewegt, und meine Mutter erschien, blind in das geisterhafte Treiben meiner Kindheit starrend. Als die Mutter starb, erkannten wir, daß diese Frau doch eine Bindung verkörpert hatte; die letzte Nötigung zu unserer Zusammengehörigkeit verschwand. Ich sah wieder die leere Wohnung, in der ich aus mythologischem Bewußtsein erwachte, und die sich nun langsam leerte. Ich stand in den Zimmern dieser Wohnung herum, die mir nun wie ein Museum erschien und aus der heraus mir der spätere Umzug unbegreiflich schien, wie ein blind über mich verhängtes Geschick, wogegen ich mich vergebens wehrte; im Kinderzimmer mit der längst leeren Stelle, wo früher einmal das Sofa gestanden hatte, das Lagerfeuer längst ausgestorbener Indianer, Sandbänke, auf denen mein Floß auflief; ich sah den Schreibtisch mit den unordentlich hingeworfenen Sachen darauf, Schulheften, Büchern, die ich nicht mochte, seltsam bemalten Steinen, dem halbfertigen Segelschiff, das nie vom Stapel lief und das kein Pirat entern wird, den Schrank mit Büchern, Strickzeug für den Handarbeitsunterricht, den ich haßte; mit Wäsche, die sich über meiner Stirn türmte; ich blickte aus dem Fenster dieses Kinderzimmers hinaus auf denkbar beiläufige Bäume und Wiesen, die mich aber noch Jahre später in Träumen verfolgten, oder in Alpträumen; ich sehe mich durch den langen Flur gehen, an dessen einer Seite sich die Bücher des Vaters türmten bis zur Decke; sie waren verbotene Lektüre für mich gewesen, aber es blieb irgendwann nicht aus, daß das Verbotene für mich an Reiz gewann; ich blickte aus dem Fenster meiner kleinen Schlafkammer, das ich nur erreichen konnte, wenn ich auf das Kopfende des Bettes stieg; und ich sehe auch das Schlafzimmer der Eltern wieder, das Bild einer indischen Tänzerin oder Göttin aus Bronze hing neben dem Bett der Mutter, darüber das lächelnde archaische Frauenantlitz, über ihr, auf die Unterseite des weißen Buchregals geklebt, das Bild eines griechischen Tempels; wenn die Mutter abends oder später den ganzen Tag im Bett lag, brauchte sie nur die Augen zu öffnen, um diesen Tempel zu sehen und die Hänge des schneebedeckten Olymp zu besteigen. Aber vielleicht sah sie auch Kirke, die die Gesichter selbst abhob von den Menschen, wie Masken, und ihre Tierheit enthüllte, um sie dann in die Gestalt ihrer Wesen zu verwandeln. Oder ich stand im Eßzimmer und hob verstohlen die Muscheln auf, die in einer Vitrine lagen; auf einem Bild hinter ihnen stürmte eine riesige Welle auf sie zu. Alles war nun abgegriffen und wie zum Verschwinden bereit. Die Wohnung glich einer überflüssig gewordenen Lagerhalle, die jemand in überstürzter Flucht verlassen hatte. Ich denke auch an den Garten, den Birnbaum, von dem ich zuletzt noch hörte, daß er unter der Last seiner Früchte zusammengebrochen wäre; niemand hatte die Äste dieses Baumes hochgebunden, die über und über besetzt mit Birnen waren. Süße verbotene Gedankenfrucht; hier schmecke ich meine Kindheit im Fleische. Das Grab, der Tod unter den Rosen, der Nußbaum, die Schaukel, auf der ich Lateinvokabeln und Schlimmeres leierte, ohne es begriffen zu haben. Das Leben reift als Frucht in den Händen des Todes und schmeckt süß nach Wiedergeburt, um verspeist zu werden. Ohne zu begreifen, stehe ich heute noch vor dem verwundeten Boden, der einmal Bäume trug. Aber auch die junge Birke auf dem Friedhof, wo meine Mutter liegt, soll gefällt werden; der Baum war zu groß geworden, die Friedhofsverwaltung schrieb seinem Wachstum eine Grenze vor. In Gedanken erlebe ich heute noch oft diese Hilflosigkeit, die mich täglich vergewaltigte. Oft sah ich diese Hilflosigkeit überdeutlich, dann wieder in der Gedämpftheit einer verschwimmenden Farbe. Später waren die Kleider der Mutter zur Altkleidersammlung gegeben oder einfach auf den Müll, oder sie blieben in irgenwelchen Schränken verschlossen, wo sie irgendwann vergessen wurden, alte Zeitungen verschwanden stapelweise, Blumen gingen unbemerkt ein, Bücher verstaubten, Möbel verschwanden in Kellern, Kommodenfächer wurden ausgeräumt, alles, was einmal eine Bedeutung hatte, lag nun tot. Die Muscheln blieben an ihrem Platz. Stofftiere lauerten aus Kisten. Ich war als Kind schon von der Welt fertig geformt und duldete daher keine Veränderung um mich. Oft steigen auch heute die frühesten Bilder wieder in mir auf, die Blumen unter Wasser, die ich als Kind gesehen hatte, die gläsernen Zellen, mit Spielzeug behängt.

Aber es sind Bilder aus Träumen. Wenn sich die bunten Muscheln, die meine Mutter mir schenkte und die ich in Wasser legte, völlig geöffnet hatten, kamen Papierblumen heraus. Dann erschöpfte sich das Neue; der Überschuß in meiner Seele löste sich nach der Kindheit nicht ein. Wie ein Geist, der stets verneint, war ich in dieses Elternhaus gekommen und ratlos gewesen und habe selber ratlos gemacht. Die Eltern blieben mir fremd, ich wich ihnen aus, nur im Garten fand ich mich zurecht, oder auch anderswo, ich lag auf dem Bauch und sah den Grashalmen und Käfern zu, und mit einer selbstgeschnittenen Gänsefeder zeichnete ich die Träume Schiffbrüchiger auf. Robinsonträume. Sie lauteten immer wie meine.

Und ich war ihr Gefangener. Im Garten floh ich in den Himmel, solange es mir noch gelang, und es wurde zunehmend schwieriger. Das Gras schmeckt trocken. Es schmeckt nach der Hitze des Sommers und nach Metall, nach der Sense, die es einmal schneiden wird. Etwas Erwartungsvolles steigt aus den Gräsern auf, wie aus den Büchern. Während ich einen Wagen ziehe, bin ich ein Pferd, und meine Nüstern atmen die Prärie. Und doch war die Furcht vor dem Lasso, denn meine Freiheit ließ sich in Metern und Stunden messen. Oft reagierte ich nicht, wenn man nach mir rief; nein, das war nicht ich, dieser Name gehört mir nicht, ich höre nicht hin, also gilt er auch nicht mir. Wieder und wieder schlug der Name mit Ohrfeigengewalt auf mich ein, bis ich von ihm brannte, wie von einer Beleidigung, ich mußte erkennen, daß der Name mir galt, er war das Lasso meines Besitzers. Ein Brandeisen, drang der Name in mich ein und brandmarkte mich. Er galt mir. Er war das Urteil, das sie über mich verhängten. Wie ein Gespenst behänge ich mich nachts mit meinem Namen und suche mich damit heim. Plötzlich empfand ich die Deutlichkeit der eigenen Existenz. Manchmal, wenn ich im Bett oder auf dem Sofa lag, konnte ich das Geräusch des eigenen Atems vergessen. Dann hörte ich auch nicht mehr das Hecheln des Rudels, das neben mir herlief, Hast-du-deine-Hausaufgaben-gemacht, Morgen-verprügeln-wir-dich; ich versuchte ihnen zu entkommen, aber sie waren schneller. Da war die geschickt dosierte Niederlage. Auf dem Nachhausweg fiel das Kind hin, schlug sich das Knie auf an den scharfen Steinen. Ein alter Mann hatte es gesehen. Warum mußtest du auch so schnell laufen? Kannst du nicht gehen wie andere? Es geschieht dir recht, daß du gefallen bist, das ist die Strafe.

Ich sammelte Bilder. Es ist dies die Rekonstruktion des Gewesenen. Die größte Nähe der Mutter war ihre Abwesenheit, auch wenn sie leiblich da war. Nur weniges weiß ich über ihre Vergangenheit, ihre Kindheit und Jugend. Ich schreibe meinen Tanten, ihren Schwestern, um etwas über sie zu erfahren. Aus Bruchstücken füge ich mir meine Mutter zusammen, wie sie war oder wie sie hätte sein können. Mit dem Tod meiner Mutter begann der Versuch, mich aus meiner Kindheit zu lösen. Während ich auf der Schulbank hockte, lud ich meine Muskete und sattelte mein Pferd. Ich schreibe meine Aufgabe in Schönschrift ab, Nein, leserlich schreibst du immer noch nicht, du kannst es nicht, du wirst es nie können, Versager, dich nehme ich nicht mit aufs Schiff, und ich male ein untergehendes Wrack, auf dem ich als Kapitän auf dem Achterdeck stehe. Möge meine Seele, die Seele eines Seefahrers, ertrinken, hinabstürzen in Poseidons törichte Tiefe! Jahrtausende vorher hatte ich

gelebt. Ich blättere in Gedichten, die ich einmal geschrieben hatte und vor dem Vater verborgen hielt, manchmal auch nicht. Meine Schrift kann oder will er nicht lesen. Ich ritt selber mit Hyperion über Arkadiens Höhen. Ich blieb in meinem Zimmer und verschloß die Tür. Ich stellte das Radio ab, wenn der Vater kam, er störte die Musik. Verschlossen und erfroren stand ich da, seine Fragen nach den Schulaufgaben unwillig und einsilbig beantwortend.
Und ich sehe Abraham zu, wie er sein Kind opfern wird. Aber die Schriftgelehrten feuern ihn an. Gott fiel ihm nicht in den Arm. Da wurde er zum Ahasver, kehrte die Worte gegen mich, entlarvte die Frucht in der Spreu, suchte Manna, um Galle zu schmecken.
Einmal bestieg ich im Traum ein gewaltiges Spielzeugschiff aus Holz, das man auf einem Spielplatz errichtet hatte. Es gelingt mir nicht, die hölzernen Segel zu setzen, während das Wasser unter uns immer größer wird.
Heute hörte ich im Radio eine Sendung über den Menschen und die Elemente. Jemand erzählte von seinem Winteraufenthalt in Cornwall. Es stürmte seit Stunden, die Fensterscheiben summten, der Atlantik raste mit einem Anlauf von 7200 Kilometern von Amerika aus, und das ohne Hindernis, auf das kleine Haus zu, machte Lärm wie ein abhebendes Flugzeug, und Regen trommelte mit der Kraft von Schlaghämmern auf das Dach. Den Bewohner des kleinen Appartements warf der Sturm fast die Treppe hinunter. Einer Frau gelang es nicht, um die Ecke des Hauses zu biegen, der Sturm warf sie zurück. Es war einer jener Zwölf-Stunden-Stürme, die aber auch eine Woche andauern können. Sternenflüge. Zitternde Scheiben. Der Regen fällt wie Schläge von Sand und Steinen aufs Dach. Der Regen ersetzt hier im Winter den Schnee. Ich singe dem Sturm

entgegen, ich spucke in den Wind, ich rufe das Chaos. Ich lese die Times, in der es heißt, daß Sturm zu erwarten ist oder schon da. In meinem Haus am Meer warte ich auf das Kommen der großen Flut. Einmal wird sie dasein und mich mit sich führen, wie Steine, Sofas, Schränke, Wände und Fenster. Ich lese den Bericht über ein Seeunglück. Es war das Werk weniger Minuten. Der Wasserspiegel stieg, obwohl Ebbe war. Das Wasser schwoll rasch an, umspülte die Holzhäuser an der Mole und trug sie davon. Vom Land erreichten die Reisenden wüste Schreie. Die Erde teilte sich vor ihren Augen, zugleich fielen die Molen zusammen. Trossen zerbrachen krachend. Wirbel von Häusern, Balken und Planken. Schiffe trieben über Stellen hinaus, die sonst Land waren, hohe Wogen lüfteten sie über die Molen hinweg. Im dunkelbraunen Wasserschlund verschwanden Häuser, Möbel und Menschen. Dort, wo vorher Wasser gewesen war, sah man nun das unterseeische Gebirge freigelegt. Untergang im Kopf; die Lebenden liegen den Toten mit ihrem Schreckensgebrüll in den Ohren. Aber zähneknirschend und heulend wird das Überleben weitergehen. Ringsumher zischende Bäume und Wolken.
Das Meer ist aus den Tränen Ertrunkener gemacht. Das Meer ist Bewußtsein. Netze die Lippen, um tiefer zu dürsten. *Lippenlos, blicklos, leer.* Leuchtend, purpurn, wie es die Odyssee beschrieb; bleiern, kalt, umarmend, brennend, die Sonne ertränkend, mit steigendem Atem wie Simsons Brust im Schlaf; lege dein Ohr an des Meeres Brust: es atmet. Einmal war ich die Klippen hinuntergelaufen, um das Meer zu umarmen, seinen Salzgeschmack vergessend. Eine Frau sagte mir, daß sie das Meer erst mit siebzehn Jahren kennengelernt habe, aber schon vorher hatte sie es geliebt, ohne es gekannt zu haben. Es war der verlorengeglaubte Mythos in ihrem

Kopf, den sie liebte und später wiederfand. Drei Wochen lang lebte diese Frau am Meer, auf einer griechischen Insel, bei einer Freundin, die mittellos genug war, um am Meer bleiben zu können, drei Wochen lang haben sich die beiden Frauen die Ilias und die Odyssee vorgelesen. Der Himmel zeigt Farben, die man an keinem Himmel findet, der von mir geschrieben ist, und es fällen mich die Wellen mit ihren Messern aus Schaum. Ich werde meinen Durst nicht mehr über die Lippen bringen. Ich werde ans Wasser fahren und verdurstend ertrinken. Ich mache das Boot los, mit dem ich die Treidler narren werde. Zu spät. Oder zu früh. Freßt mich, galanos. *Immer ist es ein anderer, der da beschreibt. Das, wovon die Rede ist, schweigt.*
Ich habe meine Toten nicht mitnehmen können, um sie zu begraben. Das Wasser nahm sie mir fort. Auf meine Schultern habe ich sie gebunden, ihre Füße warfen Wellen, eine schaumige Wasserwalze rollt auf uns zu, mit dem Atem von Salz uns bestäubend, und wir werden schwimmen mit Flossen, und unsere Lungen werden die Kiemen von Fischen sein. Welcher Meergott kleidete uns in neue Gestade? Wracks kreisen als Heiligenschein um den Kopf der Mutter. Ich schließe die Tür meines Zimmers, um meinen Entsetzensschreien zu lauschen. In den Briefen der Tante versuche ich, dem Entsetzen der Mutter näherzukommen. Die Briefe erzählen von einer Kindheit, die ich nicht kenne. Sie schreiben nichts vom Grabstein über der Urne. Während der Arbeit an diesem Manuskript fällt mir wieder ein, daß meine Mutter lange Zeit eine Doppelgängerin hatte. Aber auch Doppelgänger sind nur zur Hälfte wahr und zur Hälfte ausgedacht. Sie können die Sprache anderer nicht vollenden. Nach dem Tod der Mutter habe ich die Schwester von ihr einmal am Telefon ge-

hört, aber es war zugleich die Stimme der Mutter. Sehe ich das Gesicht der Schwester meiner Mutter, und ich habe es seit dem Tod der Mutter nur einmal gesehen, habe ich den Wunsch, in den Spiegel zu schlagen. Eingekerkert zwischen den trüben Stimmen des Blutes und den Besuchern beim Leichenschmaus, sehe ich den Toten zu, wie sie sich von der Muttermilch nähren und zu Staub zerfallen. An jeder meiner Fingerspitzen hing ein Tropfen Blut, so lief ich auf das Haus zu, um mich unterm Sofa zu verbergen.

Aber ich kann nicht mehr sehnsüchtig auf die andere Seite des Ufers blicken, die Insel ist abgetragen, den Fluß hat ein Staudamm gebändigt; die Wildnis ist kahl von Häusern. Ich werde die Reiher beneiden, die fortfliegen und nicht wiederkehren werden. Und ich begrabe die Toten in einem Sarg aus Papier.

Und während meine Angst vor den Toten wächst, weiß ich auch, daß Gewalt hinterm Mund beginnt. Man kann es sehen. Ein Mund ist ein Schauspiel. Der Mensch ist eine Vergewaltigung. Kannibale, der Menschenliebe frißt. Ich feiere ein Kannibalenfest, um zu überleben. Zur Liebe gehört die Axt und das Verrecken vor Hunger. Wer aber nicht zur Axt greift und auch nicht verhungert, hat die Möglichkeit, den Verstand zu verlieren. Meinen Frieden habe ich, auch wenn er höllisch ist. Die Leute denken sich Namen für mich aus, durch die ich ein Leben lang erkennbar sein werde. Am Namen werden sie mich erkennen. Man ruft mich. Es ist laut und gewaltsam. Die Zinnsoldatenzeit zählt nicht. Ich wäre manchmal gern ein Zinnsoldat, wenn ich auch kein standhafter sein werde. Einmal las ich eine Geschichte über ein autistisches Kind, Es ist ja wie eine Elfe, sagte jemand bewundernd zu seiner Mutter. Damit war Lob gemeint. Aber Elfen altern nicht. Sie nehmen menschliches Leid nicht an. Das Gesicht des Kindes blieb jung, unbeschrieben, während es selbst unbemerkt älter wurde. Es war unberührbar. Als man es erzog, bekehrte man es zum Leid. Die menschliche Welt ist eine Störung im Traum vom Ich. Das Kind war mit zwei Jahren – genauso alt wie ich – ans Meer gekommen, war blind geradeaus gelaufen, vorbei an Eimern und Sandburgen, von denen Kinder brüllten, an fremden Leuten vorbei, immer am Wasser entlang, um schließlich als schweigender Punkt am Horizont zu verschwinden, wenn es die Mutter nicht eingeholt und zurückgehalten hätte. Später sagte ein einsamer Mann, ein Heruntergekommener, ein Wegelagerer, Dieses Kind macht mich glücklich, es hat seine eigene Welt, es versteht sich aufs Schweigen.

Man hat mir die Normalität zum Fraß vorgeworfen. Ich stand am Wasser, ich nahm den Speer auf. Aber ich verschmähte den Fisch als Mittagessen, weil ich den Wal fangen wollte. Er war eine mythische Speise. Ich habe mich der Sprache verweigert, ich habe sie nicht lernen wollen. Doch was ich sehe, sehe ich mit den Augen der Sprache. Ich sehe, um zu sprechen, um mir den Anblick gefügig zu machen. Jemand sagte, Wenn man zu sich kommt, wenn man sich des Lebens inne wird, wenn man sein Ich entdeckt, dann ist man schon an Deck des Schiffes, das einen trägt. Man befindet sich in voller Fahrt. Man betritt das Schiff nicht, man ist schon darauf. Man weiß nicht, wie man hierherkam. Es gibt keine Möglichkeit, an seinen eigenen Anfang zu gelangen. Darum ist das Labyrinth ein mythisches Daseinssymbol. Irgendwo zwischen Anfang und Ende, zwischen Nichts und Unendlich, sucht man, aber es gibt keine Möglichkeit, die Ursache oder die Folge von Dasein zu überschauen.

Oft werde ich genannt, wie ich nicht heiße. Mein Name macht mich zum Irrtum. Ich bin der Irrtum meines Namens. Ich bin verwirrt von dem, was deutlich nicht passiert und nach nichts aussieht. Mein Name war ein Angebot, das ich nicht wünschte und doch bekam. Mein Name hat mich gefügig gemacht, ohne mich anzupassen. Ich war eine erfundene Jägerin. Oder die ›Rahel‹ gab mich auf. Als ich geboren wurde, war es Winter. Es war ein kalter und ungewöhnlich harter Winter. Am Tage meiner Geburt öffnete sich in Cornwall das Meer und spaltete die Erde, so daß man in ihr Inneres sehen konnte, Planken brachen, Trossen rissen, Boote verschwanden im braunen Strudel der See, Schiffe wurden an Land gehoben und abgesetzt. Aber ich war als Neugeborenes so schwach und anfällig, daß mich mein Vater mit zur See nahm, und das barbarische und haiische Meer gebar mich neu; eine Ziege als Amme zog mich auf. Die Kraft der Natur war spurlos an mir vorübergegangen und hatte in meiner Mutter eine Verwüstung hinterlassen. *Aber die ambrosische Nacht kam; und wir lagerten uns am rauschenden Ufer des Meeres.* Zuletzt wird der Tod aus dem Wasser steigen und mich hinnehmen. Delphine springen in meinen Schlaf. Eines Traums sah ich zu, wie man eine ganze alte Hafenstadt abriß und zerstörte, um neue Häuser und Kräne zu bauen. Das Wasser, braun und brackig, verschwand vor meinen tränenden Augen, während ich darin watete, in der ständigen Angst, verletzt zu werden, denn im Wasser trieben allerlei Gegenstände, die mich verwunden könnten. Durch die Erfahrung eines früheren Traums war ich vorgewarnt. Der Hafen war nur noch eine Baustelle, einmal wird aus ihr die Silhouette eines anderen Manhattan oder New York entstehen. Du mußt jetzt wach werden, sofort, du erlebst sonst eine neue Zeit, und du entkommst ihr nicht. Aber ich versank nur tiefer in Schlaf. Ich sah, wie ein Hafen in wenigen Minuten verschwand und wieder errichtet wurde, um Jahrhunderte verjüngt. Aber für mich war die Jugend die andere Seite des Todes. Ich begriff sie nicht. Für einen Seefahrerfilm hatte man die irische Hafenstadt Youghal umgebaut, bis sie dem New Bedford von 1840 glich. In meinem Traum baute man das neue Jahrhundert wieder auf, bis New Bedford nur noch Fiktion war. Das Abenteuer, ein Streifen belichteten Films. Ich werde mich an die Worte in den Büchern halten, sie sind unwiderlegbar und verspotten die metallene Fäulnis der Uhr, das knisternde Brennen von Kalendern, die ungelesen von den Wänden fallen, während ich mit rascherem Atem dem Tod entgegenschlafe. Einbildung wird jedes Bild. Asche und Fäulnis als gereifte Frucht im Munde, werde ich Charon belagern. Die Schwermut ist das Glück des Intellekts: lügen lächeln hehlen, während die Stirn erkaltet. Lang genug hast du die Wüste gerufen. *Weh dem, der Wüsten birgt.*

Ich sehe, wie eine Stadt zerfällt. Es gibt keine Stadt, nur noch Holz, Eisen, Stahl, Beton. Die alten Kneipen und Spelunken verschwinden. Ich gehe durch zerfallene, zur Hälfte abgerissene Häuser, plötzlich endet der Flur, durch den ich mich im Dunkeln tastete, und ich stehe am Wasser, Unrat suppt an der Mole herum, faulende Orangenschalen, Autoreifen, Möbelstücke, Zaunlatten, Papier. Mit vier oder fünf Kameraden war ich gekommen, um auf einem Schiff anzuheuern. Im Hafenbecken jagen wir unterm Jubel des Regisseurs einen Wal aus Gummi, der durch eine Kurbel bewegt wird. Der Mechanismus des auftauchenden Wals versagt, an den Wal gebunden, schreie und schreie ich um Hilfe, während das Tau, das uns mit dem Boot verbindet, bricht, und wir treiben hinaus in die Irische See, vom Nebel verschluckt. Mein Leben, ein närrisches Kostüm. Ich spüre mich sterben. Der Mythos, der mich scheitern lehrte, stirbt mit mir. Werde jetzt wach und verrecke. Delphine fangen den Bissen im Sprung. Jemand schnürt den Sack zu, in dem ich stecke. Spurlose Zeichen schrieb ich ins Wasser. Kühl beschlägt der Nebel meine Wangen. Drei Hände voll Wasser warf man mir in die lichtsüchtigen Augen. Täglich vollzog ich als Flaschenpost meinen Untergang. Ich lege mich in die Kissen zurück, wie man es in den Träumen tut, die mit einem Sturz enden.

Mein Atem, vom Ruderschlag der Stunden gewendet, öffnet das Zwielicht hinter der Jalousie: Grüne Uhren verlieren ihr Laub. Ich denke an die Mutter. Meine Herren: Ich bin der Zinnsoldat, aber nicht standhaft! Die Tiefe verschleiert der Nebel. In meiner Kindheit träumte ich oft von Bäumen, deren grüne Wurzelarme meinen Leib umschlangen.
Dachte die Mutter manchmal an das blaue Wasser, das für das Kind so hart war? Heute sah ich dem Regen zu; als ich in der Stadt mit einer Einkaufstasche aus dem Geschäft trat, hatte es überraschend zu regnen begonnen. Spritzende, fontänensprühende Rinnsale strömten die Bürgersteige entlang. Jeder einzelne der in rascher Folge fallenden Tropfen sah aus wie eine winzige Wasserhose, die Wirbel und Kreise um sich zog und den Rinnstein zur sturmerprobten Mole machte. In meiner Kindheit hatte ich keine anderen Träume als die von Sturm; so sah ich dem Regen zu, während ich naß wurde. Einmal träumte ich von den Ertrunkenen in meinen Augen. Das Meer schmeckt salzig von den Tränen Gescheiterter. Ein blaues Taschentuch verwischt ihnen die Blicke.

Ernsthaft biete ich meine Stirn dem Spiegel dar. Die Eltern freuen sich über das selbstversunkene Kind im Garten; es ging in der Regentonne nicht unter. Das blaue Löschblatt im Schulheft machte mich durstig. Ich hätte gern lächeln gelernt, um andere weinen zu machen. Eine Sternschnuppe brachte mich zu Fall. Ich wurde nicht unter einem Seestern geboren.
Mein Leben wird Literatur, bis ich als ein Bündel Papier im Buchstabenchaos sterben werde. Ich bin das Kind, das den Wal bei Tisch ißt, weil es den Fisch verschmäht. Und ich fiel unter Piraten: Inseln und Kompaß verschwanden. Später die Apokalypse. Aber ich wanderte mit Hiob über verbotenes Terrain. Wir sind aneinander gebunden. Gemeinsam sangen wir ein Lied, als uns Sklavenhändler fingen. Im Bett liegend, entdecke ich noch einmal die apokalyptische Landschaft, nicht Berg noch Tal, noch Fluß kann ich entkommen, bis mich das Laken brennt. Aber der Tropfen; aber der Sand im Getriebe; aber das Schluchzen zwischen zwei bitteren Momenten, in denen man auch zum Aufatmen nicht Zeit hat. Der Tränentropfen im Ozean stört das Gefüge, das man als Bitternis ißt und von fernher an sich rief. Einmal, als ich noch Seemann war, rief ich den Sturm an den Küsten herbei mit den Worten des Odysseus. Ein lieblicher Maiwind kam. Aus kurzer Distanz blicken mein Spiegelbild und ich einander an. Asche bedeckt uns morgens. Mit der Geduld eines Fakirs knüpfe ich mir den Henkersknoten aus meinem Haar. Wer wird kommen und mich begraben? Es wird Zeit, den Strand zu verlassen und Jäger zu werden, gierig und flüchtig. Des Meeres Leibhaftigkeit hole ich keuchend, ich schließe das Netz. Nur die Liebenden im Boot werden sanfter. Der verschwiegene Tod unter den Planken ihres Bootes atmet als Seele der See.

Die Väter haben mich scheitern gelehrt; sie trugen die Festungen ab, bis ich meine Bedroher bedrohte. Ich verblute an meiner Verbrüderung. Ich hänge mein Fähnlein in den Wind, mein Fell an die Wand. Zu viele Krieger schmückte ich mit meinem Skalp – gern wäre ich als Leiche erkaltet, über meine Leiche gegangen. Ich schlug die Hand von Gesicht zu Gesicht. Wie ihr entkommen? Mit Leichtigkeit beschwere ich die Gedanken der Toten. Ich kenne die Welt besser als sie, die mit ihrem Rest die Lebenden nähren. Ich biete die Stirn dem Spiegel, aus dessen Fläche ein Kranich verschwindet. Wieder und wieder kehre ich an den Ort meiner Niederlage zurück, reiße ich das verwitterte Namensschild eines Bootes aus dem Boden, wo es halbverborgen lag, lese ich meinen Namen und schaffe ihn mir neu; nach den Tränen Ertrunkener schmeckt mir der Sand. Ich schreie, Lehre mich scheitern, bis der Boden unter mir versinkt. Im Untergang war ich mir selbst genug. Die Glaskugel, in der ich so lange lebte, zerbricht bei meinem Anhauch. Bin ich die Aufgabe, das Unantastbare zu berühren? Seit ich weiß, daß ich das Kind in der Glaskugel bin, lebe ich nicht mehr sicher. Meine Haut ist dünner als die Wand vom Gefäß; eine Hautritzung genügt, um mich zu gefährden. Ich nehme vor meinen Prüfern Aufstellung; sie gefährden mich, sie messen mich mit ihrem Maß. Was werde ich sagen? Wie schneide ich ab? Ich starre sie stürzend aus der Vogelperspektive an. Während sie blutige Hostien aus meinem Munde entgegennehmen, werde ich ihnen den Tod wünschen, und mit dem Schrei einer Möwe falle ich tiefer in meinen Alptraum. Mit Log und Leine beschwere ich meine Gedanken. Ich begebe mich in die Wirklichkeit, um den Mythos zu ertragen, der Wirklichkeit ist. Meine Liebe war eine uneinnehmbare Festung. Lippenlos,

blicklos und leer erschien sie den Tauben und Blinden. Bis zuletzt werden sie an den Wassern stehen, speiend Ratlosigkeit und Fremde wider die Wellen. Schreib oder ertränk das Blut der Menschen.
Aber von mir will ich nicht reden. Von neuem fällt meine Mutter der Hunger nach Leben an. Ich stehe mit der Mutter auf einer Wiese. Der Regen hat uns überrascht, schlägt der Mutter die Blicke nieder. Es geschieht etwas, ich weiß nicht, ob es wiedergutzumachen ist; soll ich schweigen oder reden, die vielen verlorengegangenen oder verschwendeten Worte werde ich einmal aufklauben müssen zur Beruhigung der Toten, die unter der Erde warten.
Auf meinem Schreibtisch liegt das Bild der Mutter. Auf jedem Bild gleicht sie einem anderen Tod. Manchmal liegt das Bild auf dem Schreibtisch, manchmal im Regal, zwischen Büchern, oder in einem Korb, in dem sich Notizen, Werbezettel, Briefentwürfe, Tierkarten, zwischen Baumfotografien, die ich selber machte, stapeln. Ich versuche die Mutter aus dem Blick zu bekommen, um sie den Sinnen näherzubringen. Während ich älter werde, altert auch sie unbemerkt. Ich zähle die Haare auf ihrem Kopf, ich stürze hinaus, ich rufe ihren Namen. Unbekannt ist mir ihr Wesen aus fließendem Grund. Der Strick, den ich mir aus meinem Haar drehe, hält mich in der eisigen Luft. Vorbei an Brombeer- und Holunderbüschen folge ich der davoneilenden Mutter, ihr Haar weht im Wind. Vorbei an den Worten von Vater und Mutter lernte ich schweigen, um meiner abgewürgten Sprache wieder zu Worten zu verhelfen.
Die Tochter fuhr niemals zur See. Sie hat zu viele Geschichten gelesen. Doch, einmal, nachts, fuhr sie auf einem Krabbenkutter hinaus. Und sie sah den Tod eines Seglers daliegen im Glanz der touristischen Attraktion.

Ich hole mich, ich hole meine Kindheit aus einer Urne. Eine Nacht lang kämpfte die Mutter mit dem Tod, nachdem sie zwei Jahre lang gekämpft hatte. Erfolgreich oder ohne Erfolg? Ich folge ihr bis auf den aschenen Grund.
Am Grab sieht man, wie wichtig die Lebenden die Toten nehmen. Ich habe das Grab der Mutter selten und ungern besucht. Immer richtete die Mutter dieselben Fragen an mich, und ich beantwortete ihr die Fragen noch einmal, die ich schon beantwortet hatte. Gräber langweilen mich. Einmal kam ich an einem besonders kleinen Grab vorbei. Es war das Grab eines Kindes. Sein Grab stand in der Nähe einer jungen Birke. Aber das war nicht auf dem Friedhof, wo die Mutter liegt, sondern an einem anderen Ort. Der Tod reduzierte ihn zu einem Rasenstück mit schlecht erhaltenen Blumen im Kübel und ein paar Bäumen.

Sehe ich einen Totengräber, aber das ist sehr unwahrscheinlich, muß ich an das Kühlhaus denken, in dem die Mutter lag. Eine blaue Clematis in ihrer Hand. Gräber sind oft Gärten. Aber die Clematis hatten wir aus unserem Garten gepflückt, die blaue Blüte wäre vom offenen Fenster des Gartenhäuschens aus gut sichtbar gewesen, die Pflanze fing bereits an, über das Fenster hinaus in die Höhe zu wachsen, irgenwann würde sie das Dach erreicht haben.
Alles, was mich an meine Kindheit erinnert, ängstigt. Letzte Nacht hatte ich wieder einen Verfolgungstraum, der früher Leitmotiv meines Schlafes war. Aber statt daß mich der Vater verfolgte, hatte er diesmal einen Freund geschickt. Ich erschlug ihn mit der Faust oder einem Stein. Die Angst vor seinem Erwachen blieb. Wenn ich erwache, wird er zuschlagen.

Wer wird mich hetzen, wenn in einem Traum der Vater stirbt? Nehmt das Totenkleid aus dem Traum des Vaters, er wird ewig leben, und ich werde nicht schlafen können. Ich verlor mein Spielzeug, der Vater bedroht mich, er wird es verkaufen, ich habe wieder versagt, ich werde für mein Versagen bestraft. Aber es gab auch schlimmere Träume. Ich ging immer wieder über einen Bahndamm, obwohl ich wußte, daß jeden Moment ein Zug kommen könnte. Die Schranken senkten sich nieder. Spuckend, stampfend und fauchend kam eine Lokomotive, eilte weiter. Für diesmal war ich entronnen. Oder ich starb im Traum. Ich wohnte meinem Tod bei. Ich wankte aus der Totengruft meines Bettes, überstand oder überstand nicht den Tag. Dann starb ich weiter. Es gab Momente, in denen ich mir sagte, Du mußt jetzt unbedingt wach werden, jeder Atemzug, jede Sekunde entscheidet über dein Leben, aber dieses Rechtzeitig war immer zu spät. Ich höre mein Knistern im Bett. Ich weiß, daß auch die Toten hörbar sind. In Träumen sprechen sie.

Ich möchte auf keinen Lebenden neidisch sein. Neidisch bin ich auf ein Pferd, das die Nüstern witternd weitet, im Geruch der Prärie. Aber ich sah auch, wie Pferde getötet werden. Eine Zeitlang wurden in Amerika Mustangs gefangen, man holte sie mit dem Wagen ein, warf ihnen ein Lasso über, das mit einem Autoreifen beschwert war, bis das Pferd vom Laufen erschöpft zusammenbrach. Hunde aßen sein Fleisch. Ich sah einen Film mit einer Frau; die Pferde taten ihr leid, sie überredete heimlich ihren Freund, einen der Fänger, die Tiere zu befreien. Manchmal glaube ich den Herzschlag der gefangenen und zusammengebrochenen Tiere zu spüren, dann presse ich die Hände gegen die Schläfen, um nicht ihren Tod hören zu müssen. Mir wird allmählich klar, daß alles möglich ist, weil man mich nicht kennt. Heimlich bin ich noch ein Insekt. Noch habe ich eine Freundin, die eine Tempeltänzerin oder ein Kranich werden könnte. Er wird mir aus seinen Brustfedern kostbare Decken weben, die ich auf dem Markt verkaufe, bis ich endgültig versage. So schön das Märchen war, so grausam wird es jetzt, da ich von einer Toten spreche, die auch als Verwandelte nicht wiederkam. Oder sie war gekommen, und ich erkannte sie nicht. Es könnte ja jeder Käfer, jede Blume auf ihrem Grab Substanz von ihr sein. Vater, du nanntest mich Insekt. Ungewollt gabst du damit etwas von der Bruderschaft aller Wesen preis. Natürlich, mich nährte ja die Mutter mit ihrem Blut, nun wird sie mich mit ihrer Asche nähren. Aber das hast du vereitelt. Durch die Wand der Urne kann auch der Maulwurf nicht durch. Er hält keine Ernte im leeren Gehäuse des Kopfes. Die Erde setzt ihm die Erntedankkrone nicht auf. Meine Kindheit schmeckt nach abgestandenem Blut. Bilder, an den Rändern zerfetzt; ich habe sie liegen unter dem Nebel der Schreibtischlampe. Ich schwimme fort, gegen die Strömung an. Schön wäre es, wenn zwischen der Wüste ein Streifen Wassers läge. Das Märchen wird grausam, wenn ich es mit der Hilfe eines Spiegels zu lesen beginne. Grausam wird das Märchen sein, wenn eine Hexe kommt und am wachsenden Umfang meines Fingers liest, wann ich reif und bereit für ihre Ernte bin. Noch habe ich eine Mutter, die die Muschelfee sein könnte. Mit einer der Nadeln, die ihr glänzendes schwarzes Haar zusammenhalten, zeichnet sie mir den Grundriß eines Palastes auf mein Papier, schreibt sie mir ein Wort hin, daß ich nicht lesen kann. Fortfliegend stelle ich mir die Bewohnbarkeit ihres Palastes vor. Fortfliegend sehe ich zugleich die Stadt, den Garten, in dem ich lebte, kleiner werden, bevor ihn eine

Planierraupe zerreißt. Die Brombeerhecken auf der Dönche gibt es wohl ohnehin nicht mehr. Der wilde Fasan ist verscheucht oder erschossen. Das Kitz, das wir in einer Pfütze fanden, ist verschwunden. Vielleicht ist es überfahren worden. Eine Hexe hält prüfend meine Hand ins Licht. Die Eltern vermeiden es ebenso wie das Kind, in die Zukunft zu schauen. Die leere Festung erobern sie nicht. Die toten Bilder sind ein Film, von einem unbekannten Regisseur in Bewegung gesetzt. Aber er bleibt mit der Wirklichkeit, mit dem, was ich weiß, unvereinbar. Ich rette mich in das, was mich zerstört. Aber schon als Kind verweigerte ich mich der Sprache.

Leichen werden mit Erntedankkronen zur Ausfahrt geschmückt. Noch habe ich eine Hetty, die mich zurückhalten könnte, Jäger und Fänger zu sein, gierend und flüchtig wie Beute. Die Ernte wird in die Erde gebracht. Erde zu Erde. Man dankt und bittet um weiteren Tod. Sterben, was sonst. Sterben oder Schreiben, was willst du. Man läßt mich das Los ziehen. Jedes wird das kürzere sein. So grausam das Märchen ist, so schön wird es sein, wenn ich ihm nicht mehr zu glauben brauche, wenn das Kind nachts aus dem Schlaf schreckt und seine Fühler suchend zittern und es nach Insektenart auf die glatte Scheibe des Fensters prallt, auf der Suche nach einer Sonne, die es nicht schmerzt.

Kirschen! Kirschen! Kirschen! Oh, Flask, nur eine einzige rote Kirsche, ehe wir sterben!

Kirschen? Ich wünschte, wir wären da, wo sie wachsen. Ach, Stubb, hoffentlich hat meine arme Mutter sich schon meinen Anteil geholt; sie wird sonst kaum ein paar rote Heller kriegen, denn die Reise ist aus.

Mit einer Kirsche im Munde überrede ich den Fährmann zum Tod. Er schmeckt wie die reifende Frucht zwischen den Zähnen. Mit der Frucht im Munde habe ich freie Überfahrt, lustvollgesogener Tod meines Leibes. Schön wird das Märchen sein, wenn man mir das Sargkanu zimmert, aus Festlandholz wird es sein, über und über mit unlesbaren Zeichen bemalt, so werde ich zu den Sternen-Archipelen treiben, während mich des Ozeans unsichtbarer Flutstrom höher und höher emporträgt. Die Ringe im Wasser, die das Kanu wirft, werden kreisend wachsen, während sie verebben. Wenn ich je die Antillen erreiche, erzähle ich, daß ich ein Ausreißer war und feige, feige, feige. Ich erzähle, daß ich ein Aussteiger und ein Fremdling war. Niemand wird kommen und ein Tamburin zum Totenmarsch schwingen, denn ich habe einmal gezittert am ganzen Leibe, und der Sarg wird keine Rettungsboje sein. Ich weiße meine Gebeine. Und ich kreise um den verglühenden Mond, ein rostiger Gesang. Alle Gesetze, nach denen ich leben mußte, kehre ich um. Schön ist das Märchen, wenn seine Schleier sinken und den Blick freigeben, auf einen Tod, der die Blutsbrüder verbindet. Der Kuß, den ich erhielt, vertrocknete mein Blut. Wir fallen übereinander her. Langsam verschwindet mein Gesicht, das deinem nicht unähnlich ist, aus deinen Augen. Sie werden anderes sehen. Immer noch trug ich den Totengeschmack mit mir herum, als ich am Wasser stand und Ausschau hielt nach etwas, das ich dem Vater verschwieg. Wir sind beide keine Jäger gewesen. Was ich weiß, lehrte mich Beute sein. Aber wir wären bessere Jäger gewesen, als wir es als Dichter je waren, schleudernd Hammer und Amboß wider den steinigen Wind; mit Ankertrossen bewehrt, hätten wir den scheuenden Sternencetus bestiegen; eine Lanze hätten wir ihm als Trense ins Weltenmaul gesteckt, die Sonne hätten wir vom Himmel geschossen und die erkalteten Monde gestürzt. Vierzig

Jahre hätten wir in der Gefangenschaft gelebt, weitab von ihren Wärtern. Und wir segelten nach gegißtem Besteck. Was Sonne und Quadrant? Die Mischung von Traum und Schrecknis klären wir, bis das Schreckliche zum Alptraum wird. Wir bekommen die Galle zu schmecken. *Wir werden uns die Sternbilder selber heraufrufen müssen, singen das Irische Lied. Nimm mich mit nach Cornwall, Kind, auch ich bin ein Tristan und zu Tode verwundet. In die keltischen Brunnen werden wir schauen, bis unsere Schatten in dunkler Tiefe erscheinen. Vielleicht finden wir einen Druiden, der uns die Loose wirft. Wirf mir das Loos, sors–Werferin!* Mit nichts als einer Steilküste vor Augen und den Niederungen der Metaphern hinter uns, sehen wir uns zu. Der Vater schultert den Sack. Ich schnüre ihn zu.
Einmal besuchte ich eine Leichenhalle, aber die, die ich suchte, waren nicht da, und man jagte mich fort. Prüfend sah man mich an. Die toten Brüder und Geliebten, wie sehr liebte ich sie, weil sie gescheitert und tot waren. Der Tod erotisierte mich. Die den Helden gleichen wollten, Vater, verachtetest du, weil du sie nicht fürchten wolltest. Aber sie rennen die Tür meines Zimmers ein, und ich bitte um Einlaß in ihre Geschichten, in denen ich mich auszukennen meinte.

Schreie Vögel Schreie. Möwen folgen meiner Spur im spurlosen Wasser. Delphine springen. Die Wasserzeichen führte ich hinters Licht. Es wird nicht nötig sein, Totenhemden zu küssen. Mein Geburtsschrei kleidete mich in Asche.
Farewell until we meet again
down by the limpid waters,
I'll beg farewell to Dublin ...

Bettelnd in meinem Totenhemd gehe ich von Haus zu Haus. Das Leben beginnt nach dem Tod.
I've gone away to leave you,
the friends and all the girls, too,
till I return to see you.
Nein, du darfst nicht von uns gehen, du gehörst den Lebenden, du gehörst der Welt, bewähre dich hier. Der Prüfstand deiner Worte ist der Prüfstand dessen, was du verschwiegen hast, rede!
Farewell, o Dublin town,
the city of our fathers,
where friend and fool had gathered.
Ich habe mit der Furcht spielen gelernt, um nicht furchtsam zu sein. Ich beziehe Position in den Worten der Angst. Skalpjäger. Kannibale, der Menschenliebe frißt.
I've heard about your heroes
in the classroom as a boy,
...
I've gone away to leave you,
the boys and all the girls, too,
Wieder gehe ich mit meiner Schreibmaschine hausieren, um mir Worte zu kaufen. Im Sand laufend, fand ich neben meinen Fußabdrücken das Gerippe eines Fisches.
I heard about your heroes
in the classroom as a boy.
Einmal werden alle Reisenden die Totenmasken von Meerestieren tragen. Ihre Gedanken springen nicht länger himmelwärts. Jammernd schrumpfe ich zu einem Sandkorn, um mich von der kommenden Flut forttreiben zu lassen. In den Wellen geht meine Sprache unter, schwimmt das Papier, zu einem Boot gefaltet, davon. Das Buchstabensegel geht in Fetzen. Hurra, Soldaten der Wasserangst! Im blauen Atem des Wassers ver-

schwimmt mein Gesang. Und ich höre Odysseus zu. Ich höre, wie ich langsam ertaube. Man weckt die mit dem Tod geschmückten Jäger. Das ewige Wasser wird seine Festungen öffnen. Trinkt meine Liebe zum Mythos, trinkt meine Welt hinter der Stirn! Ich schlafe unterm Segel. Der Wind schläft wachend und sanft. Odysseus, ich gehe fort. Du lebst bei denen, die noch nicht geboren sind. Mit Schiffen wirst du Orte verlassen. Sie sind der in Aktivität gehobene Mythos. Aber auch der Fliegende Holländer war schon vor seiner Vertonung unterwegs. Gehe ich spazieren, sehe ich mich wieder auf einem Schiff, das durch Laub und Bäume fährt. In den leeren Augen der Mythen suche ich umsonst nach einem Widerschein meiner selbst. Rausch und Schreckensbild zugleich sind ihre Worte, sie sprachen mich nicht frei, ihre Fürsprache lieferte mich aus, vernichtet bin ich und neuerschaffen.
Täglich jagte ich göttliches Wild. Ich bin über das Blau gefallen, hineingefallen ertrunken und mit einem blauen Auge davongekommen. Tag für Tag zog ich aus, um an meiner Beute das Fürchten zu lernen.
Ich habe nie einen eigenen Drachen besessen. Im September, oder auch später, wenn der Wind gut war und fallendes Laub unsichtbare Treppen steigen ließ, gingen wir feldwärts, und ich mußte laufen, während der Vater die Schnur abwickelte. Immer wieder fiel der Drachen hin, obwohl eben noch Wind war. Sei nicht so blöd. Wirf ihn rauf. Der Drachen zuckt in meiner Hand, steigt, fällt, steigt, verwirrt sich zwischen den hohen Ästen eines Baums. Die Bilder des Steigens habe ich mir von griesgrämigen Montgolfiers erpreßt, oder von Ikaros, während Schnüre meine Finger zerschneiden; geschwänzte Rauten stehen aufrecht am Himmel, heruntergerissen, stürzen sie knirschend und reißend

zu Boden. Aber ich bin ein Pferd, ich gebe dem Vater Fersengeld, bevor die Prärie unter meinen Füßen verbrennt. Blattwerk Sisyphos; Laub kommt und geht, während keiner den Drachen herunterholt. Seht, ich fliege, ich fliege; höher und höher gelingt mir der Tod. Durch das Geviert einer Sommerlandschaft gehend, überlegte ich mir, daß die Wirklichkeit eines Erwachsenen dem Mythos seiner Kindheit entspricht. Nein, du darfst nicht mit den Helden gehen; du gehörst uns. Das einbalsamierte Märchenbuch deiner Kindheit werden wir verbrennen. Die Welt reduzierte sich zu einem Satz.

Der Tod der Helden verband uns. Fremdling, dein Name ist Niemand. Nirgendwoher kommst du, nirgendwohin gehst du. Betrunken spiele ich den Tod Ahabs nach. Die Leine, an der ich hänge, kommt unklar. Zappelnd hänge ich in der Luft, das Seil dreht mich, dreht mich zurück, bis ich vor den eigenen blutunterlaufenen Augen zu stehen komme. Ich falle zwischen den Beinen der Trauernden hindurch auf den Boden. Einmal fand ich eine schwarze tote Fliege, die an einem Haar klebte. Aber es ist nicht ein seidener Faden, der über Sein und Nichtsein bestimmt, sondern ein Strick. An einem Strick kam er zur Welt, an einem Strick verschwindet er. In einem Kanu wird der Sarg der Mutter zu den Wellen geführt. Aber das Schiff ist die Kirche, in der die Seelen gefischt werden. Es ist nicht sicher, ob es wirklich die Mutter ist, die in dem Sarg liegt. Ein Totengräber frißt ihre Clematisblüte. Ein junger Soldat schreibt seinem Vater, daß er Gott nicht erkenne und nicht mehr wisse, wer er sei, trotzdem liebe er ihn.
Jemand übersetzt das Wort Schizophasie mit Wortsalat. Meine Nahrung und meine größten Feinde sind meine eigenen Sätze, fleischfressende Pflanzen sind sie. Ich

streiche mich durch ich korrigiere mich ich schreibe mich neu ich schreibe mich um. Woher soll ich den Mut nehmen, ein Leben lang gegen mich zu kämpfen. Aber ich schreibe nicht gern. Es ist mein Unglück, zu wissen, daß auch die Worte widerlegbar sind, daß auch an mir der Kelch nicht vorübergehen wird. Durch die geöffnete Tür tritt Niemand ein. Ich sehe mir zu. Das Grußwort verhallt im Ohr des Gestorbenen. Einmal wird alles enden. Ich schreibe nicht für das, was schließlich auf dem Papier steht. Die Träume dazwischen sind unberechenbar. *Aber man kann nicht aufwachen ohne eine Ahnung von der wirklichen Welt.* Ich kann mir vorstellen, was besser wäre; es scheiterte am Schlaf. Es ist schwer, zu erwachen. Es ist zu spät, dem Traum noch einmal zu glauben.

Und ich besuchte einen Mann, ihm die Hand schütteln ist, als gäbe ich ihm Eintrittsgeld. Ich weiß, daß auch Geschenke etwas kosten. Schließ die Tür, sagte er, und ich ging, um die Tür zu schließen. Und während wir uns anblicken oder mit leerem Blick durch uns hindurchsehen, knie ich nieder, streife ich sein Hemd hoch, löse ich den Gürtel seiner Hose, ziehe ihm die Unterhose herunter, lege ich mein Gesicht an sein Geschlecht und weine in sein Geschlecht, das nach meinen Tränen schmeckt.

Ich trug Totengeschmack mit mir herum. Einmal las ich den Satz, Die Liebe machte mir Angst. Die Liebe verbindet uns im Tod. Der Tod verbindet die Liebe. Sie ist eine Wunde, die nicht heilt. Unheilbar erinnere ich mich an die Zeit, bis ich Brot und Wein der Toten verspeisen werde, während ein Kruzifix meine Kinderstirn kreuzigt.

Oft fragte ich mich, welches Kind den Eltern am nahesten ist, das älteste oder das jüngste. Ich war in der Vielzahl meiner Geschwister das einzige. Aber das sahen die Eltern nicht, darum weiß ich nicht, wie nahe ich ihnen war. Ich kam mit der Welt nicht zurecht. Oder sie kam mit mir nicht zurecht. Schweißtropfen der Todesanstrengung stehen auf meiner Stirn, während ich versuche, ein Lebender zu sein. Angst zieht mir eine Larve übers Gesicht. Ich möchte jetzt Symphonie lesen, als die Mutter starb, war Ahab längst in die Tiefe gerissen, ich wäre froh, wenn ich selbst als Erfindung sterben könnte, von mir betrauert, aber ich will auch leben, und die Symphonie verschließt mir die Ohren, wenn auch nur die erdachten, der Ahab in dem Buch ist aus Fleisch und Blut, er lästert gegen seinen Beleidiger; hier, in meiner Wohnung, in der Stadt, erlebe ich Beleidigungen, so daß ich den Lästerer lieben muß, es leuchtet mir ein, daß der Beleidigte selbst die Sonne schlüge, täte sie ihm ein Leid. Ja, ich werde die Wellenkämme zählen, obwohl Regen sie undeutlich macht; an einem Tage habe ich zwei Gewitter erlebt, die Schwerter am Himmel lassen mein Zimmer aufleuchten, die Gehwege sind braune Flüsse geworden, es wird Zeit, das Totenkanu zu holen, dichte es ab gegen den Sog des Wassers; links und rechts zu Seiten meines Kopfes schichte ich Schiffszwieback, leg auch ein Fläschchen Walderde neben meine Füße, laß mich vom Schiff; wenn meine Bahre fällt, wird die Urne der Mutter steigen, auf halbem Wege sehen wir uns vielleicht, es wird kein Gruß sein, den wir nun tauschen, nein, als junge Tote wird sie sich in den Hügel des Friedhofs hüllen wie in ein Deckbett, und ich nehme das Paddel zur Hand, ich schneidere mir ein Totenkleid aus den Seiten von Büchern, die mir wichtig waren, Geh sterben, das Meer kleidet mich in Purpurfarben, *dann*

gelobe flehend den Luftgebilden der Toten, ich allein blieb draußen mit meinen schwärzlichen Schiffen, ich sah den Kranich fliegen, und es berührt ihn nichts. Sein Tod kleidete ihn in Asche, damit er den Lebenden gehöre. Mutter, ich werde dir folgen bis auf den aschenen Grund. Fühllos wie Feuer werde ich sein. Wieder und wieder fällt meine Mutter der Hunger nach Leben an. Ich schaute weg, um sie den Sinnen näherzubringen. Unter ihren Blicken erstarre ich wie Lots Weib. In der Spiegelfläche meiner Stirn verschwindet ein Kranich. Meine Hand hält die Hand der Mutter. Die Topographie einer Kindheit ist mir durch den Leib der Mutter in Fleisch und Blut übergegangen. Der Krieg der Geschlechter hat einen Aussteiger, hat einen Fremdling zum Überleben gezwungen. Der in den Grabstein gemeißelte Vogel, Kranich oder Phönix, kann sich von der Erde nicht befreien; aus seinen Brustfedern webte der Vogel drei kostbare Decken, die man verkaufte. Womit bedecke ich nun den Leib der Mutter? Womit werde ich meine Nacktheit entlarven?
Als Kind bin ich auf Friedhöfe gegangen und habe Grabsteine beerdigen wollen. Gierig sah ich zu, wie jemand doppelt starb, einmal als Leib, einmal als Stein. Ich schmücke meinen Leichnam mit Bildern von Grabsteinen. Welchen findest du am schönsten? Nach den Grabsteinen, nicht nach den Lebenden verdrehen sie die Köpfe. Manchmal schauen sie dem Lebenden, manchmal dem Toten ins Gesicht, während sie mit ihm zu reden meinen. Wenn die Toten sich Grabsteine bestellten, so sähen sie anders aus. Die Schmerzen, die der Stein um der Toten willen erträgt, sind größer als der Schmerz, von Hammer und Meißel bearbeitet zu werden. Wenn ihnen die Lebenden den Rücken kehren, verschwimmen die Schriftzüge, und das Sterbedatum kommt zu-

oberst, das Datum der Geburt zuletzt. Manchmal verschwindet es auch. Auf den Armen eines steinernen Franziskus brütet eine Amsel. Will ein Toter die Amsel rufen, wirft sich der Stein auf ihn und verschließt seinen Sarg. Die Asche einer anderen Toten füllt man in eine Sanduhr, bis ihr Leben abgelaufen ist. Ein Tag zählt bei ihr eine Minute. Noch einmal erlebt sie ihr ganzes Leben, um es wieder rückgängig zu machen. Eine Jahreszeit verendet wie ein waidwundes Tier zu Füßen der Toten. Unseren täglichen Tod gib uns. Den Grashalmen geben wir das letzte Geleit, bevor der Schnitter kommt. Dann rostet auch er, neben der Sichel, die er in den Hängen hat liegenlassen. Wenn nach einer Frist die Gräber von anderen Toten erfüllt werden, exhumiert man die Steine. Manche Friedhöfe dürfen nur von schwangeren Frauen besucht werden. Mit Gewalt nehmen sie die Lebenden fort, mit Gewalt geben sie Leben weiter, um dem Tod Arbeit zu geben.
Statt eines Toten begräbt man sein marmornes Standbild im Garten, unter einem Obstbaum. Vor der Umarmung der Wurzel wird er sich nicht retten können, bis sein Abbild in tausend Splitter gesprengt ist. Würmer und Engerlinge werden das lächelnde Gesicht der Totenmaske bewahren.
Seit einigen Tagen hielt ich mich bereit, trug ich den Gips für eine Totenmaske bei mir und den Fotoapparat. Heute war es soweit, ich habe dem Kastanienbaum in meinem Wohnort die Totenmaske abgenommen. Es kam für mich überraschend, obwohl ich es befürchtet hatte. Neben einem alten Gasthaus sollte eine Tiefgarage gebaut werden. Eine Baumgruppe wurde gefällt. Ein Bauarbeiter sagte, Dieser Kastanienbaum wird nicht gefällt, obwohl man es tun sollte, denn er ist krank. Am Morgen sah ich aber, wie man dem Baum die breiten

Äste amputierte. Als ich abends wieder vorbeikam, war der Baum verschwunden. Am selben Tag hatte ich mir einen Band Gedichte gekauft. In einem Gedicht der Anise Koltz heißt es, Schlagt mir die Äste ab und sägt mich in Stücke die Vögel singen weiter in meinen Wurzeln. Über das Gedicht schrieb ich das Todesdatum des Baums. Und während ich zwischen Blätterhaufen umherging, Aufnahmen machte wie von einem Toten, der unter seinen Blumen liegt, mit denen die Trauernden ihn erschlugen, sah ich, daß der Tote immer auch sein eigener Friedhof ist. In einer Grube lag der abgeschnittene Stamm, ein verstümmelter Leichnam. Die Vögel, die man unter die Wurzeln trieb, werden in der Erde singen; wenn man die Wurzeln aus der Erde sprengt und entfernt, werden sie ein Totenfest zelebrieren. Während ich diese Sätze schreibe, begreife ich, daß meine Prosa vom Tod handelt. Er ist eine Ware ohne Wert, doch in der höchsten Währung. Ich sehe mich, im Bus sitzend, auf den weißen Stumpf einer Pflanze weisen. Am Baum kniend fällt mir ein, eine Totenrede zu hinterlassen. Ich pflücke fünf große Blätter, stelle sie einzeln an eine Mauer und fotografiere sie. Sie sehen aus wie abgerissene Hände. Ich habe kein Schreibzeug bei mir. Ich gehe in meine Wohnung zurück und hole es, auf einen Zettel schreibe ich das Gedicht der Anise Koltz. Den Zettel hänge ich an eine Mauer, in der schon ein Nagel steckte, als ich kam.

Im Tod des Baumes möchte ich gern meinen eigenen Tod zelebrieren. Ich weiß, daß der Baum als Toter in meinen eigenen Worten überleben wird, aber das ist nicht genug. Es ist Hohn, denn ich glaube nicht an die Macht der Worte.

Einen Film mit Totenmasken trug ich nach Hause. Ich werde ihn entwickeln lassen und die Grillenhaftigkeit

und Verschrobenheit auf mich nehmen, mehr um Bäume als um Menschen getrauert zu haben.
Die Kirschen, die ich esse, sind ein süßer Tod. Bewußt wasche ich sie nicht. Ich werde in jede Ecke meines Zimmers das Bild eines Blattes stellen. Ich werde auch den Stamm sehen, dessen Inneres von der Rotfäule zerfressen ist. Ich bin wieder nach Hause gegangen, ich habe das Gedicht an die Mauer gehängt. Ich denke es mir so: Kopfschütteln und Lachen. Ein Narr, ein Narr, werden sie denken.
Wer um einen Tod weint, weint um jeden möglichen Tod. Ich muß deutlich sein, um sagen zu können, was ich sagen will. Aber je wortloser ein Tod vor sich geht, desto klarer ist er und verdeutlicht zugleich seine ihm innewohnende Absicht. Meine Prosa handelt vom Tod. Sie beginnt mit ihm und wird mit ihm enden. Es ist das Kind, das im gläsernen Sarg darauf wartet, erlöst zu werden. Ich habe das Gespenst, das ich fürchtete, als Schreckensbild und Rausch an die Wand gemalt. Der Tod erotisiert mich, und ich hasse ihn zugleich. Apollinaire verglich in einem Gedicht die Form der Kanonen mit der Form des Phallus. Schrecklicher Liebesakt der Völker. Geschlecht, das Tod bringt. Alles ist vom Tode geschwängert. Den Toten gibt man Erde mit auf den Weg. Liebe ist ein kleiner Tod. Aber das wahre Leben beginnt erst nach dem Tod, sagt der Pfarrer. Insofern ist das männliche Geschlecht ein Gift, die Gebärmutter ein Friedhof. Schon der Lebende ist ein Sterbender. In den Mantel der Erde gehüllt, besinge ich meine Feinde. Immer gleichen sie meinen Eltern. Die Trophäen des Todes versammle ich in meinem Zimmer, schmücke es mit ihnen, ich habe sie wie Puppen in alle vier Ecken gestellt. Ein Memento mori wurde der Raum, in dem ich arbeite, esse und schlafe.

Als Lebender trage ich jeden Tag eine andere Totenmaske unter meiner Haut. Als Toter trage ich endlich eine Lebendmaske, aber ich möchte verbrannt werden, damit keiner sie sieht. Wenn ihr wollt, könnt ihr mich mit einer Faschingslarve begraben. Sie wäre ein deutlicher Hinweis auf mein Leben. Mein Körper wird sich nach der Befleckung wieder in seine embryonale Lage krümmen. Wie ein Wurm, wie ein Angelhaken werde ich mich krümmen. Gib meinem Spiegelbild den Herzstich, bis ich als Frühgeburt mein Leben verliere. Schmück meinen Leichnam mit Leben. Ich habe mich gegen die Todeslust deines Geschlechts gewehrt, aber es war umsonst. Es ist das Lied der Liebe von einst, das meine Zukunft zu Tode schwängert. Wenn du meinem Spiegelbild den Herzstich gibst, wird mein Mund brechen, und Scherben fallen zu Boden. Ich lasse mich zerschellen in Armidas Zauberspiegeln. Aus den Splittern meines Leibes werden Steine wachsen. Du wirst am Boden liegen und meinen Todeskampf zelebrieren. Mein jüngster Tod schreit in Schmerz. Die Liebe ist eine Larve; sie läuft mit einer Totenmaske umher. Ein Philosoph schrieb einmal, Die Geburt des Kindes ist der Tod der Eltern. Die lächelnden Gesichter der Totenmasken schmücken mein Zimmer. Ich bezweifle meine Zweifel, bis ich der verkörperte Zweifel meines Zweifels bin. Weil mich der Tod umgebracht hat, töte ich mich, um ewig zu leben. Der Tod wird in meinen Worten verborgen bleiben, bis ich als jämmerlicher Rest in einer Urne liege, um als Kranich wiedergeboren zu werden und meinen Geliebten zu suchen.

Vier Ecken meines Zimmers; wer das Haus baute, wird es nicht mit den grausamen und schönen Trophäen des Zimmers schmücken. Kranichfedern oder die Blätter gefällter Bäume. Ich öffne die Tür und sehe mich verschwinden, während die Luft um mich immer dünner wird. Ich werde noch viele Male erleben, wie ich meinem Spiegelbild, dem Gesicht eines Fremden, zu entrinnen versuche, während mich der Klang meines Namens mit der Schärfe einer Lanze durchbohrt.

Mein Grab neben dem Grab der Mutter. Ich versuche mir das vorzustellen. Wir atmeten dieselbe Luft, nun leben wir von der gleichen Erde. Aber das besagt noch nichts; wir lebten in derselben Wohnung, und es wäre möglich gewesen, daß wir tagelang nicht miteinander sprachen. Die Worte bedeuteten nichts. Oder wir bedeuteten nichts: einer dem anderen. Aber es erfüllt mich nicht gerade mit Stolz, daß wir einander mißverstanden haben. In verzweifelter Haßliebe zu den vielleicht fruchtbaren Mißverständnissen schreibe ich meine Prosa. Ich weiß nicht mehr den Todestag der Mutter, ich müßte im Kalender nachsehen, der irgendwo im Koffer unterm Bett vergraben liegt, aber ich weiß, daß seit Jahren unverändert die Blumen vom Tod der Mutter zehren. Eine Clematis wird es nicht sein. Mein Grab, einige Meter vom Grab der Mutter entfernt. Familiengrab? Ich habe nie im Leben meinen Platz mit jemandem teilen wollen, warum im Tod? Die tote Mutter liegt in dem Papier, dessen Buchstaben ich ausradieren werde. So erschaffe ich sie neu. Erschrocken werfe ich die Hülle über die Schreibmaschine. Das Tastenfeld wirft mir meine Niederlage nach.

Kein Andenken an die Mutter im Schrank oder im Schubfach. Es gibt nur die Bilder, die meine Phantasie erschaffen hat. Meine Mutter starb täglich, und ich kriegte keinen Zipfel von ihr. Oft habe ich meine Phantasie getötet. Ich sehe, wie das Kanu hinaustreibt in eine unermeßliche Leere.

Ich habe mir sagen lassen, daß ein junger Dichter ein Fläschchen Veronal mit sich führte, zur Sicherung gegen den Tod, aber einmal überrannte ihn sein persönliches Elend so sehr, daß er nachgab und mit vierundzwanzig Jahren ein Ende machte. Jetzt, mit vierundzwanzig Jahren berührt mich das seltsam. Hammerschläge gegen meine Brust. Mein Tod, ein ekelgeschütteltes Verlangen. Meine Phantasie hat die Toten heiliggesprochen und blasphemiert. Der Tod ist eine Weise der Vollendung, aber auch eine Rechenaufgabe mit lauter unbekannten Größen.

Kaum geboren, begrüßte ich meine Toten. Wenn ich sterbe, werde ich sie als Lebende wiedersehen. Die Summe meines Lebens wäre anderswo eine Woge, die bricht, bis an die Grenzen des Himmels stoßend. Seegeboren, entstieg ich den Wellen und führte ein Schiff. Im Wachzustand kenne ich keine Euphorie, die der des Traumes gleichkäme. Es sind auch erotische Glücksgefühle dabei, von denen man weiß, daß es sie im Wachzustand nicht geben kann. Aber auch die Angst ist tiefer. Darum hat Kafka ihre Realität im Traum erkannt und die Tiefe des Traums in die Abgründigkeit seiner Weltbilder transponiert. Als Kind atmete ich den Geruch dieser Angst ein, bevor ich sie gelesen hatte. Meine frühen Spiele bestanden darin, Totenmasken anzuprobieren. Niemand ahnte, daß mir die Spielregeln dieses ganz und gar unkindlichen Spiels längst vertraut waren. Ich las darin die Blindenschrift meiner Kindheit. Ob ich wohl so gut sterben konnte, weil ich schon vorher gelebt hatte? Als der Vater über einen Busch stolperte und ihn versehentlich umriß, so daß der Busch nicht mehr zu retten war, begann der Vater zu weinen. Ich erinnere

mich an eine Geschichte, ein Liebender mauerte seine Freundin ein, um sie nach einer gewissen Zeit wieder zu befreien. Es war ein Wettlauf. Einmal verirrte sich der Mann im Wald und wäre beinahe zu spät gekommen. Ohnmächtig hob er die Freundin aus der Gruft. Er soll gegen mein Herz schlagen. Steckt Ankertrossen in meinen Mund. Einmal hatte ich Meerwasser im Mund, meine Totenklage inszenierte ich, während ich im Wasser schwamm; auf meinem Rücken trug ich schon Schiffe. Da mein Mund voll Wasser war, schnappte ich nach Luft, bis ich mich hustend verschluckte. Ich spuckte das Meer aus, aber etwas von ihm wird wohl in meinen Magen gelangt sein.
Der Wal, den ich tötete, ist aus Gummi. Auf seinen Rücken gebunden, schreie und schreie ich um Hilfe, bis man mich vergißt in den Untiefen der Irischen See. Später träumte ich oft vom Wasser. Letzte Nacht die turmhohen Segel, die turmhohe Euphorie, während ich singend das Schiff in den Wind zwang. Ich erinnere mich, daß ich einmal im Traum gesungen habe. Ekstatische Segel überm stürmenden Bug; wir berennen den unerschließbaren Himmel, um in aller Ferne zu sterben. Meine Träume sind ein Faschingsumzug, eine Möglichkeit des Unmöglichen. So wird auch mein Leichenbegängnis sein. Ich werde das Kriegsbeil ausgraben wider meine Kindheit. Ich werde sterben, weil ich mit einer Totenmaske geboren wurde. It's a mistake, it's a mistake, höre ich jemanden singen. It's a mistake. Es war ein Fehler. Was war ein Fehler? Ein Fehler hielt mich am Leben. Ein anderer tötet. Von den Fehlern anderer habe ich profitiert.
Ich zerbrach die hölzerne Spardose des Vaters. Von dem gestohlenen Geld kaufte ich mir Süßigkeiten. Nie kam ich mit meinem Geld zurecht. Bücher, Comics,

Süßigkeiten. Deine Tochter hat gestohlen, sagt die Mutter zum Vater. Deine Tochter ist nicht so geraten, wie wir es erwartet haben, sagt der Vater zur Mutter. Jedesmal war dieselbe Tochter gemeint, denn es gab nur eine. Aber ich gehöre jedesmal einem anderen Elternteil. Aber welchem? Und wir werden flüchtig in Ketten. Zwei Häftlinge weiß und schwarz, wie zwei unwillige Ponies zusammengebunden, sitzen wir am Straßenrand und singen den Häschern entgegen. Ich höre die Schritte der Mutter an meiner Zimmertür. Du sollst zu deinem Vater kommen, und sie öffnet die Tür. Wenigstens hätte sie die Tür geschlossen lassen sollen. Ich habe Zeit verloren. Ich gehe zum Vater, es gibt keinen Fluchtweg. Auch die Wohnzimmertür stand verurteilend offen. Ich aber bin noch nicht tot, weil meine Angst schon tausend Tode starb.

Ich besuche keine Friedhöfe. Wenn ich spazierengehe, suche ich oft einsame Wiesen mit Bäumen auf. Von dort aus sehe ich den Toten zu, wie sie Feuer fangen. Mein Sterben, Korrektur der Apokalypse. Unsterblich gehe ich durch jedes Feuers Tod, und es schmerzt mich nichts. Im Tod verwirklicht sich mein Drang zu leben.

Eine Freundin hat mir einen Baum geschenkt. Da steht er, ein zehn Zentimeter hoher Eichenbaum, Herzlichst und Gruß an alle tapferen Bäume, schreibt jemand. Ich erzähle der Freundin von der Totenrede an die Kastanie, von den Gedichten, die ich schrieb, von gefällter entlaubter Liebe in meiner Prosa auf nicht holzfreiem Papier, von den Totenmasken und fotografierten Blättern, dem *Seelenfrieden seines Laubs*, was nicht sicher ist, der Todesanzeige und Messe für einen Baum. Einige der Blätter von dem gefällten Baum hatte ich mitgenommen und in Vasen gestellt. Die Schatten abends glichen den Windmühlenflügeln, die Don Quichote narrten.

Wie ein Opal, wie ein Eisberg, ein Schreckensbild aus Rausch erhob sich in meinem Traum das Ungeheuer. Einhorn. Mythisches Wild. Ja, so stehe ich und rufe; ich biete das Meer zum Verkauf. Und ich meinte immer ein nicht treffbares Ziel, heilige Beute aus dem Atem des Meeres, Wild, das hinauslockt, näher kommen läßt, um zu verschwinden. Ich habe die Hügel erstiegen, die sich immer ferner vor mir türmten, um die Sicht zu versperren. Stein wird zu Stein; ich krönte die höchste Zinne überm Geröll. Könnte ich mich einhämmern ins Herz des Gesteins, tauschend Stille und Erdschicht. Aber mit dem Heck an der Mauer schreiben die Boote silberne Namen in Fels. Ich ändere die Wege der Ströme, um zurückzukehren zur Mutter, damit ich noch einmal Kirschen esse. *Ich glaube, sie hatte die rechte Frucht am Ende, um den Fährmann bestechen zu können; sie hatte freie Überfahrt.* Geschmack von Asche in meinem Mund. Meinen Namen schrieb ich in Wasser und Luft. An den Küsten erkenne ich die mageren Skelette halbversunkener Boote. Den Sternencetus werde ich besteigen; ich schmiede mir eine Lanze aus der körperlosen Luft. Lustvollgesogener vermodernder Tod an den Küsten. Mit der Kirsche im Mund biete ich Charon meinen faulenden Leib, um feuergewandet den Fluten zu entsteigen. Ich erglühe inmitten der Toten. Ich stand am Wasser, das mich annehmen wollte an Kindes Statt. Es hatte keinen Sinn, den am Strand heulenden Verwandten sich verständlich zu machen, während der Horizont ein Segel verschluckt.
Die Welt leerte sich beim Schrei des Mannes, der von der Rahe fiel. Stöhnen gewaltiger Felsen bei der Umar-

mung der Wellen. Bei meinem Tod weinen die Wasser nicht. *Warum denn weinen? Du warst ein tapferes Kind.* Und ich werfe mich Charon entgegen. Die Muscheln mit ihrem mythischen Lallen werfe ich auf den Schutt. Jemand schenkte mir ein Bild: ein Walfängerboot, das von den hohen Wellen getragen wird, während einer die Lanze schleudert. Man weiß nicht, ob das Eisen, das in der Luft schwebt, sein Ziel treffen wird. Es meint ein nicht erreichbares Ziel. Die locker aufgelöste und verschlungene Figur der Walleine gibt etwas wieder, was Ariadne entspricht. Da ist die suchende Angelrute, die sich im Wasser verfängt. Da ist Heraklit, der von den Muscheln raunt. Ich riet von der Jagd ab, ich gierte nach mehr, ich überlebte staunenden Auges. Dreimal warf ich die Lanze, dreieinig starb ich vor Angst, und man verschlang mich und spie mich aus. Ich war noch nicht reif für den Tod. Zwischen treibenden Planken schwimmend, wich ich dem Tobenden aus. Aber die Sintflut hatte ein endloses Meer hinterlassen. Ein Schiff fand mich. Im Boot zusammenbrechend schrie ich unverständliche Namen, bis ich erwachte.

Mein Tod hat mich verschluckt und Seewasser nachgespült. An der Küste von Cornwall wirft mir ein Druide die Loose. Dauernder Faden, den die Parze spinnt. Das Bild mit dem Walboot anstarrend, fällt mir ein, daß die Harpune etwas von dem hat, was Paul Klee in seinen früheren Bildern den ›Pfeil‹ nannte. Später löste er ihn ein, der Hinweis: hier geht es hinaus, war überflüssig geworden. Wichtiger als die Harpune war die verschlungene Leine. Die höchstmögliche Annäherung an ein Ungreifbares, Rauchfigur. Aber der weiße Pfeil wird nicht das Schwarze treffen. Alle Bilder kranken dem Wind entgegen. Wach jetzt auf und verrecke. Leiden wird nicht in Sprache ausgetilgt, sondern verdeutlicht. Im Kopf strandet Welt als Buchdeckel. Man wirft seine Existenz so lange gegen eine verschlossene Tür, bis man daliegt wie auf dem Einband eines Buchs. Jemand erzählte mir von einem müden alten Mann, der scheue Goldfische beobachtet und am Lebenswerk einer Anekdote arbeitet; so aber stelle ich mir mein Leben vor. Meine exhumierte Asche werde ich als Neuerscheinung feiern; meerblaue Tinte in meinen Adern, entweiche ich als Seufzer aus meiner Prosa. Meine abgetragenen und zerbeulten, mit Stroh gefüllten Stoffsommerschuhe übergebe ich dem Müll. Wie ein Lebensrest sehen sie aus. Der Leib ist ein Kleid der Seele. Laßt die Toten ihre Toten begraben. Wenn sie unter die Erde kommen, lächelt mit ihnen die Melancholie der Vernunft.

Das Blut der Verbrüderung fließt unentschieden von uns. Mit Menschenzähnen fallen wir uns an. Unser Untergang ist ein Ereignis im Kopf und größer als die Katastrophenmeldungen in den Zeitungen. Wir bringen uns beide um, damit wir weiterleben können. Wir werden um uns blicken wie Haie, die rohes Fleisch gefressen haben.
the ship that sails in half an hour
across the broad Atlantic –
Er war wirklich und ein Mythos; immer ist das Schicksal des Einzelnen aller Welt Feind. Der sterbliche Rest einer Kindheit wird zu Grabe getragen; Platz da für die Toten! Sie leben am längsten. Ich aber sehe mich ein Schiff besteigen, um zu verschwinden, mich aufzulösen in der Weiße stummen Papiers –
the friends are standing on the quai
with plea and'sort of frantic

Ich bin mit mir, das heißt einem Fremden, beschäftigt. Das Bild eines jungen Mädchens liegt auf meinem Schreibtisch. Immer wieder blicke ich auf das fremde Gesicht, auf der Suche nach einem Widerschein meiner selbst, damit meine Seele, die Seele eines mißglückten Sindbad, als Kinderseele zur Ruhe kommen möge.

I'm just a boy to sail away,
in the good ship down, O' Leary,
the anchor's 'way and the gangway 's up,
I'm leaving Tipperary.

Mit offenen Händen sehe ich einem Leichnam zu. Mit geballten Fäusten kam er auf diese Welt, um die zu bezwingen, die ihn zwangen. Es gibt kaum einen Tag, an dem ich nicht dem Tod begegne. Wenn ich schlafe, träume ich oft von den Aufgipfelungen des Lebens, verborgenen Euphorien. So wehre ich mich gegen den Tod, seinem ekelgeschüttelten Verlangen in den Orgasmen der Trauer.

And it's goodbye, Mick, a goodbye, Pat,
a goodbye, Kate and Mary,
the anchor's 'way and the gangway 's up,
I'm leaving Tipperary.

Und wir fahren auf bodenlosen Wassern, ohne ans Ziel zu kommen. Im Wechsel von Tag und Nacht ertrinken Gestirne. Im Nebelhorn Rufe vorgeschichtlicher Tiere, bis sie die Nacht verschlingt.

Nimm mich mit dir, Tochter, sing das Irische Lied!
And now the sea is low enough,
while I have no more to say,
I'm bound for New York City, boys,
threethousand miles away.

So harrte Odysseus; also durcheilte der schneidende Kiel die Fluten des Meeres. *Die Wirklichkeit erzeugte mich als ihre Sage.* Die Mythen des Augenblicks werden als gepökeltes Fleisch haltbar gemacht. Nur selten roch das Meer nach Sandburgen, von denen Kinder brüllten, und nach Picknickkörben, die eine Familie am Strand hat liegenlassen. Vergeblich trägt einer Schiffe auf seinem Rücken, um wie das Meer zu werden. Aber auf seiner Haut vollzieht sich die Umarmung von Kälte und Licht, Lippe an Lippe.

Eine Freundin besucht mich; aus dem Gedächtnis erzählt sie mir eine Geschichte, die sie einmal gelesen hatte: Ein Gefangener beobachtete in seiner Nachbarzelle einen ebenfalls gefangenen Panther. Der Häftling ist Schriftsteller. Das Urteil lautete auf lebenslänglich. Zuletzt hatte er beschlossen, die Welt zu erobern. Aber er war gefangen. Nebenan war der Panther. Die Flecken auf seinem Fell zeigten etwas, das er nicht verstand. Er wußte, es fehlte ihm nur noch ein Satz, ein Wort, vielleicht noch eine Silbe, und er könnte das Buch schreiben, für das er gelebt hatte, das alles enthielt, was er zu sagen hatte, um dann ungequält sterben zu können, wenn auch als Gefangener. Er wußte, die Zeit drängte. Er wurde alt. Er roch den Dunst des Panthers, er sah das gefleckte Fell durch eine Ritze in der Wand. Das Fell des Panthers ergraute nie. Anders das Haar des Gefangenen. Während sein Leben abnahm, wünschte er plötzlich zu schreiben. Er wußte, daß von diesem einen Buch alles abhing, denn es enthielt die Summe seines Lebens, nicht als Memoiren oder Biographie, sondern als ein spiegelverkehrtes Bild und Trauer dessen, was er sah; aber es erschien ihm unmöglich, die Kluft zu überspringen, die ihn noch vom Wort trennte. Und zugleich wußte er: die Zeichnung des Pantherfells enthielt für ihn den immer ungesagten Rest. Er war der Mythos, nicht, weil ein Dionysos ihn ritt. Ich hörte von der Freundin

auch, daß der Dichter, der nach der Wahrheit des vollkommenen Satzes gesucht hatte, eines Tages nicht länger zu suchen brauchte, denn man hatte ihn zum Tode verurteilt. Später fragte ich, warum man ausgerechnet einen Panther neben ihm gefangengehalten hatte.
Immer noch suchte der Dichter nach dem Ausdruck des Fells, aber das Fell verbarg es. Überall waren Flecken. Das Todesurteil sollte vollzogen werden. In Gedanken betete der Dichter um Aufschub. Er wollte das eine Buch, das sein Leben war oder enthielt, jetzt zu schreiben beginnen. Nun fiel ihm ein, was die Zeichnung auf dem Fell des Panthers bedeutete. Es wurde auch höchste Zeit, das Wissen zu formulieren; er stand schon auf dem Richtplatz, und die Gewehre wiesen auf ihn. Aber da stand er, und in Gedanken schrieb er, das Papier war da, und die Zeit war endlich ein einziger langer Augenblick. Und sie ging vorbei; der Mythos, daß im Augenblick des Todes alles eins sei, stimmte. Es gelang ihm, das nicht Geschriebene zu retten. Als er beim letzten Satz angelangt war, den er zu seiner eigenen Überraschung ungern schrieb, hörte er die Salven, die ihn niederstreckten, nachdem er in den Worten sein Leben wiedergefunden hatte.

Und ich wies auf das Bild des Jägers, das bei mir hängt; die Harpune als Pfeil: hier geht's raus aus der Welt. An Ariadnes Faden, die den Mythos entwirrt, bin ich gebunden. Unterm Kirschbaum stehen wir und rufen. Die formulierte Existenz ist nur eine Vielzahl von Worten. Ich bin in eine Falle getreten, und mein leerer Balg wird auf dem Markt verkauft.
Aber mein Spiel ist kein Spiel. Ich errichte einen Turm, den ich Stein für Stein abtragen werde, bis er entsteht. Jedes Bild ist nur der Gedanke eines Bildes. In des ra-

senden Ozeans Stau spucke ich. Des Wassers Leibhaftigkeit begrabe ich und sitze schreiend am Strand, der letzte Tote. Die Flecken auf dem Fell des Panthers sind nicht zu sehen. Was ist es, das mich sieht? Ein säkularisierter Mythos ist es, der mich heiligt. Ein mißglückter Messias, ein totgeborener Held, werde ich meine Kreuzigung, werde ich meinen Feldzug, werde ich meine Odyssee besingen. Mein Haar sträubt sich nicht zu den Stacheln eines Igels. Ich löse mein Leben nicht ein, ich versage es im Vers. Und ich erfülle der Muscheln Gehäuse mit tönendem Nichts.

Als ich in einem Traum meine Heimat besuchte, eine mir im Wachzustand völlig fremde Stadt, wurden zur selben Zeit die Menschen von einer riesigen grünen Schlange bedroht. Als sie mich verfolgte, floh ich auf den Friedhof der Stadt und verbarg mich in einem Sarkophag, während die Schlange am Stein rüttelte und nagte, daß der Sarkophag bebte. Fühlender fühlte ich Furchtlosigkeit nie als in der Furcht. Ein andermal fand ich eine rosa Bonbondose in der Form eines Sarges, Bone shaker, Knochenschüttler stand auf dem rosa Spielzeugsarg, den ich mir auf den Schrank stellte wie die melancholische Komik eines Maskottchens. Ich kokettiere mit diesem Sarg, in dem die Kichererbse tanzt, die meinen wohldosierten Tod enthält. Am Telefon sagte mir jemand, ich solle nicht mit Särgen kokettieren; ich hatte erzählt, daß ich seit der Abfassung dieses Manuskripts schon oft vor den Auslagen der Sargmacher stehengeblieben wäre, um über mich lachen zu können. Ich sehe mir zu, wie ich den Spielzeugsarg ansehe. Öffnet man den Deckel, der kunstvoll mit Plastikschließen versehen ist, sieht man auf seiner Innenseite ein zitterndes Skelett. Der Sarg selbst ist leer, Candy Bonbons steht auf dem Deckel geschrieben. Die Bonbons, deren Bestandteile auf der Unterseite des Sargs angegeben waren, hatte bereits jemand gegessen und den leeren Sarg dann fortgeworfen. Ich werde ihn als Rettungsboje an ein Segelschiffsmodell kleben und ihn mit vergifteten Kichererbsen füllen bis zum Überdruß.

In den Nachrichten hörte ich einmal, daß der letzte Jäger aufgebrochen wäre; ob er den Hirschfänger mit der Lanze, ob er das Gewehr mit Pfeil und Bogen oder der Sense vertauscht hat, weiß ich nicht. Ich erinnere mich an eine Filmszene, die ich vor Jahren einmal gesehen hatte, an das alte Bild: von der Mole stößt ein Boot ab, *across the broad Atlantic,* die Wellen schwappen, während das Meer hell ist und blau wie das Wasser in einem Schwimmbad oder Aquarium. *The friends are standing on the quai with plea and'sort of frantic,* die Gestalt im Boot wird kleiner und undeutlicher, *sinnlos wie ein gemaltes Schiff auf nur gemalter See,* eine aufgeregte Menschenmenge steht an der Mole, *I'm just a boy to sail away,* und macht den Rudernden auf das Aussichtslose seines Unterfangens aufmerksam, heftig gestikulierend, Komm zurück, komm zurück, du wirst vom Wasser verschlungen werden; aber die einsame Gestalt wird unerbittlich kleiner und verschwindet zuletzt am nebelhaften Horizont, *the anchor's 'way and the gangway's up,* der eine Grenze zwischen sie zog; die Sonne, das kalt sengende Gestirn, hat sich hinter zerfetzten Wolkentüchern verborgen. *Öd und leer das Meer,* das Licht wird schwächer, wie von Filtern verunklärt, *And it's goodbye, Mick, a goodbye, Pat, a goodbye, Kate and Mary;* ich sehe diese Filmszene vor mir und versuche, sie wiedererkennbar zu machen; ich kann mich an keine andere mehr erinnern; und ich weiß ebensowenig, ob der Flüchtling zurückgekehrt ist; nur die einsam und verhärmt zurückgebliebenen Frauen an der Mole sehe ich noch; eingehüllt in ihre schwarzen oder blauen oder grauen Tücher, stehen sie da, ratlos und wütend gemacht. *Weh, nun wächst, bleich und bang, mir des Tages wilder Drang.* Geisterhaft, wie ein aus dem Totenreich Zurückgekommener, erscheint mir dieser Fremde, vielleicht war es auch eine Frau; manchmal sehe ich noch im Schlaf die farblosen Wellen, *threethousand miles away,* die mich an verblaßte kolorierte Lithographien des 19. Jahrhunderts erinnern. Und wieder versuche ich von der Mole, die mich halten will, abzustoßen. Ich blicke hinab, ich sehe, daß der Fremde mit aller Kraft anrudert gegen den aufkommenden Sturm, *I heard about your heroes in the classroom as a boy,* ich schrieb, Er wird kleiner, und er wird einmal verschwinden, ohne etwas ausgerichtet zu haben. *And now the sea is low enough, while I have no more to say,* aber der Film wird abgespult mit unerbittlicher Folgerichtigkeit; ich ärgere mich, nicht mehr seinen Titel zu wissen; es wird nur noch diese eine Szene geben, in der ein Boot verschwindet, mit den entsetzt zurückbleibenden Leuten an Land, die den Sturm zu überheulen versuchen, während das Wasser von eigenartig eisiger Klarheit ist, *I'm bound for New York City, boys,* als blickte man bis auf den Grund; trotz des Sturmes, der die Wellen zerwühlt, versucht der Ruderer, den niemand erwartet, immer noch das Phantom eines Schiffes zu erreichen, das der Horizont verschlungen hat.